Lunes assassines

DU MÊME AUTEUR
aux éditions du Masque

La lettre qui tue
Le Roi du désordre
Le Cercle invisible
L'Arbre aux doigts tordus
Le Cri de la sirène
La Toile de Pénélope
Le Tigre borgne
Les Larmes de Sibyl

Collection de romans d'aventures
créée par Albert Pigasse

www.lemasque.com

Paul Halter

Lunes assassines

ÉDITIONS DU MASQUE
17, rue Jacob 75006 Paris

Cher John Pugmire,
le Dr Alan Twist va bientôt traverser l'Atlantique. C'est pour votre fidèle serviteur, un rêve qui se réalise, grâce à vous. Avec toute ma reconnaissance et mon amitié,

P.H.

PREMIÈRE PARTIE

1

6 Juillet 1935

À la sortie du village de Pencombe, la conduite intérieure Austin bifurqua dans un chemin de terre, puis franchit une grille d'entrée ouverte, sous le regard hostile des deux têtes de lions qui coiffaient les piliers. Après avoir traversé une pelouse bien entretenue, la voiture s'immobilisa devant une belle demeure. Quand le ronronnement du moteur cessa, on perçut plus nettement le gazouillis des oiseaux dans les arbres. Un gai soleil brillait au-dessus de la propriété, mais l'air était encore vif et la pelouse humide de rosée. Le chauffeur rajusta sa casquette et s'en fut ouvrir les portières à ses deux jeunes passagères.

Après s'être extraite du véhicule, Louise Malonet observa attentivement l'imposant bâtiment de briques rouges qui se dressait devant elle. Construit à l'époque Tudor, sobre dans son ensemble, le manoir était mis en valeur par des encadrements de fenêtres en pierre claire et l'écrin vert contre lequel il s'adossait : la haute rangée d'arbres qui marquait l'orée des bois. En levant ses yeux vers les pignons de la toiture et les sombres cheminées crénelées qui se découpaient nettement sur le ciel clair, Louise remarqua qu'une des fenêtres du dernier étage était obstruée par des planches. À ce moment-là, elle n'y prêta pas d'attention particulière, cherchant simplement à se faire une idée d'ensemble de cette demeure qu'elle voyait pour la première fois.

Dans cet environnement un peu champêtre, Louise faisait l'effet d'une belle fleur délicate, si fragile que le moindre souffle de vent aurait pu l'emporter. Mais où qu'elle fût, elle donnait toujours cette impression. Sa silhouette gracile était celle d'une sylphide, dont les longs cheveux noirs flottaient librement sur ses épaules. Sous un canotier garni de fleurs, son visage d'une beauté mélancolique, au teint de porcelaine et aux joues un peu creuses, évoquait l'inquiétude d'un animal égaré. Il y avait en même temps quelque chose de mystérieux dans ses grands yeux bleu pâle, une expression un peu désabusée, assez inhabituelle à cet âge-là. Louise n'avait que dix-neuf ans.

– C'est là ? s'enquit-elle timidement.

– Mais bien sûr, tête de linotte ! Sinon, pourquoi se serait-on arrêté ici ?

Elle baissa la tête, contrite.

– C'était juste pour dire quelque chose, Marge…

– Réfléchis avant de parler, je te l'ai déjà dit mille fois !

Après ces remontrances, sa sœur, qui n'était son aînée que d'une petite année, contempla le manoir à son tour.

Avec son visage ouvert, son regard direct et assuré, la beauté de Margaret s'imposait dès l'abord. Louise n'était certes pas dépourvue de formes, mais les siennes étaient plus rondes, plus épanouies, comme celles d'une femme mûre. Son ravissant visage aux pommettes hautes, encadré de boucles blondes, respirait la santé. Ses gestes vifs, sa voix nette et ses yeux bleus qui ne cillaient pas reflétaient une autorité certaine, une assurance qui faisait cruellement défaut à Louise. N'étaient leurs vêtements – canotiers et robes de feutrine blanche à volants –, elles semblaient toutes deux si différentes qu'on avait du mal à deviner leur lien de parenté.

Louise ne semblait pas s'être formalisée du ton de réprimande de sa sœur. La tenant par le bras, elle lui demanda d'une voix enthousiaste :

– Quel effet cela te fait-il, Marge, de savoir que nous allons vivre ici, et sans doute pour un bon bout de temps ?

L'aînée jeta un regard circulaire sur la propriété.

– À vrai dire, je suis un peu contrariée. Je pensais que notre oncle serait là pour nous accueillir !

Le chauffeur intervint après s'être éclairci la voix :

– Je crois que le colonel avait une affaire importante à régler au village, ce matin. Sans quoi, il serait probablement venu vous prendre lui-même à la gare avec sa propre voiture. Mais je pense qu'il ne devrait pas tarder. Il nous a peut-être vus arriver. En attendant, je vais vous présenter à Mrs Sellars et à Liza, puis j'irai m'occuper de vos bagages.

– Vous connaissez bien notre oncle ? demanda Louise.

Le chauffeur secoua la tête.

– Non, pas vraiment. Le colonel Raft n'est installé ici que depuis peu. Et il n'est pas très causant, à vrai dire. Sauf, peut-être, avec ses amis : le professeur McNee, le docteur Christie et maître Pelder, le père du notaire pour qui je travaille…

La réserve du chauffeur intrigua Margaret.

– Ah ? Pour autant que je me souvienne, c'est quelqu'un d'agréable et de liant !

L'embarras de l'homme s'accentua :

– Eh bien vous savez, ces vieux militaires qui ont passé un bout de temps dans les colonies, ils sont toujours un peu rigides et collet monté ! Je ne crois pas que le colonel ait échappé à la règle.

Ni Margaret ni Louise n'avaient gardé une telle image de leur oncle et tuteur. Mais elles ne l'avaient rencontré qu'en de rares occasions. La dernière fois, c'était il y a cinq ans. Il devenait leur tuteur légal après le décès de leurs parents. Henry Malonet, leur père, avait trouvé la mort dans un accident ferroviaire. Sa veuve, la sœur du colonel, s'était éteinte peu après, des suites d'une maladie pulmonaire. Le temps de prendre les dispositions nécessaires, le colonel George Raft avait dû repartir pour les Indes. Par la force des choses, son rôle de tuteur s'était limité à des directives épistolaires et administratives.

Depuis lors, elles n'avaient guère connu que les tristes murs d'un pensionnat londonien pour y suivre leurs études. La station balnéaire de Brighton, où elles passaient toutes leurs vacances d'été, était ordinairement réservée au troisième âge, si bien qu'elles n'avaient connu jusque-là qu'une existence plutôt maussade.

Leur dernier souvenir du militaire était celui d'un homme vigoureux, dans la force de l'âge, souriant, aimable et nanti de superbes moustaches rousses. Venant de terminer leurs études secondaires, elles réfléchissaient à leur avenir et se demandaient si leur oncle était encore en vie. Il ne leur écrivait que rarement. L'année précédente, il ne leur avait envoyé qu'une lettre : c'était pour les avertir du décès de son épouse – tante Esther – morte à la suite d'un accident domestique. Elles avaient gardé d'elle un souvenir tout aussi flou que celui de leur oncle.

Puis il y avait eu cette missive, toute récente, leur signalant qu'il venait d'acheter un manoir dans un coin retiré du Hampshire et qu'elles devaient le rejoindre dès la fin de leur scolarité. Une vague de bonheur et de liberté les avait submergées. Après ces tristes années, la vie s'ouvrait à elles, enfin !

Elles n'avaient alors qu'une hâte : découvrir leur nouveau logis. Les trois semaines d'attente leur avaient paru une éternité. Leur cœur vibrait d'une joie indicible. Cet événement signifiait pour elles une immense délivrance. Cependant, elles redoutaient un peu cet instant, comme on appréhende un voyage en terre inconnue, d'autant qu'elles connaissaient si peu leur oncle.

La jeune fille qui les accueillit sur le pas de la porte avait sensiblement leur âge. Une jolie blondinette répondant au nom d'Elizabeth Finney. Elle aurait même pu être ravissante sans une expression vaguement farouche. Elle se contenta de les saluer avec une politesse un peu froide, puis profita de l'arrivée de Mrs Deborah Sellars, la cuisinière, pour se retirer.

Cette dernière était une femme assez forte, près de la soixantaine, à la démarche disgracieuse ; elle se déplaçait à petits pas hâtifs. Sous un chignon serré, elle offrait un visage aimable, mais ses fines rides se crispaient parfois imperceptiblement, comme sous l'effet de quelque tourment secret.

– Liza est un peu timide, dit-elle comme pour excuser le départ de la bonne. Mais c'est une brave fille. Vous n'aurez pas à vous en plaindre, croyez-moi. Elle est très travailleuse, et c'est heureux. Car il n'y a personne d'autre que nous deux, ici, dans cette grande maison ! Or, moi, je n'ai plus vingt ans. Mais venez, ne restez pas là, je vais vous préparer une bonne tasse de thé.

Après avoir traversé une petite entrée, elles débouchèrent sur un vaste hall, en face d'un vieil et imposant escalier de chêne. À droite de celui-ci, garnie de deux fauteuils en cuir, se dressait une remarquable cheminée en marbre noir, qui semblait en mesure de chauffer à elle seule tout le rez-de-chaussée. Au-dessus de son manteau, trônait un grand tableau représentant une dame à la licorne. D'autres toiles décoraient le reste de la pièce, représentant pour la plupart des scènes de chasse. Avec ses épais tapis qui recouvraient les grands carreaux de terre cuite, l'endroit semblait chaleureux, ce qui paraissait un peu curieux pour un hall d'entrée, ordinairement moins intime.

Mrs Sellars les fit passer dans le petit salon – la première pièce sur leur droite – et leur demanda de l'attendre quelques instants. Les fenêtres ouvertes, qui donnaient sur la pelouse, laissaient entrer le frais gazouillis des oiseaux. Les deux sœurs s'y sentirent très à l'aise. L'endroit était reposant avec ses murs tendus de papier vert. Au-dessus d'un coffre et d'un buffet bas, étaient suspendues deux remarquables toiles représentant des paysages champêtres, si réalistes qu'on eût dit des fenêtres supplémentaires ouvertes sur l'extérieur.

Le regard de Louise brillait d'un éclat inhabituel.

– Margaret, je crois que nous allons nous plaire ici !

– Après ces longues années dans ce pensionnat lugubre, comment pourrait-il en être autrement ?

– J'ai hâte de visiter les lieux, de faire une balade dans les bois, de me promener au village, de…

– Calme-toi, ma chérie. Nous avons désormais tout le temps pour ça.

– Mais tu n'es pas impatiente, toi ?

– Si. Nous devons cependant nous tenir comme il faut.

– Peut-être, mais j'ai envie de sauter de joie ! Je suis si heureuse, si tu savais…

Sur ces mots, Margaret gagna la fenêtre, s'absorba un instant dans la contemplation de la vue qui s'offrait à elle, puis, avec délices, aspira l'air campagnard à pleins poumons.

– Moi aussi, j'ai l'impression de sortir d'un long tunnel noir et de découvrir la vie. J'ai envie de chanter comme ces oiseaux !

– Ne te prive pas.

– Et même de danser !

Soudain, elle revint sur ses pas et extirpa sa sœur du fond de son fauteuil. Elle la prit dans ses bras et, comme s'il s'agissait d'une poupée de chiffon, la dirigea sans ménagement pour l'exécution d'une valse. Louise n'offrit aucune résistance. Au contraire, elle lui fit même chorus, laissant éclater sa joie juvénile. Ses longs cheveux noirs, mêlés aux boucles blondes de Margaret, se soulevèrent dans un étrange tourbillon. Durant l'espace d'une minute, les deux sœurs dansèrent et rirent de bon cœur, fredonnant sans retenue l'air de la valse de « La Belle au Bois dormant » de Tchaïkovski. Assurément, les murs du petit salon n'avaient depuis longtemps été témoins d'une telle manifestation d'allégresse.

L'arrivée de Mrs Sellars mit un terme à leurs ébats.

– Eh bien, vous avez l'air de vous plaire, ici ! dit-elle en déposant sur la table un plateau chargé d'une théière fumante.

Margaret rougit légèrement.

– Excusez-nous. Nous avons... Enfin... Louise a eu tant de mal à contenir sa joie que je n'ai pu faire autrement que...

– J'en suis heureuse pour vous. Puissiez-vous toujours rester aussi gaies !

Margaret fronça les sourcils :

– Ah ? Et pourquoi en serait-il autrement ?

La cuisinière baissa la tête en servant le thé.

– Eh bien... pour rien. Je disais cela simplement parce que...

– Oui ? insista la jeune fille.

– Parce que les gens, ici, n'ont pas souvent manifesté ainsi leur joie.

– Que voulez-vous dire ?

– Eh bien... qu'ils n'en avaient guère l'occasion.

– Et... pourquoi ?

Il y eut un silence, durant lequel Mrs Sellars ne put cacher son embarras, puis elle se redressa en arborant un sourire un peu forcé.

– Buvez votre thé, Mesdemoiselles. Après cela, vous irez bien mieux, car je suis sûre que votre voyage vous a épuisées.

– Pas du tout. Au contraire, nous sommes en pleine forme, protesta Margaret.

– On dit ça ! C'est souvent après qu'on s'en rend compte. J'imagine que vous vous êtes levées tôt, ce matin ? Vous avez pris le premier express de Paddington, n'est-ce pas ?

– Mais il n'y avait qu'une heure de train et...

– Tiens ! fit soudain la cuisinière en regardant par la fenêtre. Quelqu'un remonte l'allée. Ça doit être votre oncle...

2

Le colonel George Raft était un homme sec, grisonnant, au visage sanguin. Ses larges moustaches soigneusement taillées ajoutaient à l'impression ascétique qui se dégageait de sa personne. Par rapport à l'homme qu'elles avaient connu, il avait vieilli, maigri, bien qu'il donnât toujours cette impression de force et de vigueur. Quant à son aimable sourire, il s'était figé en une sorte de rictus.

L'accueil qu'il leur réserva leur parut un peu protocolaire, mais les deux sœurs ne s'attendaient pas à des effusions de tendresse. Elles le connaissaient à peine. Sans préambule, il leur proposa de s'installer dans leur chambre et de se reposer avant le déjeuner.

Elles ne le revirent qu'à l'heure du repas, au cours duquel il ne se montra guère loquace. Il s'informa du bon déroulement de leurs études et de leur séjour en pension, mais son intérêt paraissait de pure forme. Il semblait songeur et préoccupé. Assez mal à l'aise, Marge et Louise ne savaient trop où poser leurs regards. La salle à manger leur faisait le même effet que leur oncle : elle les troublait un peu.

Les murs étaient tapissés de papier à rayures, dans les tons violets, que l'on retrouvait dans les tableaux qui décoraient la pièce. Il y avait trois grandes toiles, représentant chacune des couchers de soleil. L'un dans les montagnes, et les deux autres au bord de mer. L'artiste semblait avoir voulu mettre en valeur la lutte quotidienne entre le jour et la nuit, dans une étrange symphonie de couleurs, où dominait le pourpre d'un soleil qui embrasait l'horizon, comme une sorte d'allégorie du chaos. Peintures remarquables, mais un peu surprenantes dans un lieu ordinairement réservé aux plaisirs de la table.

Après que Liza lui eut servi un verre de fine champagne, le colonel Raft déclara soudain sur un ton de grave confidence :

– Mes chères petites, il faut que je vous parle.

Il fit une pause pour allumer un cigare, puis reprit :

– Il faut que je vous parle, car vous courez un grand danger.

Ses deux nièces s'entre-regardèrent, pâles et inquiètes. Margaret posa sa main sur celle de sa sœur et s'étonna :

– Un danger ? Vous voulez dire ici, à Pencombe ?

Le colonel secoua la tête.

– Non, pas exactement.

– Dans cette maison, alors ?

– Non plus.

– Quel danger, alors ?

Le maître des lieux prit une profonde inspiration avant de répondre :

– Les hommes.

La surprise et l'incompréhension marquèrent une nouvelle fois le visage de deux sœurs.

– Les hommes ? releva Margaret. Mais lesquels ?

– Tous.

– Comment ? Alors vous aussi, mon oncle ?

Le militaire eut un geste d'agacement.

– Mais non, pas moi ! Car je suis sans doute le seul en qui vous puissiez avoir confiance. Je parlais des hommes en général, des jeunes gens notamment, qui chercheront à vous séduire avec de belles paroles. Mais je vais commencer par le commencement. Vous comprendrez ainsi mieux votre situation…

– Notre situation ? s'étonna Louise.

– Oui. Votre situation. Vous êtes en passe d'être majeures et donc censées être bientôt en âge de comprendre la vie… et surtout les nombreux pièges qu'elle cache.

Un nouveau silence tomba. Il prit une gorgée de cognac, puis reprit :

– Tout a commencé, si l'on peut dire, avec la mort de votre père. Je ne reviendrai pas sur les circonstances du drame, vous les connaissez. Vous savez également qu'il était l'unique héritier d'une riche famille, et qu'à sa mort, en toute logique, sa fortune est revenue à votre mère. Mais elle était déjà très malade à ce moment-là. Affaiblie par son chagrin, elle ne lui a survécu que quelques semaines.

Le colonel observa un silence tout en hochant tristement la tête :

– Pauvre Violette… Elle n'avait pas une constitution très robuste. Elle savait d'ailleurs qu'elle n'allait pas tarder à rejoindre son époux. Heureusement, j'étais en Angleterre à cette époque. Peu avant de nous quitter, elle m'a demandé de m'occuper de vous…

– Mais nous savons tout cela, oncle George, fit remarquer Margaret.

– Certes, mais sans avoir réellement saisi la portée de ces événements. Violette a eu en outre la bonté de me faire un petit legs. Sans doute pour me dédommager, bien que ce ne fût vraiment pas nécessaire. Il allait de soi que j'allais m'occuper de vous. Malheureusement, je n'ai pu veiller sur vous qu'à distance, me limitant à des mesures purement administratives. En fait, Esther et moi souhaitions vous emmener avec nous aux Indes, mais

Violette s'y était opposée. Elle craignait que votre éducation n'en souffrît. Elle m'a expressément demandé de choisir ici, pour vous, les meilleurs établissements, de veiller à ce que vous ne manquiez de rien. Enfin voilà, c'est pour cela que nous sommes restés éloignés les uns des autres. En ce qui me concerne, nombre d'événements se sont produits depuis lors. Esther est morte, comme vous le savez…

Il se tourna vers un le buffet, chargé de bibelots exotiques. Dans un cadre en bambou, une femme blonde d'une trentaine d'années, d'allure un peu masculine, semblait lui adresser un sourire.

– Pauvre Esther… C'était tout le contraire de votre mère. Une femme solide, qui du reste se plaisait bien aux Indes. Elle est morte à la suite d'un stupide accident…

Il ébaucha un sourire triste et passa ostensiblement la main dans sa chevelure.

– C'est sans doute à ce moment-là que j'ai pris tous ces cheveux gris ! J'étais très affecté et j'ai éprouvé le besoin de me changer les idées. Je me suis alors lancé dans les affaires, avec une certaine réussite je dois le dire. Je me suis associé avec un indigène, qui a un sens étonnant du commerce. Il se débrouille même si bien que j'ai pu quitter à la fois l'armée et les Indes. Ne vous méprenez pas, je ne roule pas sur l'or, mais j'ai désormais les reins solides. En rentrant, au début du printemps, j'ai eu la chance de tomber sur ce manoir. On en demandait une somme modique. Je n'ai pas hésité bien longtemps… Belle acquisition, n'est-ce pas ? Qu'en pensez-vous ?

– Eh bien… fit Margaret après une courte hésitation, l'endroit nous plaît beaucoup. N'est-ce pas, Louise ?

– Oui, beaucoup, approuva sa sœur avec ferveur. Nous sommes très heureuses, mon oncle. C'est une merveilleuse surprise !

– Au fait, à qui appartenait-il ? intervint Margaret.

Le colonel eut un air évasif :

– À sir Robert Sutherland. Un homme sympathique et discret, paraît-il, qui est décédé au début de l'année. C'était un vieux célibataire, et à vrai dire, je n'en sais guère plus. Mrs Sellars, elle, l'a bien connu, car elle était à son service.

– Je suppose que c'était un grand amateur d'art ?

– Non, pas que je sache.

– Mais… tous ces tableaux ? Il y en a partout dans le manoir !

– Ah ! Les tableaux ! Non, ça c'était la marotte du propriétaire précédent. Un artiste peintre, assez peu connu, d'ailleurs… Sans quoi, vous pensez bien, on m'aurait demandé une fortune pour cette maison !

– En tout cas, Louise et moi trouvons ces toiles très réussies. Ce peintre… mais au fait, comment s'appelle-t-il ?

Le colonel réfléchit un instant.

– Amos…

– Amos tout court ?

– Non… Amos Sutherland.

– Sutherland ? Il était alors de la famille de sir Robert !

– Oui, un cousin, me semble-t-il. Mais je crains que nous ne nous écartions du sujet.

– C'est vrai, approuva Margaret. Car je ne vois pas en quoi tout cela pourrait constituer une menace…

Le colonel grimaça un sourire :

– Mais, voyons, mes petites, réfléchissez ! C'est tout simplement parce que vous êtes riches. Dès votre majorité – c'est-à-dire dans quelques mois en ce qui te concerne, Margaret – vous hériterez de la fortune de votre mère.

– Elle est si importante que ça ?

– Difficile de la chiffrer avec exactitude, d'autant qu'elle est essentiellement constituée d'actions et de titres. Disons qu'elle vous permettra à toutes deux de voir l'avenir sans soucis matériels. Il me semble d'ailleurs inutile que vous poursuiviez vos études, à moins que vous ne le souhaitiez, bien sûr…

– Mais qu'y a-t-il de si menaçant pour nous ? insista Margaret, perplexe.

– Vraiment, vous ne comprenez pas ? ricana le militaire. Le premier aventurier venu pourrait aisément vous prendre dans ses rets !

– Tu veux dire… en nous faisant la cour ?

– Oui, répondit sèchement le militaire. Et il est même sûr qu'on vous la fera.

– Merci, c'est plutôt flatteur !

– Oui, mais pas uniquement pour vos beaux yeux, hélas ! N'ayant aucune expérience, vous êtes à la merci de n'importe quel bonimenteur ! Mais dites-moi, j'espère qu'il n'y a encore personne dans votre vie ?

Les deux sœurs échangèrent un bref regard, puis secouèrent la tête en signe de dénégation.

– Dieu merci, fit le colonel avec soulagement. Mais ce n'est qu'un répit. À partir de maintenant, il faudra vous méfier comme de la peste de tout ce qui porte un pantalon. Car les coureurs de dots, ce n'est pas ce qui manque !

– Mais alors, que devons-nous faire, oncle George ? s'inquiéta Louise. Vous ne voudriez pas que nous restions… célibataires ?

– Non, bien sûr, répliqua-t-il sèchement, le visage empourpré. Encore que je n'y voie pas d'inconvénient majeur. Simplement, je veux dire que sous cet aspect, rien ne presse. Vous avez tout le temps de grandir. Avant de vouloir s'engager dans la vie, il faut acquérir la sagesse. Et compte tenu de votre situation particulière, vous devrez faire preuve de la plus extrême vigilance. Du reste, ne prenez aucune initiative sans m'avoir consulté au préalable. Croyez-moi, je connais bien la nature humaine… (Un mince sourire naquit sur ses lèvres, tandis qu'il serrait son verre entre ses doigts.) Et à vrai dire, j'ai même un don particulier pour repérer les imposteurs !

Louise et Margaret s'entre-regardèrent, désemparées. Une lueur de révolte passa dans le regard de l'aînée, qui déclara :

– J'espère que nous serons quand même libres de nos mouvements !

– Oui, dans une certaine mesure. La journée, vous pourrez vous promener au village, si le cœur vous en dit.

– Et… nos soirées ?

– À moins que nous sortions ensemble, vous les passerez ici. Car la nuit, il va de soi que vous ne quitterez pas le logis. Comprenez-moi bien : j'ai pris devant votre mère l'engagement formel de veiller sur vous, de tout faire pour qu'il ne vous arrive rien de fâcheux. Et j'entends bien respecter ma promesse.

Là-dessus, le colonel George Raft vida son verre d'un trait, se leva, puis quitta la pièce d'un pas aussi ferme que ses propos.

3

Une nouvelle vague de bonheur avait envahi Louise lorsqu'on lui avait montré sa chambre. C'était une pièce agréable, bien éclairée, qui offrait une belle vue sur les bois. Tapissée d'un papier bleu ciel, elle aussi était décorée de plusieurs tableaux, représentant des thèmes qui la ravissaient : un cheval à bascule, des poupées, des coffres, d'autres jouets. Seul le portrait d'un clown, avec son regard triste et poignant, semblait sortir du lot. Les sujets avaient été peints dans des tons pastel, des couleurs paisibles et veloutées, à l'image de la pièce elle-même. L'après-midi, Louise y retourna et s'allongea sur le lit quelques instants. Tout en contemplant les toiles, elle se laissa emporter dans une douce dérive. L'univers feutré de son enfance lui revint peu à peu : sa maison, sa chambre, ses parents, ses jeux avec Margaret, la cour de l'école… D'aussi loin qu'elle s'en souvînt, Margaret était toujours présente dans ses pensées.

Margaret, sa sœur, son aînée, sa protectrice… Elle éprouvait pour elle une grande affection, malgré ses caprices et son caractère autoritaire, surtout à son égard. Parfois, elle était même sévère, voire injuste. Et cela, dès son plus jeune âge…

– *Tu as perdu, Louise, déclarait Margaret triomphante, les mains sur les hanches, tandis que sa sœur venait de rater son dernier lancer de billes. En attendant que je réfléchisse à ton gage, commence par ramasser toutes les billes…*

Après s'être exécutée, Louise les avait rapportées à son aînée, toute penaude devant ses petits camarades ricanants.

– *C'est bien, mais tu aurais pu faire mieux et plus vite. Tu vas donc recommencer !*

D'un geste vif, la gagnante avait lancé les billes au loin, les dispersant dans la vaste cour d'école. Toutes les petites têtes blondes autour d'elles avaient ri à en perdre haleine. Honteuse, Louise s'était docilement remise à l'œuvre. Margaret lui avait même interdit de retourner en classe tant qu'elle n'aurait pas réuni *toutes* les billes. Après quoi, elle s'était de surcroît fait punir par la maîtresse pour son retard.

Une autre fois, Margaret s'était emportée pour avoir oublié un de ses cahiers. Elle avait malgré tout décrété que c'était la faute de Louise, et lui avait demandé de faire amende honorable devant tous leurs camarades. Mais le repentir n'ayant pas semblé suffisamment sincère, « l'offensée » l'avait giflée avant de lui cracher au visage, déclarant aux « témoins » : « Voilà ce qu'elle mérite ! » Leurs camarades, jouant le jeu et pressés en cela par Margaret, l'avaient à leur tour couverte de crachats. Jamais Louise n'avait ressenti pareille humiliation. Sauf, peut-être, la fois où Margaret, pour une faute bénigne, l'avait « condamnée » à se rouler nue dans les orties.

Cette fois-là, elle lui en avait gardé rancune un certain temps. Cependant, Margaret savait aussi se montrer bienveillante à son égard. Lorsqu'elle était vraiment malheureuse, sa grande sœur la prenait dans ses bras pour étouffer ses sanglots, la consoler, lui caressant les cheveux comme s'il s'agissait de sa poupée préférée. À ces moments-là, Louise lui pardonnait tout, même lorsqu'elle l'accusait à tort.

Pendant les grandes vacances, elles avaient coutume d'aller chez des amis de leurs parents, qui habitaient une grande maison à la campagne. Il y avait des arbres et un petit parc, un peu comme ici... Elles y avaient passé les moments les plus marquants de leur enfance. Et lorsque leurs parents ne les accompagnaient pas, ce qui arrivait souvent, elles se sentaient encore plus heureuses et plus libres. Que de jeux prenants ! Que de moments délicieux ! Que de souvenirs brûlants !...

La jeune fille demeura ainsi quelque temps, perdue dans la contemplation de sa chambre, tout en égrenant ses souvenirs. Au bout d'un instant, elle se sentit gagnée par une étrange impression, un curieux mélange de joie et de mélancolie. La certitude de ne jamais plus pouvoir connaître ces jours heureux lui pinçait le cœur. Mais en même temps, c'était avec une indicible volupté qu'elle faisait défiler ces vieilles images devant elle. Ce trouble s'accentua au point qu'elle finit par se lever et gagner la fenêtre.

Accoudée au rebord, elle s'abîma dans la contemplation des environs. Elle avisa sur le côté, à moitié recouverte de lierre, la margelle d'un puits... D'autres souvenirs l'assaillirent, plus pénibles, mais parfois si vifs qu'elle eut l'impression qu'un cri déchirant montait des profondeurs du puits. Un frisson la parcourut...

Depuis la fenêtre de sa chambre, orientée vers l'est, Margaret regardait comme sa sœur ce puits d'un air sombre et songeur. Elle aussi évoquait de vieux souvenirs. Mais à sa manière, car sa vision des événements différait de celle de Louise...

Louise, sa sœur, si différente d'elle-même... Parfois si absente et si molle qu'il ne fallait pas hésiter à la secouer, et même à réfléchir et décider à sa place. Sa cadette avait la fâcheuse habitude de subir les événements, sans tenter de faire quoi que ce soit pour en modifier le cours. Même lorsqu'il était patent qu'elle s'engageait dans une mauvaise pente, comme avec Philip…

Philip, ce beau garçon aux yeux bruns, qu'elles avaient rencontré deux ans plus tôt, à la station balnéaire de Brighton, et qui constituait du reste le seul événement notable de leurs vacances. Margaret l'avait trouvé d'emblée très séduisant. Lui-même semblait nourrir une certaine attirance à son égard. Mais contre toute attente, il avait finalement jeté son dévolu sur Louise. Leur aventure fut brève, car il repartit bientôt avec ses parents pour le nord de l'Angleterre. Mais ensuite, il lui écrivit régulièrement, avec une flamme proportionnelle à la distance qui les séparait.

Un soir, dans sa chambre d'internat, Louise était venue la trouver. Tourmentée et indécise, elle lui avait confié :

– *Margaret, je ne sais pas ce que je dois faire… Philip me demande de le rejoindre le week-end prochain chez une tante qui habite à Londres…*

– *Hm… Une tante qui ne sera pas là, j'imagine ?*

– *Oui… Tu comprends, j'aimerais tant le revoir, mais en même temps ses lettres sont si vives, si passionnées…*

– *Que tu te méfies un peu, hein ?*

– *Oui, un peu…*

– *Tu crains de ne pouvoir maîtriser la situation ?*

– *C'est cela. Mais j'aimerais tant le revoir…*

– *Tu veux vraiment avoir mon avis ? Eh bien laisse tout tomber, tout de suite. Car tu t'engagerais dans une aventure que tu risquerais bientôt de regretter.*

– Le laisser tomber ?

– *Oui.*

– *Mais je l'aime !*

– *Tu crois l'aimer, tout simplement parce que c'est ton premier flirt. Moi, j'en ai déjà eu plusieurs, je sais de quoi je parle. Et tout à fait entre nous, je peux te dire que ce garçon n'est pas fait pour toi !*

– Vraiment, tu es en sûre ?

– Certaine.

– Mais qu'est-ce que je dois faire, alors ? Je ne sais vraiment pas quoi lui répondre…

– Prends ton papier à lettres et installe-toi. Je vais te dire ce que tu vas lui répondre…

Margaret lui dicta alors une lettre de rupture très sèche, propre à décourager le plus ardent des amoureux, au terme de quoi Louise déclara après avoir relu l'ensemble :

– Mon Dieu, mais il m'en voudra terriblement !

– N'est-ce pas l'effet recherché ? Car tu comptes bien te débarrasser de ce type-là, n'est-ce pas ?

– Vraiment, je ne sais pas…

– Si, tu le sais. Même si tu n'en es pas encore consciente. Va immédiatement déposer ça dans une boîte aux lettres. Et tu verras, après ça, tu seras soulagée et plus sereine !

Mais le talent de Margaret n'avait pas suffi à décourager le soupirant de Louise. Une semaine plus tard, elle recevait une autre lettre, plus enflammée que les précédentes, la suppliant de la revoir. Profondément troublée, Louise était allée retrouver sa sœur. Le visage de Margaret reflétait une curieuse expression de dureté lorsqu'elle eut pris connaissance de la missive.

– Eh bien, grinça-t-elle, je crois qu'il est mordu.

– Oui, il m'aime, sanglota Louise. Et moi aussi, je l'aime… Oh ! Margaret, ma chérie, si tu savais comme je l'aime !

– Non ! répliqua-t-elle d'une voix cinglante, avant de déchirer rageusement la lettre.

Tandis qu'elle en jetait les restes dans une corbeille, elle ajouta :

– C'est fini, maintenant. Définitivement. Et crois-moi, c'est mieux ainsi !

Le beau Philippe était ainsi sorti de leur vie, grâce à sa ferme intervention. Elle s'était ensuite employée à consoler sa sœur, qui avait pleuré durant plusieurs jours. Cependant, au bout de quelques semaines son chagrin s'estompait.

En son for intérieur, Margaret s'était adressé de vifs reproches, consciente d'avoir abusé de son autorité pour influencer sa cadette. Elle savait également que la colère et la jalousie n'étaient pas étrangères à sa réaction. Elle s'était d'ailleurs longuement interrogée sur les sentiments du jeune homme : pourquoi avait-il préféré Louise, si pâle et si fragile ? Alors qu'au départ, c'était bien elle qu'il avait remarquée. Oui, elle, et son corps épanoui, sur lequel il avait laissé traîner ses regards… Des regards qui en disaient long sur ses intentions, sur ses élans contenus. Louise n'aurait jamais eu assez de caractère pour les contenir. Oui, réflexion faite, c'était mieux pour sa sœur. Elle avait bien fait d'intervenir à temps.

Margaret s'arracha à ses pensées et se tourna vers l'intérieur de sa chambre ; une pièce confortable, tapissée de papier rose aux frises dorées. Il n'y avait qu'un tableau au mur, mais on ne pouvait manquer de le remarquer, ne fût-ce qu'à cause de sa taille. L'artiste avait peint sur fond de jardin luxuriant Ève cueillant la pomme. Au premier plan, Adam l'observait, à la fois inquiet et admiratif.

Comme à son premier coup d'œil, il lui sembla reconnaître le visage de Philippe dans celui d'Adam. Après un examen attentif, elle constata qu'il n'y avait pas la moindre ressemblance entre eux, n'était la couleur de leurs cheveux. Elle haussa les épaules, puis sortit.

Après un moment d'hésitation, elle se dirigea vers la volée de marches qui donnait accès au dernier niveau, le seul qu'elle n'eut pas encore visité. À cet endroit, la cage d'escalier était entièrement revêtue de chêne et mal éclairée. On distinguait mal les détails des tableaux accrochés aux lambris. Mais par endroits, comme sur le palier, les rayons du soleil, filtrés par une fenêtre à petits carreaux, mettaient en lumière certaines zones. Margaret s'arrêta un instant pour contempler le portrait d'une femme d'âge moyen, vêtue d'un boléro jaune. Ses cheveux noirs serrés dans un chignon révélaient l'ovale parfait de son visage. Quelque chose en elle faisait songer à la célèbre Joconde. Peut-être son sourire de sphinx ? Mais souriait-elle vraiment ? C'était difficile à affirmer, car ce n'était vraiment que l'esquisse d'un sourire. Ses lèvres minces étaient à peine arquées. Pourtant, il y avait quelque chose de jubilatoire en elle. Peut-être à cause de l'éclat de son regard ? Il aurait fallu un meilleur éclairage pour se faire une idée précise.

Elle gravit les dernières marches et atteignit les combles, aménagés à cet endroit. Au bout d'un couloir qui desservait trois pièces, une porte s'ouvrait sur le grenier proprement dit, où elle ne s'attarda guère. Il n'y avait là que quelques coffres et cartons poussiéreux.

Elle retourna dans la partie aménagée. La dernière des trois pièces recelait un bric-à-brac de cartons et d'objets entassés, si dense qu'il décourageait immédiatement le visiteur occasionnel. La seconde, remplie de meubles démontés, produisait le même effet dissuasif. Quant à la première, presque en face de l'escalier, elle était fermée. Mais pas seulement fermée à clé…

Il n'y avait même plus de trou de serrure : un solide panneau de chêne obturait le chambranle.

Margaret se souvint alors de la fenêtre mansardée à l'étage, qu'elle avait remarquée de l'extérieur en arrivant. D'après son orientation, elle devait correspondre à cette pièce-là. Elle avait donc été totalement condamnée... *mais pourquoi* ?

4

– Oui, entrez ! grogna le colonel après qu'on eut discrètement frappé à la porte.

La silhouette mince de Louise parut sur le seuil. L'ancien militaire, installé à son bureau et penché sur un livre de comptes, se retourna brièvement, avant de se replonger dans sa lecture, grommelant :

– Oui, Louise, qu'y a-t-il ?

– Mon oncle... Margaret et moi souhaiterions faire une promenade.

– Faire un tour dans les bois ? Mais bien sûr, qu'est-ce qui vous en empêche ?

– Nous voudrions également voir le village, nous arrêter à l'église...

– À l'église ? Hm... je n'y vois pas d'inconvénient majeur. Mais n'oubliez pas, le dîner est servi à 19 heures précises. Ne soyez pas en retard, Mrs Sellars n'apprécierait pas cela, et moi non plus. Mais pourquoi diable voulez-vous vous promener ? Vous venez à peine d'arriver !

– Nous aimerions juste prendre l'air, faire un peu d'exercice et...

Stupéfaite, Louise ne put terminer sa phrase. Ses yeux venaient de faire le tour de la pièce.

Hormis la chambre close, le bureau de leur oncle était le seul endroit dans lequel Margaret et elle n'avaient pas jeté un coup d'œil. C'était sans doute aussi le seul, avec la cuisine, où il n'y avait pas de tableau. Et pour cause : il n'y avait guère d'espace entre les bibliothèques et les rayonnages serrés comme des harengs. Ce surcroît de meubles paraissait oppressant, mais ce n'en n'était pas l'unique raison. Il n'y avait pas que des livres sur les étagères. Ce qui frappait surtout Louise, au point qu'elle en demeure immobile, la bouche ouverte, c'était la « gent rampante » qui avait élu domicile en ces lieux : une foule de petits animaux empaillés, essentiellement des reptiles : caméléons, varans, toutes sortes de serpents et même un petit crocodile.

– Oui, ma petite, je t'écoute ? demanda le colonel après un silence.

– Toutes ces bestioles, bredouilla-t-elle, vivement impressionnée, c'est à vous ?

– Rien qu'à moi ! Des souvenirs des Indes ! C'est d'ailleurs à peu près les seuls que j'ai rapportés.

– Mais il y a là… toute une collection !

– Oui, c'est le mot qui convient. Je l'ai commencée pour ainsi dire à mon arrivée aux Indes. Malheureusement, je n'ai guère eu le loisir de m'en occuper ces dernières années. Mais désormais, j'entends bien rattraper le temps perdu. (Se retournant et grimaçant un sourire sarcastique, il ajouta :) Ma parole, tu es blanche comme un linge, ma petite Louise ! Au cas où tu ne t'en serais pas rendu compte, sache que ces bestioles, comme tu dis, sont désormais parfaitement inoffensives !

– Je sais bien, mais c'est plus fort que moi. Leur seule vue me révulse…

– Je ne t'oblige pas à rester ici, si tu as si peur !

Continuant de la détailler d'un air critique, il ajouta :

– Oui, tu as peut-être raison, un peu d'air frais te fera le plus grand bien.

Louise acquiesça, puis pivota sur les talons. Mais sur le seuil de la porte, elle se ravisa.

– Je voulais encore vous poser une question, mon oncle. C'est à propos du grenier...

– Le grenier ? Tu es allée faire un tour au grenier ?

– Euh... oui.

– Hm... Voilà une bien téméraire aventure pour quelqu'un qui a peur des araignées !

– En fait, c'est Margaret...

– Ah ! Cela change tout ! Car elle, elle est plus hardie que toi ! Et alors ?...

– Rien... mais il y a là-haut cette pièce qu'on ne peut pas ouvrir. Nous nous demandions pourquoi...

Le colonel referma son livre de comptes. Après un silence, il répondit, les yeux tournés vers la fenêtre.

– Eh bien sache que je n'y suis pour rien. Les lieux étaient tels quels lorsque j'ai acheté ce manoir. J'ai déjà pris contact avec un menuisier pour faire rouvrir cette pièce, mais il n'est toujours pas passé. D'ailleurs, tu as bien fait de m'en parler, car il faudra que je songe à le relancer...

⁂

Dans le hall, sur le point de quitter le manoir, les deux sœurs croisèrent Mrs Sellars qui sortait de la cuisine, le front brumeux.

– Tout va bien, Mrs Sellars ? s'enquit aimablement Margaret.

– Oui, à part mon arthrite, soupira la cuisinière en faisant une grimace. Le Dr Christie m'avait pourtant promis une amélioration avec ses derniers médicaments, et aussi la venue de l'été. En fait, je crois bien que c'est tout le contraire. Il faudra que je le lui signale. Il m'a d'ailleurs conseillé… Mais vous ne connaissez pas encore le Dr Christie, n'est-ce pas ? Non, bien sûr. Suis-je bête ! Comment le pourriez-vous ?… Mais cela ne saurait tarder, car voyez-vous, je suis souvent obligée de faire appel à lui.

– Nous serons très heureuses de faire sa connaissance, affirma Margaret, souriante. Mais j'y pense, Mrs Sellars, cela fait longtemps que vous travaillez ici, n'est-ce pas ? Notre oncle nous a dit que vous étiez déjà au service du précédent propriétaire, Mr Robert Sutherland…

– Sir Robert, en effet, approuva-t-elle avec une gravité recueillie. Paix à son âme. C'était un homme charmant, un gentleman de la vieille école, comme il n'en existe plus guère aujourd'hui, hélas ! Remarquez, je ne dis pas ça pour votre oncle ! Je n'ai rien à lui reprocher, bien au contraire, il a été très aimable de me prendre à son service, moi et Liza, d'ailleurs… Mais enfin, comment dire ? après toutes ces années passées sous les tropiques, à guerroyer contre les rebelles, on perd un peu les bonnes manières, n'est-ce pas ? Et c'est normal, car il faut bien que quelqu'un défende nos intérêts. Non, ce que je voulais dire, c'est que sir Robert avait une certaine classe, c'était un homme d'une autre époque…

– Nous comprenons très bien. Vous étiez à son service depuis longtemps ?

– Oui, depuis son installation au manoir, en 1920, c'est-à-dire il y a très exactement quinze ans.

– Liza n'était pas encore là…

– Non, bien sûr, puisqu'elle a votre âge. Cela ne fait qu'un an qu'elle m'aide ici. Vous savez, c'est une très chic fille, même si elle ne parle pas beaucoup.

– Nous n'en doutons pas.

– Elle est très timide. C'est l'aînée d'une famille de six enfants, dont le père...

Elle s'approcha des deux sœurs pour ajouter d'un ton de confidence :

– C'est un homme qui boit depuis qu'il a perdu son emploi. Et cela le désespère tellement qu'il boit davantage...

– Une famille, donc, dans le besoin !

– Oui, c'est exactement cela. Chaque sou compte pour eux. Vous comprenez donc que Liza tient à sa place comme à la prunelle de ses yeux. Je vous dis ça parce que le colonel – un homme que j'estime, notez bien – s'est mis un jour en colère contre elle et a failli la renvoyer. La malheureuse, elle était dans un tel état d'angoisse qu'on a dû prévenir le Dr Christie...

– Que lui reprochait-il ?

– Rien, trois fois rien ! répondit-elle brièvement. Cela ne concernait même pas le service. Vous savez, votre oncle a ses qualités, certes, mais il est un peu rigoriste, prompt à blâmer le moindre écart de conduite, la moindre faiblesse...

– Oui, il est même très sévère, convint Margaret en se tournant vers sa sœur. Nous l'avons constaté. Il n'était pas comme ça, jadis, je crois. C'est peut-être le décès de notre tante qui l'a aigri...

– C'est bien possible. Mais à propos de Liza, il est finalement revenu sur sa décision. J'ai dû insister... même le menacer de partir avec la petite s'il persistait à vouloir la renvoyer ! (Avec un sourire amusé, elle ajouta :) J'en ai conclu, non sans une certaine vanité, qu'il appréciait ma cuisine, la préférant sans doute à celle qui lui avait été servie aux Indes… Mais est-ce étonnant ? Car ils ne sont pas bien gros, là-bas ! Quant on voit ces fakirs sur les photos… ils sont tous maigres comme des clous !

– C'est vrai. Mais d'un autre côté, si un homme de bon goût comme sir Robert vous a gardée durant tout ce temps, ce n'est sans doute pas le fait du hasard.

– J'ai la faiblesse de le croire, répondit la cuisinière en baissant la tête et en essuyant machinalement les mains sur son tablier.

– À propos de sir Robert, demanda Margaret, savez-vous pourquoi il a fait condamner la pièce du haut ?

La grosse figure de Mrs Sellars changea d'expression. Elle bredouilla :

– La… la pièce des combles ?

– Oui. L'entrée est bloquée. Et la fenêtre aussi.

– Eh bien ça… c'est une vieille histoire. Une histoire de famille… Moi, je n'étais pas encore là…

– Cette pièce est donc condamnée depuis tout ce temps ?

– Oui.

– Mais pourquoi a-t-on fait ça ?

La cuisinière commença à battre en retraite.

– Une vieille histoire, qu'il vaut mieux oublier bien vite, croyez-moi. Oui, vraiment. Mais je vous laisse, j'ai de l'eau sur le feu…

Une fois dehors, dans l'allée de gravier, Margaret manifesta son étonnement :

– Mais qu'est-ce que c'est que tous ces mystères ? Ma parole, on dirait qu'il s'agit d'un secret d'État !

– Nous aurions mieux fait de nous adresser à Liza, non ? réfléchit Louise, un doigt posé sur le menton.

– J'ai l'impression qu'elle ne nous aime pas beaucoup, celle-là. Ça m'étonnerait qu'elle nous fasse la moindre confidence. Quoi qu'il en soit, je tirerai tout cela au clair. Tu peux me faire confiance. En attendant, allons changer d'air, histoire de voir un peu à quoi ressemblent les indigènes !

Toutes deux coiffées de leur canotier et vêtues d'une ravissante robe de coton imprimé, elles descendirent la rue principale du village. L'horloge sonnait cinq heures lorsqu'elles passèrent devant l'église, une construction de granit un peu rustique, qui semblait défendre l'accès du cimetière. En face, l'auberge des « Deux clés », avec son colombage élisabéthain et ses géraniums éclatants, paraissait plus avenante. La rue était presque déserte. Les seuls villageois qu'elles croisèrent étaient des enfants ou des personnes âgées. Les deux sœurs étaient en train de penser que dans un endroit aussi reculé, elles allaient s'ennuyer à mourir, et se demandaient si elles ne regretteraient pas le pensionnat.

Ayant fait le tour du village, elles s'arrêtèrent à la fontaine publique, située en retrait de la place principale, près de l'atelier du maréchal-ferrant, dont l'enclume résonnait dans le calme champêtre. Il faut dire qu'à Pencombe les voitures étaient aussi rares que les princes charmants. À part le colonel, et quelques notables, nul ne devait en posséder.

Tandis qu'elles s'approchaient de la fontaine pour se rafraîchir, les deux sœurs s'immobilisèrent soudain.

– Attention ! fit une voix dans leur dos. Ne buvez pas cette eau !

5

Elles se tournèrent vers l'auteur de cet avertissement : un jeune homme, mince, portant une chemise de soie bleue, assez voyante avec ses reflets moirés, tout comme son foulard carmin noué autour du cou. Ses cheveux noirs, séparés par une raie médiane, et un nez allongé lui donnaient une touche de distinction un peu originale.

– Ne la buvez pas... à moins d'être sûres de votre sagesse ! reprit-il, toujours très sérieusement. Cette eau est réservée aux âmes pures.

Après un moment d'étonnement, Margaret répondit, amusée :

– Je suppose que les autres, les impies et les pécheurs, tombent comme des mouches après y avoir seulement trempé leurs lèvres ?

– Oui, c'est plus ou moins ce qu'on racontait jadis, à l'époque où cette fontaine était encore entourée de forêts.

– Et vous étiez naturellement là pour en témoigner !

L'ombre d'un sourire naquit sur le visage de l'inconnu.

– Je suis peut-être plus vieux que vous ne le pensez, mesdemoiselles...

Margaret se rapprocha et souleva le bord de son canotier pour l'observer de plus près.

– Voyons, vous n'avez pas plus de 25 ans.

– Perdu, j'en ai vingt-neuf ! fit-il avec une moue désolée.

La jeune fille sourit plus franchement :

– Je comprends, cette eau est une fontaine de Jouvence, et vous voulez la garder pour vous tout seul ! D'où cette vieille légende, que vous avez probablement inventée à dessein.

– Dans ce cas... essayez ! Goûtez donc cette eau !

Margaret se pencha vers le bassin, non sans hésiter. Elle interrogea sa sœur du regard, qui fit non de la tête, puis elle-même se redressa, en haussant les épaules et lâcha avec dédain :

– Pourquoi en boirais-je, puisque je n'ai pas soif ?

Le jeune homme sourit, satisfait.

– Je vois, vous n'avez pas la conscience tranquille. C'est peut-être mieux ainsi, car j'ai horreur des gens parfaits.

– Croyez-vous à leur existence ? répliqua Margaret en retirant son chapeau et en ordonnant d'un mouvement gracieux sa chevelure blonde.

– Vous avez raison, je n'en connais guère. Il m'arrive d'avoir une bonne opinion de moi-même... mais cela ne dure jamais longtemps. À propos, je m'aperçois que je ne me suis pas encore présenté : Jerry Granger, artiste peintre, célibataire, perpétuellement en quête de lumière et de beauté. C'est d'ailleurs à ce titre que je me suis permis de vous aborder, car j'ai trouvé admirable la manière dont vous vous teniez près de cette fontaine, qui m'a paru à cet instant comme touchée par la grâce divine...

– Vraiment ? renchérit Margaret en battant des paupières. Vous ne seriez pas du genre flatteur ?

– Non. Je dis simplement ce que je pense. Et je ne plaisante jamais quand il s'agit de mon travail, mesdemoiselles Malonet...

– Comment, vous nous connaissez ?

Jerry Granger regarda autour de lui les habitations environnantes :

– Mais voyons, à Pencombe, tout le monde est au courant de tout ! Nous n'avons pas l'habitude de voir des têtes nouvelles. Le nouveau propriétaire du manoir accueille ses deux nièces de Londres ? Vous pensez, c'est un événement !

– Vous êtes peintre, Mr Granger, dites-vous ? intervint Louise, songeuse.

– Oui, et mon atelier est tout près. Vous voyez la maison après celle du maréchal-ferrant ? C'est là que j'habite. Si le cœur vous en dit, je me ferai un plaisir de vous le faire visiter. Mais pourquoi cette question, mademoiselle… Margaret ?

– Non, Margaret, c'est moi, rectifia l'intéressée. Elle, c'est Louise.

– Pourquoi je vous demande ça ? reprit cette dernière. Eh bien, c'est parce que je pensais à cet autre artiste, celui qui a peint tous les tableaux du manoir. Voyons, comment s'appelle-t-il déjà ?…

– Amos Sutherland.

– Vous le connaissez ?

Granger hocha la tête.

– Je le connaissais même très bien. Amos Sutherland nous a quittés depuis longtemps. Et je lui dois beaucoup, entre autres ma vocation. C'est lui qui m'a fait comprendre la peinture, et l'art d'une manière générale. Il a été un phare dans ma vie…

– Il avait l'air très doué, commenta Louise.

– Il était plus que cela. Je le tiens pour l'un des plus grands peintres de notre temps… Que dis-je, un génie !

En vérité, les deux sœurs appréciaient les tableaux d'Amos Sutherland, mais sans être prises de pâmoisons en les contemplant. L'admiration de Jerry leur semblait excessive.

– J'ai cru comprendre qu'il n'a eu qu'un succès relatif, fit remarquer Margaret.

– Hélas ! En fait, il a été délibérément ignoré. Je ne parle pas des gens d'ici, qui ne s'y entendent guère en matière d'art. Et comme partout, nul n'est prophète en son pays. Les autorités suprêmes en la matière, nos redoutables critiques d'art, ont décrété d'un commun accord qu'Amos Sutherland manquait d'originalité. Son style était quelconque, trop classique, une sorte d'impressionnisme suranné, dénué de tout intérêt. Les quelques expositions qu'il avait organisées à Londres ont été autant de fiascos. Ce mépris perpétuel, confinant à la malveillance, cette ignorance si manifeste ont fini par avoir raison de lui… Il ne l'a pas supporté, et cela peut se comprendre lorsqu'on possède un talent comme le sien.

– Il s'est suicidé ?

Granger jeta un bref coup d'œil à son interlocutrice.

– Oui, il a mis fin à ses jours.

Un silence tomba. Les coups portés contre l'enclume par le forgeron se firent plus perceptibles.

– C'est curieux… Serais-je le premier à vous en parler ? reprit Granger, intrigué.

Margaret échangea un regard amusé avec sa sœur et dit :

– Oui, on nous cache tout ! Je suppose qu'on doit nous juger trop jeunes pour partager ces secrets. Donc, si j'ai bien compris, Amos Sutherland vivait au manoir avec sir Robert, son cousin ?

– Non. Il y habitait avant, avec sa femme, Maud. Sir Robert ne s'est installé qu'après le drame.

– J'espère que lui au moins admirait l'œuvre de son cousin.

– Lui, sir Robert ? Pensez donc. Au contraire, il a tout fait pour qu'on l'oublie !

– Il a pourtant précieusement conservé ses toiles !

– Oui, pour qu'elles ne soient pas accessibles au public.

– Mais pourquoi ? s'étonna Louise

– Je vous l'ai dit : afin qu'on oublie Amos Sutherland, jusqu'à son souvenir !

– C'est vraiment étrange... Mais alors, il aurait dû en bonne logique détruire l'œuvre entière, faire un bel autodafé !

– Dieu merci, il n'est pas allé jusque-là. En vérité, il ne méprisait pas son travail. Simplement, il le trouvait quelconque, peu digne d'intérêt. Une sorte d'indifférence, qui est peut-être la forme la plus achevée du mépris. Mais c'est vrai, cela a peut-être sauvé les tableaux...

– Je commence à comprendre, dit Margaret.

– Ah ? Car moi, je ne l'ai jamais compris. Mais j'avoue que c'était réciproque. Sir Robert ne m'a d'ailleurs jamais permis de visiter les lieux. J'aurais pourtant tant aimé revoir toutes ces merveilles...

– Ah ? Eh bien, alors passez donc nous rendre visite à l'occasion !

Le visage du jeune peintre s'illumina d'abord de joie, puis il se rembrunit :

– Et vous croyez que votre oncle sera d'accord ?

– Pourquoi ne le serait-il pas ? déclara Margaret avec une assurance qu'elle était loin d'éprouver. Demain après-midi ? Cela vous convient-il ?

– Ma foi, oui... Si vous pensez vraiment que le colonel n'y voit pas d'inconvénient.

– Alors c'est entendu. Mais de grâce, n'hésitez pas à différer ce rendez-vous si vous trouvez un nouveau sujet d'inspiration... Nous ne voudrions pas être responsables d'un autre drame !

Tout en souriant, Jerry Granger eut un geste de dénégation.

– Rassurez-vous, il n'y a pas de risque. Je ne suis pas un artiste à part entière. Ce que je regrette, évidemment. Je réalise régulièrement des compositions personnelles, mais ce n'est malheureusement pas cela qui me fait vivre. Je passe le plus clair de mon temps à faire de la restauration de tableaux anciens pour le compte des musées.

– Eh bien, c'est presque pareil, non ?

– Oh non ! C'est un travail d'artisan, ni plus ni moins. Je restitue ce qui a été, un peu à la façon des archéologues. Il n'y a là aucune place pour la création et la fantaisie.

– Je comprends, Mr Granger...

– Appelez-moi Jerry, dit-il en rajustant son foulard.

– D'accord, Jerry. Mais je pense à quelque chose qui m'intrigue... Peut-être pourriez-vous nous éclairer. Il y a une pièce condamnée au manoir, on la voit de l'extérieur...

Le jeune homme hocha la tête.

– C'est l'œuvre de sir Robert, n'est-ce pas ? reprit-elle. Je suppose que c'est à cause de son cousin ?

– Alors, vous êtes au courant !

– Non, mais je le devine. Je suppose également que c'est entre ces quatre murs qu'il peignait...

– Pas exactement. En fait, c'est là qu'il... qu'il s'est donné la mort.

– Mais oui, bien sûr ! s'exclama la jeune fille, toute à ses pensées. C'est donc pour effacer le souvenir de ce drame que sir Robert a décidé de faire condamner cette pièce !

– Oui, c'est cela, confirma Granger, qui avait baissé la tête. Sous cet aspect, il n'avait peut-être pas tort. Car il vaut mieux, en effet, oublier ce drame…

– Un drame dû à son échec, commenta tristement Margaret.

Alors qu'elle s'attendait à un oui de la part du jeune peintre, celui-ci parut chercher ses mots, avec réticence.

– Pas exactement, finit-il par dire.

Margaret ne cacha pas son étonnement.

– N'est-ce pas là la cause de son suicide ?

Le peintre secoua la tête.

– Amos Sutherland n'a pas sombré dans une folie complète comme on a bien voulu le croire. C'est son immense talent qui l'a tué. Personne n'a voulu le reconnaître, mais c'est pourtant la vérité. À certains égards, sa peinture était révolutionnaire, et surpassait tout ce qui a été fait jusqu'ici. Il a même su en produire la preuve…

– Là, je ne vous suis plus très bien, Jerry…

– Moi non plus, renchérit Louise en saisissant sa sœur par le bras. Quelle preuve ?

Le regard du peintre se fit sombre et lointain.

– La meilleure des preuves. Car rien ni personne n'aurait pu le pousser à faire ce qu'il a fait…

Sur ces mots, visiblement très ému par ces vieux souvenirs, il s'excusa et prit congé des deux sœurs.

6

Il faisait très chaud à Londres, cet après-midi-là. Dans le vaste salon vitré du *Leadenhall*

Hotel, où s'épanouissaient de nombreuses plantes en pots, il régnait une certaine moiteur qui incitait à l'indolence. C'était l'heure creuse et il n'y avait guère que le personnel dans la grande salle dont les baies vitrées étincelaient au soleil.

L'homme qui entra par la porte de la terrasse portait sa veste sous le bras et de fines gouttelettes de sueur perlaient à la racine des cheveux. Il sourit amicalement en avisant un serveur rondelet, au visage piqué de rousseurs, qui lisait le journal, assis au fond de la pièce. Ce dernier sourit à son tour quand l'homme l'eut rejoint et dit :

– Tiens, voilà la relève !

– Salut, Bill. Quelle chaleur, bon sang !

– À qui le dis-tu, Chris ? Tu sais, j'ai de plus en plus envie de changer de job…

– De quoi te plains-tu ? Nous travaillons dans un cadre agréable et faisons de nouvelles connaissances tous les jours !

– Un cadre agréable ? Arpenter cette terrasse avec mon plateau à la main et faire des sourires aux clients, ça commence à me barber !

– Je vois, la journée a été pénible.

– C'est bien simple, ici, on se croirait dans une serre ! Mais toi, tu vas pouvoir profiter de la fraîcheur de la soirée…

– Je t'ai déjà proposé d'inverser nos horaires, non ? Mais tu as horreur de travailler le soir. D'ailleurs, tu ne le regretterais pas, car c'est en fin d'après-midi qu'on voit les plus belles pouliches…

– Décidément, tu ne pense qu'à ça, mon vieux ?

Le dénommé Chris sourit, puis s'installa à côté de son collègue. Il consulta ensuite sa montre bracelet.

– Je vais bientôt devoir embrayer, mon vieux. Tu as cinq minutes pour me débiter tes soucis de la journée.

– Rien de spécial. Mais comme toujours, des raseurs ! Un vieux toubib, notamment, dont j'ai eu du mal à suivre le discours intégral. Il était assis près du bar et il n'y avait pas beaucoup de monde.

– De quoi parlait-il ?

– De malades, bien sûr. Il causait avec un type, qui n'était pas tellement d'accord avec ce qu'il disait, si bien qu'il a insisté. Sans s'énerver, car c'était pas son genre, mais il ne démordait pas de son idée…

– Quelle idée ?

– Que les gamins peuvent être des meurtriers à part entière.

– Ah ? fit ledit Chris avec une certaine indifférence. Pourquoi pas ? Ça s'est déjà vu…

– Le vieux toubib ne parlait pas de grosse crise de colère qui se termine par un geste malheureux, mais de crime prémédité, avec un plan soigneusement préparé…

– Ça, c'est plus difficile à avaler !

– C'est ce que pensait l'autre. Il soutenait que pour quelqu'un qui n'avait pas dix ans, une telle théorie n'était pas concevable. Le toubib lui a alors froidement répondu qu'il avait été personnellement témoin d'une affaire de ce genre.

– Une affaire connue ?

– Non, car le crime est resté impuni. Il s'était refusé à dénoncer l'assassin, à cause de son jeune âge. Il voulait lui laisser une chance, ne pas lui gâcher sa vie, pensant qu'il n'avait pas mesuré la portée de ses actes, bien que sa froide préméditation suggérât le contraire…

Chris réfléchit un court instant, tout en remontant ses manches.

– Facile à raconter ces choses-là. À mon avis, c'est juste pour se rendre intéressant. Car j'imagine qu'il n'a donné ni nom, ni date, ni lieux, n'est-ce pas ?

Sûr de son effet, William dodelina de la tête :

– Si, il a donné quelques indications. Le drame remonte à une dizaine d'années et a eu lieu dans un village qu'il n'a pas mentionné, mais qui se trouverait pas loin d'Oxford. Le garçon qui a été tué s'appelait Johnny. Je sais bien, ce n'est pas avec ça qu'on pourrait retrouver sa trace, mais le toubib en parlait avec une telle conviction qu'on pouvait difficilement en douter. Mais bon, je vais pas t'ennuyer plus longtemps avec ça. D'ailleurs, je crois que c'est l'heure pour toi de te changer, mon vieux...

Malgré le rappel de son compagnon, ledit Chris ne manifestait aucune hâte. Au contraire, il ne semblait nullement disposé à se lever. Son sourire tranquille s'était mué en un air de profonde réflexion.

– Un gamin s'appelant Johnny, près d'Oxford, il y a dix ans ? répéta-t-il. C'est curieux...

– Dépêche-toi, ou tu vas te faire remonter les bretelles par le patron !

– J'ai encore cinq minutes. J'aimerais bien que tu me racontes l'histoire de ton toubib, mais en détail cette fois-ci...

7

Margaret était sur le point de s'endormir lorsqu'on frappa à sa porte. Elle alla ouvrir et vit sa sœur en robe de chambre, la mine défaite et les yeux brouillés par les larmes.

– Louise ? s'exclama-t-elle en battant des paupières. Tu en fais une tête ! Que se passe-t-il ?

– Je ne sais pas ce que j'ai, mais je n'arrive pas à dormir. J'ai envie… j'ai envie de pleurer.

– Ah ? Eh bien ! alors viens, entre. Raconte-moi tous tes malheurs.

Après avoir écouté Louise, qui s'était bornée à lui répéter qu'elle ignorait la cause de son insomnie, elle déclara :

– Il peut y avoir mille raisons, le changement d'air, l'excitation du voyage, le manque d'habitude, la pleine lune, et que sais-je encore.

– Il n'y a pas de pleine lune.

– Soit. Mais vraiment, ma chérie, il n'y a pas de quoi s'inquiéter ! Ça arrive à tout le monde.

– Ce n'est pas un simple énervement, Marge. Je me sens triste, affreusement triste. Je pense sans arrêt à l'époque où nous étions si heureuses… Alors j'allume la lampe, je réfléchis, et là, c'est pire encore. D'ailleurs, j'ai déjà eu cette impression cet après-midi, lorsque je suis allée me reposer après le dîner.

– Et ça allait mieux après, dès que tu es sortie de ta chambre ?

– Oui, il me semble…

Margaret poussa un profond soupir :

– Bon. Alors allons y jeter un coup d'œil.

Quelques instants plus tard, Margaret considérait pensivement l'ensemble des tableaux. Au bout d'un moment, elle hocha la tête d'un air entendu.

– Je crois avoir compris, ma chère. Il y a quelque chose qui te rappelle certain souvenir. Regarde bien, et tu comprendras tout de suite.

– Vraiment, je ne vois pas…

– La première toile sur ta gauche. C'est un jardin d'enfant. Observe bien le fond. On y voit une fillette qui…

– … qui joue à la balançoire ! acheva Louise, en écarquillant les yeux. Mon Dieu, tu crois que c'est cela ?

– J'en suis sûre. D'ailleurs, c'est bien simple, tu seras vite fixée. Je vais retourner le tableau, et tu verras, tu t'endormiras comme une marmotte !

Après un moment de fébrile hésitation, Louise s'agrippa à la chemise de sa sœur.

– Je ne veux pas rester ici cette nuit…

– Bon, soit. Alors tu dormiras chez moi. Le lit est assez grand. Mais vraiment, Louise, je trouve que tu te conduis comme une gamine !

L'interpellée eut du mal à contenir ses larmes.

– C'est vrai, gémit-elle. Mais ce soir, je ne sais pas ce que j'ai…

De retour dans la chambre de l'aînée, Margaret éteignit la lumière et toutes deux se blottirent sous les draps. La respiration saccadée de Louise et quelques sanglots spasmodiques troublèrent le silence, puis elle se calma. Après quoi sa sœur lui confia :

– Pour être tout à fait honnête, ma chérie, j'avoue que moi aussi j'ai eu du mal à trouver le sommeil, tout à l'heure.

– Ah ! Tu vois ? Il y a quelque chose dans cette maison !

– Mais moi, je n'ai pas envie de pleurer. Au contraire, je me sens bien, très à l'aise, et même… comment dire ? Peut-être trop détendue pour pouvoir m'endormir…

– Ah ?…

– Même dans l'obscurité, il me semblait voir le tableau qui est devant nous, avec cette scène du paradis. J'avais même l'impression d'y être, de baigner dans une curieuse félicité…

– Tu as de la chance !

– Mais en dehors d'ici, c'est différent. Dans le couloir, par exemple, je ressens quelque chose d'autre. En montant dans les combles aussi, j'ai eu comme une étrange sensation...

– Avec le drame de ce peintre, ce n'est pas étonnant. Il paraît que les événements peuvent laisser une empreinte profonde sur les lieux où ils se produisent, et surtout les événements malheureux. J'ai lu un livre qui traite de la question. Certains endroits sont même véritablement maudits, au point que les incrédules eux-mêmes préfèrent les éviter...

– Cette histoire de suicide t'a marquée, n'est-ce pas ?

– Pas toi, Marge ?

– Si. D'autant qu'il y a quelque chose de bizarre dans cette histoire. Et plus j'y réfléchis, plus j'en suis persuadée. Condamner une chambre à cause d'un suicide ? Tu ne trouves pas cela curieux ?

– Si. Et les dernières paroles de Jerry Granger aussi. Je me demande bien ce qu'il a voulu dire...

– La prochaine fois, il ne s'en tirera pas comme ça. Nous le tiendrons sur la sellette ! À propos, j'en ai parlé à Liza. Non seulement elle ne m'a rien appris, mais en plus, j'ai eu l'impression qu'elle m'en voulait !

– Pourquoi t'en vouloir ? Ce serait idiot ?

– Vraiment, je n'ai pas compris sa réaction. C'était tellement déplacé que c'en était presque impertinent. Je ne sais pas ce qui m'a pris, mais sur le coup, j'ai eu envie de la gifler. C'était après le dîner. Oncle George et toi veniez juste de sortir...

– Tu étais en colère ?

– Oui, et... C'est curieux, ma chérie, c'est vraiment curieux, car je viens de me rendre compte d'une chose. Après cela, je suis allée dans le hall, m'asseoir dans un des fauteuils près de la cheminée, et là, ça allait beaucoup mieux... Il y a peut-être du vrai dans ce que tu as dit à propos des lieux.

– Comment cela ?

– Certains semblent néfastes, d'autres bénéfiques. Même dans ce manoir, on dirait que chaque coin est différent !

– Que veux-tu dire par là ?

– Je ne sais pas, ma chérie. Je crois surtout que je ne vais pas tarder à m'endormir...

Peu de temps après, les deux sœurs dormaient à poings fermés. Le croissant de lune qui venait d'apparaître derrière la fenêtre jetait une lumière blême sur leurs formes allongées, ainsi que sur le grand tableau en face d'elle. À ce moment-là, il aurait fallu des yeux de chat pour en distinguer les détails, tels que la pomme cueillie par Ève. Seul son cadre d'argent scintillait dans la pénombre bleutée.

⁂

Le lendemain, comme la veille, les deux sœurs se retirèrent dans leur chambre après le déjeuner. Louise demeura un certain temps à fixer d'un regard morne le tableau retourné. Elle finit par se dire que c'était absurde, qu'ainsi placé, il attirait davantage l'attention, ce qui n'était pas l'effet recherché. Le mieux serait de le suspendre ailleurs, peut-être dans le couloir, en haut. Il y avait encore de la place à côté de la femme en jaune...

La femme en jaune...

C'est ainsi qu'elle avait baptisé le portrait de cette personne portant un boléro de cette couleur. Cette toile l'intriguait. Elle n'avait vraiment rien de particulier, mais elle ne pouvait s'empêcher d'y jeter un coup d'œil chaque fois qu'elle passait à cet endroit. Mais il en allait de même avec bien d'autres tableaux. La scène du paradis lui produisait un effet similaire, bien que différent dans le fond. Quant aux couchers de soleil de la salle à manger, c'était pareil. Il y avait quelque chose d'obsédant, de pénible, comme une sourde révolte sur le point d'éclater…

Elle était à ce point plongée dans ses pensées qu'elle crut percevoir l'écho d'une querelle. Des cris de colère, de remontrance…

Soudain, elle se redressa, l'oreille aux aguets.

Mais non, elle ne rêvait pas. Par la fenêtre ouverte de sa chambre, elle percevait à présent nettement la voix tonitruante de son oncle. Comment ne pas l'entendre, d'ailleurs ? Il hurlait, vociférait, vraisemblablement avec quelque intrus qui venait de pénétrer dans sa propriété. On eût dit à ce moment-là que tous les bruits de la forêt avaient cessé, que ses occupants se fussent tus pour écouter le maître des lieux, s'adonner au plus vif des courroux. Jamais, sans doute, la propriété n'avait résonné d'une telle suite de jurons et de menaces.

Inquiète, Louise sortit, et rencontra sa sœur dans le couloir. Elles dévalèrent les marches de l'escalier, et rencontrèrent Mrs Sellars dans le hall, blême et les lèvres pincées. Liza se blottissait dans un coin comme un oiseau apeuré. La porte d'entrée claqua violemment, puis la silhouette du maître de céans apparut dans le hall. Encore sous l'effet de la colère, ses muscles faciaux étaient tendus comme des cordes, accentuant la maigreur ascétique de son visage.

– Quelle impertinence, quel toupet ! Si j'avais eu ma canne, je n'aurais pas hésité à la lui briser sur le dos ! Qu'il s'avise encore de rôder par ici, et il verra !

– Mais mon oncle, de qui parlez-vous ? s'inquiéta Louise en tenant les mains croisées sur sa poitrine.

– De l'espèce de moins que rien qui a le culot de venir sonner à ma porte, et de prétendre qu'on lui avait fixé rendez-vous ! Et d'insister, le bougre ! Je lui avais pourtant clairement fait comprendre la dernière fois, que les bohèmes libertins de son espèce n'étaient pas les bienvenus ici ! Mais cette fois-ci, je crois qu'il a compris. Il a finalement détalé comme un lièvre !

Le colonel traversa le hall, le visage empourpré, mais satisfait, comme il l'était chaque fois qu'il réglait un différend à son avantage.

Marge et Louise échangèrent un regard accablé, venant de réaliser que l'intrus en question n'était autre que le jeune peintre qu'elles avaient invité la veille. Leur oncle ne devait pas avoir compris que c'était à leur demande qu'il était venu. Sans quoi, selon toute vraisemblance, il ne les aurait pas ainsi ignorées. Juste avant de s'engager dans l'escalier, il se retourna et dit à l'adresse de la cuisinière :

– N'oubliez pas que nous avons des invités ce soir. Vous servirez un peu plus tard, après 20 heures.

⁂

Louise et Margaret furent étonnées d'apprendre que ce dîner était donné en leur honneur. Leur oncle ne leur semblait pas homme à organiser une cérémonie pour fêter leur arrivée. Il savait cependant se montrer aimable et prévenant avec ses hôtes : le Dr Anton Christie, un homme débonnaire, approchant de la soixantaine, aux paupières lourdes et au regard grave, coiffé d'une couronne de boucles grises ; Peter McNee, l'instituteur, élégant quinquagénaire au maintien droit et portant lunettes, dont les manières affectées s'affirmaient à mesure qu'il dégustait le vin qu'on lui servait. Sa femme, grande blonde, maigre, souriait à tout propos. Le dernier invité, Pelder, un notaire retraité, avait un âge avancé, mais cela ne l'empêchait pas d'avoir un bel appétit, comme l'attestaient son tour de taille et sa large face rougeaude. Il parlait peu, mais demeurait souriant.

Le maître des lieux et Peter McNee avaient trouvé un sujet de conversation commun : la pédagogie des jeunes recrues dans l'armée, chacun apportant son savoir, l'un dans le maniement des hommes, et l'autre dans l'éducation de la jeunesse. Le sujet plutôt ennuyeux pour les autres convives, était fort heureusement égayé par de nombreuses digressions. Les souvenirs exotiques du colonel retenaient invariablement l'attention. Sa passion pour les reptiles intrigua et amusa notamment le Dr Christie.

– Mais dites donc, colonel, c'est là un hobby des plus dangereux !

– Pas plus qu'un autre : la passion des automobiles ou celle de certains sports de combat comportent autant de risque, si ce n'est davantage.

– Attraper des cobras, ce ne doit quand même pas être une mince affaire !

– Il faut être bien équipé, patient, et faire preuve d'une certaine adresse. Évidemment, il faut avoir des nerfs d'acier…

– Et aimer jouer avec le feu ! dit gaiement l'instituteur.

– Ma foi, c'est vrai, il y a peut-être de cela…

– Et un sacré courage ! ajouta Mrs McNee, souriante et admirative. Car je me vois mal m'approcher de ces monstres à lunettes, avec un filet à papillon pour toute défense ! Il paraît que leur venin est foudroyant !

– Cela dépend, répondit doctement le colonel.

Le médecin du village intervint :

– Je présume que vous devez avoir des connaissances en toxicologie ?

– Quelques notions élémentaires, sans plus...

Louise réprima un bâillement, se sentant gagnée par la fatigue et l'ennui. Margaret demeurait plus attentive, même si elle ne manifestait qu'un intérêt poli. Elle demeura quelque temps absente, pensant non sans gêne à l'incident de l'après-midi. Qu'allait penser d'elles Jerry Granger après l'odieuse conduite de leur oncle ? Il était impératif que Marge et elle aillent le retrouver pour s'excuser auprès de lui, le prier de leur pardonner, pour leur invitation hâtive et irréfléchie.

Une question de Mrs McNee la tira soudain de sa rêverie.

– Mais pourquoi avez-vous acheté ce manoir, colonel ? Pourquoi avoir laissé derrière vous une vie si trépidante pour venir vous enterrer ici ?

– Pour être franc, j'étais autant séduit par son prix que par l'endroit.

– Je comprends, dit l'instituteur. C'était une bonne affaire. Moi-même, j'ai été tenté à un moment donné. Si les héritiers de sir Robert n'avaient pas été si pressés, ils auraient pu en tirer un meilleur prix...

– Qu'on le veuille ou non, déclara le vieux notaire, c'est cet ancien drame qui a dû infléchir sa valeur.

– Sir Robert a pourtant tout fait pour effacer son souvenir, commenta gravement Peter McNee.

– Oui, mais il est des drames qu'on ne peut guère oublier, comme ce meurtre, effroyable, il faut bien le dire.

– Un meurtre ? s'exclama Margaret. Mais… n'était-ce pas un suicide ?

– C'était les deux, fit l'instituteur en hochant la tête. Amos Sutherland avait sombré dans la folie. Sans doute en voulait-il au monde entier, qui n'avait pas su reconnaître son talent. En pleine crise de démence, et avant de se donner la mort, il a sauvagement assassiné son épouse…

8

8 juillet

– À vrai dire, je redoutais un tel accueil de la part de votre oncle, déclara Jerry Granger en haussant les épaules.

Il était quatre heures de l'après-midi. Les sœurs Malonet étaient venues le retrouver dans son atelier pour lui présenter leurs excuses.

– À ses yeux, reprit-il, je ne dois pas posséder les qualités requises pour être un homme digne de respect. Ce n'est d'ailleurs pas la première fois qu'il me prend à partie. Mais tout de même, je ne m'attendais pas à un tel accueil !

– Tout est de notre faute, Jerry, insista Margaret. Nous déplorons son attitude, croyez-nous. J'espère que vous ne nous en tiendrez pas rigueur ?

– Bien sûr que non. Vous n'y êtes pour rien. Vous ne pouviez pas savoir. Mais laissons cela de côté, si vous le voulez bien. Il y a des choses plus intéressantes dans la vie.

– C'est vrai, approuva Margaret en jetant un regard circulaire dans le vaste atelier de peinture.

La salle était bien éclairée par deux pans entiers de baies vitrées. Jerry Granger leur expliqua qu'il s'agissait de l'ancien local de menuiserie de son père, qu'il avait fait aménager après sa mort. La grande pièce recelait de nombreuses toiles, dont plusieurs n'étaient que des ébauches. L'une d'entre elles représentait un nu féminin, dont le corps était resté au stade de l'esquisse. Seul le visage était achevé. Margaret l'observa un instant, intriguée, puis poursuivit sa visite. Louise, qui semblait davantage intéressée par les paysages, fit remarquer que son style faisait beaucoup penser à celui d'Amos Sutherland.

– C'est un beau compliment, répondit le peintre, visiblement très flatté. Mais ayant été son élève, ce n'est pas étonnant.

– En fait, dit Margaret, nous avons beaucoup de choses à vous dire, Jerry. Au point que je ne sais même pas par où commencer.

– Nous avons tout le temps, répondit-il aimablement. Du moins en ce qui me concerne. Puis-je vous offrir quelque chose à boire ? Un verre de sherry ? Oui ?… Très bien, je reviens dans un instant.

Lorsqu'il eut servi les jeunes filles, Margaret évoqua les difficultés de sa sœur pour s'endormir le jour de leur arrivée.

– Eh bien, nous avons fini par trouver ce qui la perturbait…

– De quoi s'agissait-il ?

– Oh ! trois fois rien ! répondit-elle brièvement. Un détail insignifiant, en rapport avec quelque chose de purement personnel, peint sur une des toiles. Mais cela nous a fait prendre conscience d'un autre mystère, propre à cette demeure. Nous nous sommes rendu compte que depuis notre arrivée, nous éprouvions d'autres sensations singulières, toutes différentes les unes des autres, selon les endroits où nous nous trouvons. Comme si les lieux ou le décor nous inspiraient des impressions variées… Si bien que nous avons fini par nous demander…

– Si ce n'était à cause des tableaux ? acheva le peintre avec un sourire ironique.

– Oui, ils envahissent tous les murs.

– En fait, intervint Louise, ma sœur et moi sommes très sensibles aux atmosphères des lieux. Nous l'avions déjà remarqué au pensionnat. Lorsque nous faisions du théâtre, en jouant Macbeth, on nous avait plusieurs fois félicitées pour notre grande sensibilité…

– À la bonne heure !

– Pardon ?

– Je veux dire que c'est heureux, que cette sensibilité vous honore. Non, vous ne vous êtes pas trompées, vous avez vu juste ! Cela provient des tableaux. Et avouez que des impressions aussi particulières, partagées par deux personnes, constitueraient un hasard extraordinaire s'il n'y avait pas d'explication. Oui, ce sont bien les toiles du maître qui diffusent ces impressions…

Tout en ordonnant sa chevelure blonde devant une glace, Margaret dit, un peu désappointée :

– Nous n'osions y croire…

– Et pourtant, les faits sont là. C'est l'œuvre d'Amos Sutherland, ce génie du détail, de la nuance, du suggéré, dont le talent n'apparaît pas, en effet, à première vue. Il faut se laisser pénétrer de ses peintures pour se laisser envoûter. Je suis vraiment heureux de vous entendre dire cela. C'est une preuve supplémentaire de son génie !

Jerry avait posé son verre. Les mains croisées dans le dos, il arpentait son atelier à petits pas nerveux, tout en continuant :

– Ce qui m'étonne, voyez-vous, c'est que les autres ne l'aient pas remarqué ! Cela me paraît incroyable, tant la vérité crève les yeux. En tout cas, j'aurais fait ce que j'ai pu pour tenter de les éclairer sur le génie d'Amos. On ne pourra pas m'en faire le reproche !

Le jeune peintre leur expliqua ensuite qu'il avait connu l'artiste très tôt, à l'âge de huit ans, alors que le couple Sutherland venait de s'installer au manoir. Remarquant son vif intérêt pour la peinture, son besoin d'apprendre et de créer, Amos Sutherland n'avait pas tardé à le prendre sous son aile pour l'initier à son art. Jerry venait souvent chez lui, et connaissait évidemment bien Maud, sa femme, personne douce et aimante qui encourageait volontiers son mari.

Sutherland lui avait appris toutes les techniques de la peinture, et notamment les siennes, qui consistaient à jouer sur les reliefs, les couleurs, le vieillissement particulier de certains pigments, provoquant des changements de teinte avec le temps. Il utilisait également des éclairages différents, prenait du recul, de manière à créer une impression perceptible uniquement selon un angle donné ou sous une lumière particulière. Il avait appelé cela « la beauté intérieure » des choses, celle qu'on ne voit pas au premier abord, mais qu'on ressent. Enfin, insistait-il, au-delà de la technique pure, le plus important était de pénétrer le subconscient de l'homme, de découvrir ses pensées secrètes, ses forces et ses faiblesses, afin de pouvoir débusquer ses sentiments profonds, par le biais d'un tableau, sorte de miroir de l'âme.

– Et cela, je l'avoue, dit humblement Jerry, je n'y suis pas encore parvenu. Je pense pouvoir m'en approcher un jour, mais je crains de ne jamais atteindre le talent du maître. Il avait acquis un tel degré de perfection !

Un silence se fit. Puis Margaret demanda :

– Mais au fait, vous ne nous avez pas tout dit, hier, à propos de sa mort. Avant de se suicider, il a assassiné sa femme...

Jerry, blême, resta quelques instants sans dire un mot, puis lâcha :

– Oui. Ce fut un drame affreux... Il m'est toujours pénible de l'évoquer. Je me sens partagé entre la peine, la honte et la colère. Pensez donc, mon maître à penser venait de disparaître, ainsi que sa femme, qui s'était toujours montrée si aimable envers moi. Ce fut un grand choc. Des amis proches, presque des parents... partir ainsi... Oui, j'étais très affligé par leur disparition, mais j'avais aussi honte de son acte. Ce qui m'a mis en colère, c'est la manière dont les gens ont interprété cet événement. On a décrété que, le succès fuyant, il avait perdu la raison et commis ce crime affreux dans une pure crise de démence !

– Et ce n'était pas le cas ?

De fines gouttes de sueur perlaient au front de Jerry, qui desserra son foulard.

– Non, pas exactement. Ils ont délibérément refusé l'évidence, qui donnait à cette tragédie la marque du génie. Ou, si vous voulez, son crime prenait un sens, apportait la preuve formelle de son talent...

– Vous connaissez les circonstances du drame ?

– Eh bien… je n'ai pas eu la possibilité de me rendre sur les lieux. On a pris soin de me tenir à l'écart.

– Voyons, vous aviez alors quatorze ans, n'est-ce pas ? Ce n'est donc guère surprenant !

– Admettons. Mais après, personne n'a voulu m'entendre… Mon Dieu, quelle tragédie ! Je suis malade rien que d'y penser. J'étais en état de choc… J'ai cru que le monde entier s'écroulait autour de moi. (Il baissa la tête, se tenant les tempes par le bout des doigts.) Excusez-moi, mais je préférerais parler d'autre chose…

Là-dessus, il s'empara de son verre et le vida d'un trait.

Pour les deux sœurs, la « preuve du talent » restait une énigme. Mais elles estimèrent qu'il valait mieux ne pas insister pour le moment. Margaret, qui avait tourné la tête, posa son regard sur le nu féminin inachevé. Elle songea :

« Encore une œuvre qui m'intrigue… Pourtant, elle n'est pas signée Amos Sutherland ! Mais elle provient de son élève, voilà qui explique tout… »

Soudain, ses yeux s'arrondirent d'étonnement. Elle venait de comprendre ce qui la dérangeait. Ou plus exactement, elle venait de reconnaître le visage du modèle…

– Jerry, dites-moi, s'exclama-t-elle en désignant la peinture, n'est-ce pas là notre bonne ?

– Pardon ? dit-il comme s'il avait du mal à s'extirper d'une étrange torpeur.

– C'est Liza ?

– Liza ? Ah oui, bien sûr, c'est elle. Il est vraiment regrettable que je n'aie pu finir ce travail.

– Comment ? s'étonna Louise en pointant un index tremblant vers le tableau. Liza a posé pour vous… nue ?

– Oui. Et c'est justement pour cela que le colonel m'en a voulu. Pour Liza, ce fut plus grave. Il l'a carrément menacée. La pauvre petite, elle en était terrorisée. Elle est venue me retrouver un soir en cachette, pour me dire qu'elle ne pourrait plus revenir poser, parce qu'au moindre soupçon, son employeur la renvoyait sur-le-champ.

– C'était donc cela, fit Margaret avec un sourire amusé. Mrs Sellars nous en avait parlé, sans nous donner de détails.

– C'est bien dommage, reprit le peintre en contemplant tristement son ébauche. J'étais sûr d'être en passe de réussir une de mes meilleures toiles. À la voir comme ça, dans sa tenue de travail, elle ne paye pas de mine, mais elle possède un corps splendide.

– Votre esquisse le suggère parfaitement, dit Margaret. À la limite, il vous suffirait de faire appel à un autre modèle, au physique semblable.

– Oui. Mais ici, à Pencombe, ce ne serait pas une mince affaire. Trouver une jeune fille qui accepte de poser nue relève déjà de l'exploit !

Un silence passa, tandis que Margaret demeurait songeuse.

– Parfois, il suffit simplement de demander.

– Pardon ? fit l'artiste qui se resservait un verre de sherry.

– Je crois avoir trouvé la solution à votre problème, Jerry.

– À propos du modèle ?

– Oui.

Elle se tourna alors vers sa sœur, qui semblait aussi intriguée que le peintre.

– Louise devrait faire l'affaire. Comme Liza, elle paraît un peu maigrichonne de prime abord, mais elle est bien faite. Louise, s'il te plaît, déshabille-toi…

L'interpellée la regarda, abasourdie.

– Comment… quoi ? balbutia-t-elle en croisant les mains devant sa poitrine en un geste de défense pudique. Tu veux que je…

– Oui.

– Mais Marge, je ne pourrai jamais !

– Allons, ne fais pas tant d'histoires. Il s'agit d'art, et non d'une séance de strip-tease. Du reste, Jerry a l'habitude. C'est son métier. Enlève-moi vite cette robe pour qu'il puisse se faire une idée !

9

12 juillet

Sous un soleil ardent, l'homme remontait la route principale en manches de chemise, sa veste sous le bras. Il n'était jamais venu dans ce petit village aux confins du comté d'Oxford, bien que lui-même fût originaire des environs. Il regardait attentivement la rangée de maisons sur sa gauche, et tout particulièrement le nom des propriétaires. Il n'avait pas encore aperçu celui qu'il recherchait. Et pourtant, il approchait de la sortie du village…

Il n'avait que de vagues souvenirs du Dr Grand, qui avait jadis été le médecin traitant de sa famille, à Littlehouse. Mais cela remontait à plusieurs années. Dix, quinze ans s'étaient écoulés depuis qu'il avait quitté le toit familial pour faire ses études. Reconnaîtrait-il aujourd'hui le Dr Grand ? La description que lui avait faite son ami ne lui avait pas paru probante. C'était tout simplement celle d'un homme âgé, sans signe particulier. Mais la question n'était pas là. Ce qui était primordial, c'était son témoignage...

En passant régulièrement la main sur son front en sueur, il continuait de progresser, le regard rivé sur les entrées des maisons.

Il avait passé une journée pénible à courir aux quatre coins de Londres, pour régler des affaires personnelles, et avait juste eu le temps de boire une bière et d'avaler un sandwich à midi, avant de sauter dans le train. Là, un fermier qui sentait l'étable lui avait dévidé le chapelet de ses soucis, sans lui laisser une minute de repos. Et en prime, il faisait une chaleur intenable dans le compartiment.

Mais il en aurait supporté bien davantage pour entendre le Dr Grand. Il avait eu beaucoup de difficultés pour retrouver sa trace. Au début, il pensait pouvoir régler la question par quelques coups de téléphone. Mais non. Il avait dû se déplacer à chaque fois, user de toute sa rhétorique pour délier les langues de récalcitrants fonctionnaires de mairie ou autres agents de location. Car le Dr Grand avait déménagé deux fois depuis qu'il était à la retraite. Ce serait le comble qu'il ne s'agît pas du bon docteur !

Il n'avait d'ailleurs aucune certitude à ce sujet. Son collègue Bill n'avait pu lui apporter de précisions sur ce point. Ce n'était là qu'une déduction personnelle, car il lui semblait probable qu'il s'agissait de la même affaire, et donc du même docteur, le docteur de Littlehouse qui avait constaté le drame...

Rien qu'à l'idée d'une erreur, il transpira davantage. Il voulait à tout prix retrouver ce médecin, lui parler, l'écouter, l'entendre dire ce que lui n'avait jamais osé soupçonner et qui l'avait mis dans un état d'indicible colère... Car désormais, il lui fallait à tout prix en avoir le cœur net.

Arrivé au bout de la rue, il avisa un panneau « À Vendre » derrière une fenêtre. Au bas de l'inscription, un numéro de téléphone. Mais à part cela, rien. Pas même le nom du propriétaire. Comme il n'avait vu nulle part ailleurs celui du Dr Grand, il en déduisit que ce devait être là son ancien logis. L'impénitent voyageur aurait-il déménagé une fois de plus ?

Le découragement l'envahit. Il soupira puis décida de sonner chez un voisin pour se renseigner. Il appuya plusieurs fois sur le bouton de sonnette avant qu'une femme boulotte et coiffée d'un fichu apparaisse sur le perron.

– Le Dr Grand ? répéta-t-elle en réponse à sa question. Oui, il habitait là, en effet…

– Il n'y a pas longtemps qu'il a déménagé, alors ?

– Déménagé ? dit-elle avec un étrange sourire. Non, il n'y a pas longtemps, en effet. Quelques jours à peine…

– Et sauriez-vous où il est parti ?

– Oui, monsieur… selon le pasteur, au ciel !

10

Il y avait derrière le manoir, à moitié cachée par un généreux chèvrefeuille, une tonnelle, qui abritait un banc de jardin. Depuis qu'elle l'avait remarquée, Margaret avait décidé qu'elle en ferait son coin de lecture. Elle s'y était installée cet après-midi-là, sans livre, et sans la compagnie de sa sœur, partie poser chez le peintre. Elle avait fait mander la bonne, afin de pouvoir l'interroger comme elle l'entendait, c'est-à-dire seule à seule, avec les arbres environnants pour tout témoin. Depuis un bon moment, elle pressait de questions Liza qui, avec son air farouche, semblait vouloir lui tenir tête. Mais la domestique n'était pas en mesure de lui résister longtemps.

– Comment ça, ça ne me regarde pas, Liza ? la gronda-t-elle. J'ai le droit et même le devoir d'être au courant de tout ce qui est lié au bon fonctionnement de cette maison, dont tu fais partie. Jusqu'ici, j'ai fait preuve de bonne volonté, en essayant de régler personnellement cette question. Maintenant, si tu veux que j'en réfère à mon oncle...

La réponse fusa des lèvres de la domestique :

– Non ! Non... Il ne veut plus entendre parler de ça...

– C'est bien ce que j'avais cru comprendre. Alors tu vas me raconter toute l'histoire, et depuis le commencement.

Le rouge envahit le visage de la jeune fille.

– Mais, c'est personnel, mademoiselle...

– Laisse-moi en juger. Dis-moi dans quelles circonstances tu as connu Jerry Granger.

– Mais je le connaissais depuis longtemps, depuis toujours... Nous sommes tous les deux nés ici...

– Comment en es-tu arrivée à poser pour lui ? T'a-t-il fait la cour au préalable ?

Elle secoua la tête.

– Non... Un beau jour, il m'a demandé si je voulais lui rendre service. Il m'avait dit que j'étais très jolie et que je pourrais faire un bon modèle.

– Et alors, tu as accepté de poser pour lui ?

Liza lissa son tablier tout en baissant la tête :

– La première fois, ça me gênait un peu... Mais en même temps, j'étais heureuse de... d'être utile, de pouvoir l'aider à créer une œuvre, une toile remarquable. Car c'est ce qu'il disait et me répétait, Mademoiselle, vous pouvez me croire ! Il était certain d'être sur le point de réussir son plus beau tableau !

Liza parlait désormais avec un enthousiasme, assez rare chez elle. On pouvait lire en elle comme dans un livre ouvert. Elle semblait incapable de masquer ses états d'âme, et elle changea aussitôt d'expression lorsque le nom du colonel franchit ses lèvres.

– Je ne sais pas comment il a été mis au courant. Sans doute un voisin qui a dû m'apercevoir dans l'atelier. Le colonel Raft est entré dans une colère épouvantable et a voulu me renvoyer sur-le-champ. Comme si j'avais commis un acte répréhensible ! Heureusement que Mrs Sellars a été là pour me soutenir... Et depuis, ajouta-t-elle d'une voix entrecoupée de sanglots, j'ai peur de perdre ma place...

– Tu n'es pas allée revoir Mr Granger depuis lors, n'est-ce pas ?

– Non, dit-elle d'une voix étouffée.

– C'est bien. Mais dis-moi, Liza, quel âge as-tu exactement ?

– Bientôt dix-huit, Mademoiselle...

– Tu es trop jeune.

– Que voulez-vous dire ? Par rapport à... la peinture de Jerry ?

– Non, je pensais au drame qui a eu lieu dans cette maison. Tu ne peux pas t'en souvenir...

– En effet, je devais avoir deux ou trois ans. C'est pourquoi, Mademoiselle, je vous le dis et le répète, je ne sais rien de cette histoire, rien si ce n'est ce qu'on en a raconté par la suite. Il vaudrait donc mieux demander aux anciens.

– Qui, par exemple ? Penses-tu à quelqu'un de précis ?

– Non... Mais peut-être le docteur, ou Mrs Sellars...

– Avant, tu étais au service de sir Robert, n'est-ce pas ?

– Une année seulement.

– Tu l'as donc bien connu malgré tout.

– Bien connu ? C'est beaucoup dire... Il était aimable avec nous, mais ça s'arrêtait là.

– Tu as quand même pu te faire une idée, non ? Il a forcément dû te parler de cette vieille histoire !

– Il évitait même d'y faire allusion. C'était de toute manière quelqu'un de très réservé. D'ailleurs, à part l'incident de la pièce, là-haut...

– Quel incident ?

– Un vol, ou plutôt une tentative... Une nuit, alors qu'il était absent quelqu'un est entré ici par effraction.

– Ah ?

– Remarquez, là non plus, je ne sais pas grand-chose. Ça s'est passé quelques semaines avant que je prenne mon service ici. Il paraît que le voleur n'avait rien pris, mais qu'il avait fouillé partout. Et surtout, il avait essayé de forcer la pièce fermée. Sir Robert a fait mettre des barreaux aux fenêtres du rez-de-chaussée, et surtout, il a fait consolider cette chambre condamnée. D'ailleurs vous avez sans doute pu voir que c'est du solide. Il faudrait être un hercule pour l'enfoncer !

– Mon oncle envisage de la faire ouvrir, dit pensivement Margaret.

Liza haussa les épaules en posant son regard ombrageux sur la jeune fille :

– Il est chez lui, il peut faire ce qu'il veut !

– Cette vieille histoire ne t'intrigue pas, Liza ?

La bonne secoua la tête. Une mèche blonde tomba devant ses yeux, comme pour souligner son air renfrogné.

– Non, pas du tout. Je trouve ça bien triste et je pense qu'il vaut mieux l'oublier, comme tout le monde d'ailleurs.

– Tu veux dire comme toi ou Mrs Sellars ?

– Oui. Enfin surtout Mrs Sellars. Car moi, au fond, ça m'est bien égal.

– Pourquoi *surtout* Mrs Sellars ?

– Eh bien parce qu'elle a été très touchée. Enfin vous le savez bien... Maud, la femme du peintre, c'était sa jeune sœur.

⁂

– Alors, ça s'est bien passé ? demanda-t-elle à Louise lorsqu'elle fut de retour, vers l'heure du thé.

L'interpellée, qui venait de retirer son canotier, prit place sous la tonnelle à côté de Margaret. Elle avait les joues teintées de rose. Elle posa sa tête contre l'épaule de sa sœur et, après un profond soupir, répondit :

– Oui, ça va. Mais je n'en menais pas large...

– C'est normal. Tu es très timide et pudique. Trop, même. Ce genre d'expérience ne peut que t'être profitable !

– Marge, pourquoi m'as-tu demandé de faire ça ?

– Pourquoi ? Mais parce qu'il fallait aider Jerry, non ? Comme il tenait tant à finir cette toile, j'ai pensé que c'était une bonne idée, voilà tout.

– Mais alors, pourquoi pas toi ? Si cela t'importe si peu, pourquoi ne t'es tu pas proposée pour lui servir toi-même de modèle ?

Margaret sursauta, franchement étonnée :

– Moi ? Tu aurais voulu que je... Mais... Eh bien cela n'aurait pas marché, voyons. Nous n'avons pas le même physique, vois-tu !

– Tu es plus jolie que moi, pourtant...

Margaret parut embarrassée.

– Pas forcément, voyons. Tu sais bien que les goûts et les couleurs... Mais la question n'est pas là. C'était un corps de sylphide qu'il lui fallait. Pas des formes trop rondes comme les miennes. D'ailleurs, en te voyant, il a tout de suite compris que tu convenais parfaitement.

– Peut-être, convint Louise, ressentant une nouvelle fois la gêne qui l'avait envahie lorsqu'elle s'était exposée pour la première fois aux yeux de l'artiste, qui avait plusieurs fois approuvé de la tête d'un air de vive satisfaction.

– Il semblait même agréablement surpris. Mais en toute honnêteté, ma chérie, il y a une autre raison.

– Ah ? Laquelle ?

– Eh bien... Ce n'est qu'une impression, mais j'ai remarqué que par moments, il me regardait... comment dire ? de manière appuyée... Bref, j'ai pensé que si je posais pour lui, ça lui donnerait peut-être d'autres idées... Faut-il te faire un dessin ?

– Ah ? Je croyais que c'était son métier !

– Je me suis donc dit que si c'était toi, les risques étaient moins grands, comprends-tu ?

Sur ces mots, Margaret chassa d'un geste agacé l'abeille qui, depuis quelques minutes, avait jeté son dévolu sur elle. Après un silence, Louise reprit la parole :

– Tu sais, Marge, Jerry est très gentil, mais j'étais affreusement mal à l'aise au début. Rester là, toute nue, devant lui, presque une heure entière. Je trouvais ça très humiliant...

– Mais pourquoi donc ? Il compose une œuvre d'art en te prenant comme modèle ! C'est plutôt flatteur, non ?

– Tu crois ?

– Mais bien sûr. C'est comme ça qu'il faut voir les choses. D'ailleurs si cela te gêne tellement, la prochaine fois, je t'accompagnerai. Car je suppose que ce n'est pas terminé ?

– Non. Il faudra encore deux ou trois séances.

– Au fait, il a été satisfait ?

– Oui, très. Il m'a montré le résultat et… (elle rougit légèrement) je dois admettre que ce n'est pas mal du tout…

– Alors, tu vois ? Tu seras même très fière quand ce sera fini !

– Tu as sans doute raison, Marge. Mais ce que je me demande toujours, c'est pourquoi nous avons fait ça… Il ne nous l'a même pas demandé…

Margaret se redressa en posant les poings sur les hanches :

– Louise, ne serais-tu pas sotte, des fois ?

L'interpellée soupira :

– Il m'arrive de me le demander.

– Si nous voulons connaître les détails de cette vieille histoire – et en ce qui me concerne c'est le cas, car je ne supporte pas ce genre de mystère, surtout dans une maison où je vis –, nous avons tout intérêt à entrer dans les bonnes grâces de Jerry. Il en sait long, c'est évident, mais il ne faut pas le brusquer. Je connais ce genre de garçon. C'est comme les huîtres. Une fois que ça se ferme, impossible de les rouvrir. Il faut qu'il nous considère comme ses alliées. Et tu verras, lorsque le tableau sera terminé et qu'il sera satisfait, ce dont je ne doute pas, nous pourrons obtenir de lui tous les renseignements que nous voulons !

– Il nous les aurait peut-être fournis sans cela.

– Peut-être. Mais autant mettre tous les atouts de notre côté, non ?

Louise approuva de la tête.

– Comme toujours, tu as raison, Marge…

– Allons, ma chère, ne prends pas cet air de chien battu. Tout va pour le mieux. Notre petite enquête progresse à pas de géant. D'ailleurs, je ne suis pas restée ici les bras croisés à t'attendre. J'ai appris du neuf et…

Elle se tut, venant d'entendre le craquement d'une branche. Louise sursauta vivement, puis parut profondément soulagée en reconnaissant Mrs Sellars qui s'approchait, un plateau à la main.

– Je vous ai vue arriver, Miss Louise, dit aimablement la cuisinière. J'ai pensé qu'une tasse de thé et quelques scones, à toutes les deux, vous feraient plaisir.

– Oh ! Merci, Mrs Sellars, répondit la jeune fille. C'est trop aimable à vous. Vous ne devriez pas nous gâter ainsi. Nous allons finir par nous y habituer !

– Vous n'êtes là que depuis quelques jours, vous méritez quelques égards.

– Vous tombez à pic, Mrs Sellars, intervint Margaret avec un sourire trop marqué pour être naturel. J'avais justement quelques questions à vous poser, à propos de votre jeune sœur, qui était l'épouse d'Amos Sutherland, n'est-ce pas ?

11

Mrs Sellars avait bien tenté de battre en retraite, prétextant quelque préparatif en cuisine, mais la jeune fille l'avait priée sèchement de rester et elle s'était levée pour lui laisser sa place sur le banc. Résignée, la femme s'était installée en poussant un profond soupir. Dès qu'elle évoqua le souvenir de sa sœur, son regard se chargea d'émotion et elle ne montra dès lors plus guère de résistance.

– Nous étions trois sœurs. Maud était la plus jeune d'entre nous, la plus jolie aussi, je dois le dire, et dotée d'un heureux caractère. Ma mère disait toujours d'elle qu'elle illuminait ses vieux jours, et cela nous rendait un peu jalouses. Elle avait 25 ans lorsqu'elle a connu Amos, et lui 38, ce qui faisait une sacrée différence. Mais ce n'est pas cela qui dérangeait nos parents...

Mrs Sellars fit une pause, se frottant les mains en esquissant une grimace.

– Mon arthrite, murmura-t-elle. C'est de plus en plus pénible... Je ne vous souhaite jamais cela, mesdemoiselles... Où en étais-je ? Ah oui, Amos... Il n'était pas de la région et était issu d'une famille bourgeoise de Rochester. C'était un homme charmant, aux bonnes manières et au commerce agréable, mais qui n'avait pas les mains calleuses, pour reprendre l'expression de mon père, pour qui la peinture n'était pas un métier. Cela ne ferait pas vivre une famille. Ce en quoi il ne se trompait pas. D'ailleurs, le couple n'a pas eu d'enfant. Je crois que c'est Amos qui n'en souhaitait pas, ayant sans doute peur des responsabilités, ce que je comprends. Peu après leur mariage, il avait fait un bel héritage qui lui avait permis d'acheter le manoir et de vivre quelque temps sans soucis. Il peignait sans relâche, toujours encouragé par Maud, qui était sans nul doute sa plus grande admiratrice. Les années ont passé, mais le succès tardait toujours à venir... À quoi se sont ajoutés des problèmes financiers... Ce n'était pas un homme colérique, mais il avait fini par s'aigrir, rester seul dans l'atelier, sans peindre, en regardant par la fenêtre pendant des heures entières, immobile et la mine sombre.

– Il s'est donc mis à broyer du noir ? fit Margaret en hochant la tête.

– Oui. Remarquez, moi, je ne le voyais pas. Et ma sœur, plutôt discrète, ne se confiait guère. Mais je le sais grâce à une amie, qui était alors à leur service. Une certaine Janet, qui a d'ailleurs découvert les corps. La malheureuse, elle ne s'en est jamais remise ! Il paraît que c'était horrible...

– Vous n'étiez pas là ?

– Non, Dieu merci ! Mais si vous tenez à avoir des précisions, le Dr Anton pourra vous les donner. C'est lui qui a été appelé par la pauvre Janet... Les deux corps gisaient près du chevalet, dans une mare de sang. Amos s'était tranché les veines et avait laissé tomber le couteau dont il s'était servi. Maud avait été sauvagement poignardée... Aucune partie de son corps n'avait été épargnée. Visiblement, Amos avait été pris d'une folie meurtrière, avant de se donner lui-même la mort.

– Il était en train de peindre à ce moment-là ?

– Oui. Il avait commencé à faire le portrait de Maud. C'était un samedi après-midi. Au dire de Janet, le couple semblait comme à l'ordinaire, et rien ne laissait présager ce drame affreux. Elle était partie faire des emplettes au village et était revenue en milieu d'après-midi. Elle n'était pas étonnée de ne pas les voir, sachant qu'ils se trouvaient en haut en train de terminer le portrait. Le jour tombait lorsqu'elle est montée. Elle les a alors appelés derrière la porte, sans obtenir de réponse. Puis elle a frappé, sans plus de succès. Et c'est alors qu'elle a aperçu un filet de sang au bas de la porte... Elle a tenté d'ouvrir, mais en vain. Prise de panique, elle a aussitôt alerté le Dr Anton.

– La porte était donc fermée de l'intérieur ?

– Oui, Amos avait poussé le verrou, ce qui était inhabituel, mais compte tenu des circonstances, on comprend qu'il se soit barricadé pour retarder la découverte de son crime.

– Il s'agissait donc bien d'un crime et du suicide de l'assassin.

– Oui. Il n'y avait pas le moindre doute là-dessus. La fenêtre fermée et la porte verrouillée de l'intérieur interdisaient toute autre hypothèse.

– Au fait, êtes-vous sûre qu'il s'agissait de son atelier de peinture ? Quelqu'un nous a dit qu'il en avait un autre.

– Oui, car il avait longtemps occupé une chambre au première étage, qui donne plein sud. Mais quelques semaines avant le drame, il avait déménagé dans cette pièce, affirmant que la lumière était moins crue, plus douce et plus diffuse, et plus propice à son inspiration du moment.

Elle poussa un profond soupir, avec une nouvelle grimace de douleur, et ajouta :

– Il aurait mieux fait de rester à l'étage…

– La thèse de la folie ne fait donc aucun doute ?

– Non, bien sûr. Il a tué sa femme dans un moment de profonde dépression…

– Mais n'aurait-il pas pu se limiter à son seul suicide ? Pourquoi éliminer également celle qu'il aimait ?

– C'est aussi ce que je me suis demandé, figurez-vous. Je lui en ai même terriblement voulu, malgré tout le respect qu'on doit avoir pour les morts. Certains spécialistes ont affirmé que c'était une réaction assez habituelle dans ces cas-là. Le dément veut emmener avec lui tous les êtres qui lui sont chers, comme pour dresser une barrière infranchissable entre les siens et le reste de la société. C'est ma foi possible, mais moi, voyez-vous, je ne lui ai toujours pas pardonné.

– Et le portrait qu'il peignait, était-il terminé ?

– Non. Il n'y avait appliqué que les premières couches de peinture, Maud n'avait qu'un visage flou…

– Où est-il aujourd'hui ?

– Il n'existe plus. Sir Robert l'a fait brûler. Avec celui-là, il n'a pas hésité…

– Avec celui-là ? Que voulez-vous dire ? En a-t-il brûlé d'autres ?

La cuisinière hésita, manifestant un embarras évident.

– En fait, les choses n'étaient pas aussi nettes. On pouvait penser qu'Amos avait tenté de démontrer quelque chose…

– D'apporter la preuve de son talent ? fit Margaret, les yeux brillants.

– Oui, c'est cela. Peu y ont cru d'ailleurs. On a plutôt pensé à une manœuvre désespérée de sa part, pour crier au monde entier qu'il était un génie. Peu avant sa mort, il avait fait courir le bruit qu'il avait produit un chef-d'œuvre surpassant tout ce qu'il avait produit jusqu'alors. Il aurait peint une toile censée pousser les gens au mal, avec un étonnant pouvoir de suggestion. Or, cette toile, il l'avait posée dans la pièce, bien en évidence, près de son modèle. Et c'est cette toile qui l'aurait poussé à la démence…

– Il apportait ainsi aux yeux de tous la preuve formelle de son talent, commenta Margaret en songeant aux propos de Jerry Granger. Et il en aurait été la victime, une victime exemplaire, réduite au sacrifice pour démontrer son propre génie…

– C'est ce qu'il a vraisemblablement essayé de faire croire. Et c'est pitoyable, car cela rend ce drame encore plus affligeant. Vous comprenez à présent la réaction de sir Robert. Ce meurtre insensé entachait son nom. Ce scandale a éclaboussé toute sa famille. En héritant du manoir, il n'avait qu'une chose en tête : effacer le moindre détail se rattachant au drame. En condamnant cette pièce, il voulait effacer cette tragédie, éradiquer jusqu'à son souvenir.

» Il avait un moment envisagé de détruire toutes les œuvres d'Amos, mais cela lui a paru excessif. Il a même craint qu'un tel geste ne fasse qu'ajouter au mystère, conférant à son cousin une auréole posthume, sorte de peintre maudit par tous. Il s'est donc résigné à les garder. Par ailleurs, il les trouvait assez réussies. De plus, Maud avait eu l'idée de faire tapisser les pièces en accord avec les toiles. Comme cela avait été fait avec goût, il a préféré laisser les choses en l'état. À mon avis, il a sagement agi. D'ailleurs votre oncle lui-même a été séduit, au point qu'il n'a pas davantage envisagé de modifications…

Margaret acquiesça, se faisant la réflexion que l'oncle George avait peut-être réagi de la sorte par simple esprit d'économie.

Louise, dont le regard semblait perdu dans le vague, demanda à brûle-pourpoint :

– Mais au fait, l'autre toile, le tableau maudit, qu'est-il devenu ? Sir Robert l'a-t-il aussi détruit ?

– Non, je vous l'ai dit. Seule l'ébauche de Maud a été brûlée.

– Où est-il alors ?

Mrs Sellars marqua une hésitation, tout en baissant la tête :

– Je ne sais pas… Il l'a peut-être donné…

– Ah ? J'avais cru comprendre qu'il avait veillé à conserver chez lui l'ensemble de l'œuvre ?

– Alors, il doit être quelque part…

– Peut-être dans la pièce condamnée ?
– Ce n'est pas impossible...
– Que représentait-il ?
– Un portrait, me semble-t-il. Mais je ne sais pas lequel. D'ailleurs, il y en a tellement dans cette maison ! Liza et moi passons un temps fou rien que pour les nettoyer... Maintenant, mesdemoiselles, je vais devoir me lever, sans quoi vous risqueriez de vous contenter d'un repas froid ce soir...
– Encore une question, fit vivement Margaret, les yeux vifs et brillants. On nous a dit qu'il y a environ un an, sir Robert avait été victime d'une tentative de cambriolage.
– Oui, c'est exact. Mais le cambrioleur n'a rien volé et il n'en voulait qu'à la pièce condamnée.
– Peut-être recherchait-il justement ce mystérieux tableau ?
– C'est possible. Mais il n'est pas parvenu à forcer la porte. Sir Robert l'a quand même fait renforcer, et je me souviens que ce surcroît de précaution avait fortement intrigué et amusé votre oncle, quand il a visité le manoir pour la première fois. Mais par la suite, un soir, il m'a confié qu'il envisageait la réouverture de la pièce parce qu'il avait horreur des portes barricadées. Je lui ai machinalement demandé pourquoi, et j'ai remarqué que ma question l'avait mis mal à l'aise. Vous comprenez pourquoi, je suppose ?
– Non, pas du tout ! s'exclama Margaret en échangeant un regard surpris avec sa sœur.
Après une nouvelle grimace involontaire, Mrs Sellars répondit :
– Mais cela lui faisait penser à sa défunte épouse, bien sûr. Vous savez comment elle est morte, n'est-ce pas ?

– C'était un accident, aux Indes, mais à part cela, il ne nous a pas donné de détails…

– À moi, il m'en a parlé, ce soir-là. Il semblait triste et nostalgique, ce qui ne lui arrive pas souvent. Je crois aussi qu'il avait abusé de whisky, mais peu importe. Mrs Raft avait l'habitude de s'enfermer dans la salle de bains. Un soir, le colonel l'a entendue pousser un cri strident, et il a perdu plusieurs minutes à défoncer la porte. Sans cela, il aurait peut-être pu la sauver. C'est ce que lui a dit le médecin. La malheureuse Mrs Raft avait été victime de la morsure d'un cobra, qui s'était introduit dans la salle de bains au travers des croisillons de la fenêtre…

12

18 juillet

Le vieux Mr Charles, qui habitait un bungalow sur la côte, près de Douvres, avait accueilli avec affabilité l'homme qui avait sonné à sa porte. La moindre visite était pour lui un moment privilégié. Il se sentait si seul… Toute sa vie durant, il avait pourtant rêvé de ce qu'il venait de réaliser : prendre sa retraite et s'installer au bord de mer. Désormais, il pouvait admirer le large et entendre les cris des mouettes tous les jours. Il ne s'en lassait pas, mais ne s'était jamais senti aussi déprimé.

Dans son salon entièrement lambrissé et décoré de motifs marins, il expliquait à son hôte :

– … Si bien qu'aujourd'hui, je suis sûr d'une chose : le bonheur parfait n'existe pas. Je crois que nous sommes programmés pour être d'éternels insatisfaits…

– C'est certain.

– Mais dites-moi, monsieur, je n'ai pas bien compris le but de votre visite ?

– Ah oui, c'est vrai. J'ai failli l'oublier moi-même en vous écoutant… Je suis venu vous parler du Dr Grand. Un de ses neveux m'a dit que vous étiez son meilleur ami.

– Le Dr Grand, acquiesça le vieil homme d'un air compatissant. Paix à son âme. C'était un très brave homme. Je viens d'apprendre sa disparition toute récente.

– Il y a dix jours très exactement. Il est mort d'un arrêt cardiaque, chez lui, après avoir passé la journée à Londres et avoir déjeuné au *Leadenhall Hotel*, où il avait âprement débattu d'une ancienne affaire. C'est peut-être le fait d'être contrarié, en plus du voyage, qui lui a été fatal.

– Il est vrai qu'il était plutôt têtu sur certains sujets !

– Vous l'avez réellement bien connu ?

– Oui, à l'époque où il venait de quitter un village perdu dans le comté d'Oxford, où il avait exercé très longtemps…

– Littlehouse ?

– Oui, je crois que c'est ça. J'étais un de ses premiers clients quand il a pris la suite de mon médecin de famille. Nous avons immédiatement sympathisé, bien que j'exerce une tout autre profession : j'ai travaillé quarante-deux ans dans la trésorerie publique…

Le visiteur écouta patiemment son hôte, puis aborda plus franchement le sujet qui l'intéressait. Un observateur avisé n'aurait pas manqué de remarquer sa profonde jubilation lorsque le vieil homme répondit par l'affirmative :

– Oui, en effet, il m'avait parlé de cette histoire, mais qui remonte à pas mal de temps, n'est-ce pas ?

– Une dizaine d'années.

– Mais que voulez-vous savoir au juste ?

– Ses soupçons. Car d'après ce que j'ai pu comprendre, il était persuadé de la culpabilité d'un des enfants.

– C'est vrai. Je m'en souviens bien parce qu'il était très embarrassé en évoquant cette affaire. Il n'était pas sûr d'avoir bien agi.

– En se gardant de dénoncer l'assassin ?

– Oui. Car il disait que l'abîme appelle l'abîme… Le risque de récidive demeure. L'impunité donne à son auteur une dangereuse assurance, qui le pousse à recommencer si l'occasion se représente. Même si l'acte est commis à un très jeune âge.

– Pourquoi n'a-t-il rien fait par la suite, alors ?

– C'était trop tard. Après un si long silence, il se mettait lui-même en position précaire vis-à-vis de la loi. Rappelons quand même qu'il ne s'agissait que de soupçons, et non de preuves, même s'il semblait persuadé de la thèse de l'assassinat. Je crois qu'il avait également appris l'existence d'un autre accident, quelque temps auparavant, qui avait déjà failli coûter la vie au petit… au petit… comment s'appelait-il déjà ?

– Johnny Stride.

– Oui, c'est cela. Bref, il avait aussi trouvé que deux accidents en moins de quinze jours, dont un mortel, ça faisait beaucoup !

– Vous pourriez me raconter l'affaire dans son ensemble ?

Le vieux Charles passa la main sur les rares cheveux qu'il lui restait.

– Je veux bien essayer, si ma mémoire me le permet. Et n'oubliez pas que je ne suis qu'un témoin de seconde main, si l'on peut dire. Enfin voici…

Au fil de ses explications, le maître des lieux se montra de plus en plus précis. L'affaire lui avait paru si singulière qu'il se souvenait même des détails. Pris par son récit, il en oubliait presque la présence du visiteur, dont le regard était devenu curieusement brillant. Celui-ci, sans perdre une miette de la relation des faits, ne cessait de se féliciter de la bonne idée qu'il avait eue de rendre visite à la famille du Dr Grand, dont un des membres lui avait signalé l'existence de cet ami. Car son enquête sur les lieux mêmes de cet ancien drame, elle, n'avait pas donné grand-chose.

Lorsque son hôte eut terminé, il demanda :

– C'est donc ce livre sur les nœuds qui l'a conforté dans ses soupçons ?

– Oui, car cela prouvait la préméditation.

– Et si ce n'était qu'une coïncidence ?

– C'est vrai, mais à cela s'ajoutait l'accident précédent, même s'il ne s'était terminé que par une grosse bosse sur le crâne du petit Johnny. Il trouvait que ça faisait trop.

– Et il a été le seul à avoir des soupçons ?

– Comment le savoir, monsieur, je n'étais pas sur place !

– Oui, bien sûr, excusez-moi…

– Cette histoire est tellement inquiétante… Mais pour répondre à votre question, je dirai que cela pouvait fort bien passer pour un accident : des enfants s'amusent à jouer à cache-cache près d'un puits, l'un d'entre eux y tombe et se noie. C'est tragique, mais tristement banal, si l'on peut dire.

– Et vous dites que le Dr Grand était sûr de lui ?

– Oui, pour les raisons que je vous ai exposées. Il y avait aussi le regard de la gamine. Il lui avait fait comprendre qu'il savait, mais elle n'avait pas baissé les yeux… Cela l'avait marqué et fait réfléchir…

– Ce dut être pour lui un sacré cas de conscience. Je me demande s'il aurait agi de la même manière si les deux camarades de jeu du petit Johnny avaient été des garçons !

– Peut-être pas, qui sait ? Je ne sais pas si le sexe du meurtrier a quelque chose à voir dans ces cas-là, mais se dire qu'une fillette d'une dizaine d'années avait prémédité un tel crime, c'est terrible !

– Et il ne vous a pas dit de laquelle des deux gamines il s'agissait ?

– Ah non. Ça, il s'y est refusé. Et j'ai bien peur que l'identité de cette jeune meurtrière restera à jamais un mystère…

Hochant tristement la tête, le visiteur dit d'une voix basse et chargée d'amertume :

– Oui, c'est à craindre. Mais sait-on jamais ?

13

Le soleil se couchait à l'horizon lorsque Margaret regagna sa chambre, passablement contrariée. Elle avait hâte qu'on ouvre la pièce condamnée. Cet obstacle infranchissable était devenu pour elle un défi. Elle était restée plusieurs minutes devant l'épais panneau de chêne, à le fusiller du regard, comme si elle avait le pouvoir de le réduire en poussière avec des yeux de Méduse. Elle était désormais certaine que cette pièce recelait un secret, ou tout au moins quelque précieux renseignement. Elle ne manquerait pas de relancer son oncle pour qu'il s'occupe sérieusement de la question.

Après cette vaine tentative, elle avait une nouvelle fois passé en revue tous les tableaux du manoir, se posant toujours les mêmes questions. Jerry n'avait-il pas exagéré leur pouvoir de suggestion ? Et quel crédit accorder à cette mystérieuse toile maléfique ? Et où était-elle ? Aucun des tableaux ne paraissait avoir de pouvoir maléfique. Tout au plus les couchers de soleil de la salle à manger, qui témoignaient d'une certaine forme de violence, avec leurs violets et leurs pourpres. À part cela, rien, nulle menace dans ces paysages champêtres ou portraits figés.

Un tableau peut-il influer tant sur les spectateurs qu'il modifie leur comportement ? Un esprit raisonnable pouvait-il envisager cette hypothèse ? Elle se posait la question, mais avec méfiance et incrédulité. S'il y avait eu une unité dans ces peintures, un thème dominant, il lui aurait peut-être été possible de se faire une idée. En outre, il lui paraissait vain de concentrer son attention sur un point précis. Un effort mental semblait altérer son degré de perception. En revanche, elle semblait subir une vague influence dès qu'elle se laissait aller, dès qu'elle n'y prenait pas garde. Mais alors, n'était-elle pas plutôt le jouet de sa propre imagination ?

Des pas dans le couloir...

Était-ce là aussi le fruit de son imagination ? Mais non. Ce devait être Louise, qui poursuivait ses recherches. Elle l'imagina, pâle fantôme dans la pénombre grandissante, passant chacune des toiles en revue, à la recherche du tableau maléfique.

Allongée sur son lit, elle contempla « Le paradis ». Difficile de faire autrement, puisqu'il se trouvait directement en face d'elle. Au bout d'un moment, elle ferma les yeux, sans pour autant perdre de vue le jardin merveilleux et ses deux occupants. L'Ève du tableau se transforma en Louise, posant devant Jerry, qui était devenu l'Adam au premier plan…

Le jeune homme semblait sous le coup d'une intense émotion et dévorait Louise du regard… Il la regardait comme s'il n'avait jamais vu de femme, comme Adam lorsqu'il vit pour la première fois Ève au paradis terrestre !

Elle se sentit alors gagnée par un curieux frisson, une sorte de picotement cérébral… Le tableau du maître était-il en train de produire son effet ? Au fond d'elle-même, elle savait que cette œuvre ne la laissait pas insensible. Durant les premiers jours, elle semblait lui avoir apporté un parfum de plaisir, une odeur de volupté, une fragrance de sensualité. Mais à présent, c'était autre chose, un sentiment désagréable, situé entre la colère et l'humiliation…

Jerry regardait Louise, comme Adam lorsqu'il contemplait Ève pour la première fois…

Margaret ne pouvait détacher cette comparaison de ses pensées, tandis qu'elle avait accompagné sa sœur, lors de sa troisième séance chez le peintre. La scène était si évocatrice, estima-t-elle, qu'elle y aurait pensé sans le tableau de sa chambre.

Il est vrai que sa sœur, vêtue comme la première femme, faisait une Ève parfaite. Les rayons obliques du soleil nimbaient d'une lumière féerique son corps aux proportions parfaites. Ses vêtements reposaient sur un siège en osier. Quant à sa pudeur et sa timidité, elles semblaient s'être envolées sur les ailes du plaisir. Car non seulement Louise écoutait les directives du maître, mais elle semblait y mettre du sien. Elle multipliait les mouvements de la tête pour répandre ses boucles noires sur ses épaules laiteuses, tantôt se redressant, tantôt se cambrant, cherchant visiblement la pose idéale pour mettre son anatomie en valeur. Et le tout, avec un sourire exclusivement réservé au peintre.

Un sourire que Jerry lui renvoyait volontiers. Installée sur son siège, Margaret le voyait de profil. L'intensité de son regard ne lui échappait point. Il détaillait sa sœur avec une attention remarquable. À l'évidence, il ne voulait pas perdre une miette du spectacle de la charmante sylphide aux belles jambes fuselées, s'appliquant en même temps à reproduire sur la toile chaque détail, chaque nuance de couleur. Parfois, il est vrai, une légère moue venait s'imprimer sur son sourire ; quelques rides d'insatisfaction, lorsqu'il considérait l'ensemble de son travail, comme si son pinceau l'avait trahi, ce qui à chaque fois le faisait redoubler d'ardeur. De plus, lorsqu'il peignait, il était difficile de lui parler. Jerry restait totalement pris par son travail, répondant par bribes ou se limitant à des approbations.

– Comment ?... Que dites-vous ?... Oui, bien sûr... Absolument... Un instant, je vous prie... Oui, certes...

De guerre lasse, Margaret s'était tue. Elle commençait à douter de sa stratégie. Le peintre était plus difficile à manœuvrer qu'elle ne l'avait prévu. Déroutant, lunatique, tantôt étrangement morose, tantôt débordant d'enthousiasme. Lorsqu'il déposa ses pinceaux, déclarant vouloir faire une pause, elle décida de revenir à la charge.

Après s'être épongé le front, s'être essuyé les mains, comme au terme d'un rude labeur, il parut émerger, s'extraire d'un autre univers. Mais c'est seulement lorsque Louise parla – pour répéter ni plus ni moins les paroles de sa sœur – qu'il parut véritablement réceptif. Il fixa un moment les carreaux étincelants de la grande baie vitrée, puis répondit :

– Je vous en avais pourtant parlé, me semble-t-il. N'avais-je donc pas insisté sur cette preuve absolue de son talent ?

– Oui, intervint Margaret, mais sans rien dire de plus. Or, cette toile me semble avoir joué un rôle important dans ce drame…

– Important ? C'est peu dire !

– Avez-vous eu l'occasion de voir ce tableau ?

Durant quelques secondes, Jerry examina la pointe de ses chaussures.

– Non, finit-il par lâcher. Il l'avait peint peu de temps avant sa mort. Il m'en avait seulement parlé…

– De quoi s'agissait-il ?

– Je ne sais pas…

– Pardon ?

– Oui, il ne m'a pas précisé le thème. Car l'important, voyez-vous, ce n'était pas le sujet en soi, mais la manière de le traiter. Et cela, oui, il m'en avait longuement parlé. Il me l'avait signalé comme étant son chef-d'œuvre, le tableau le plus suggestif qu'il eût jamais réalisé !

– Nous n'avons rien trouvé qui pousse au meurtre.

Le jeune peintre secoua la tête d'un un air profondément incompris :

– Mais ce n'est pas l'apparence qui importe, mademoiselle…

– *Margaret*, rectifia un peu sèchement la jeune fille.

– Il s'agit d'une suggestion insidieuse, qui n'agit que dans certaines circonstances. Que pourrais-je vous citer comme exemple ? Une fleur, peut-être, qui distille seulement son parfum à une période précise, et dans des conditions atmosphériques particulières...

D'une voix ingénue, Louise proposa :

– Comme le chèvrefeuille, l'été, à la tombée du soir ?

– Oui, voilà, c'est un bon exemple. C'est ainsi qu'il faut considérer ses toiles. Ne vous ai-je pas dit qu'il peignait sous des éclairages particuliers, de sorte que l'âme de son œuvre ne s'épanouisse qu'à une période, une heure ou en un lieu particuliers ? Qu'il travaillait également avec du recul, parfois de biais, jouant même sur le relief, pour que l'effet recherché ne soit perceptible que dans les mêmes conditions ?

– Alors si vous ne l'avez pas vu, comment le retrouver ?

– J'avoue que pour l'œil profane ce n'est pas chose aisée. Et en outre, cette quête pourrait se révéler dangereuse, car vous pourriez être contaminées, sans même le savoir...

– Comment ? s'offusqua Margaret. Vous voulez dire que ce qui est arrivé à Amos Sutherland... pourrait également nous arriver *à nous* ?

Le jeune artiste considéra les deux jeunes filles avec un certain amusement.

– Je sais, c'est difficile à envisager. Surtout en vous voyant ainsi, à moitié terrifiées. Enfin je suppose qu'il faut quand même avoir une prédisposition à la violence, une certaine tendance à l'agressivité, que l'on retrouve davantage chez l'homme. Comme chez votre oncle, par exemple, ajouta-il avec un sourire aigre. Mais il n'empêche, le danger demeure... Certes, Amos avait disposé sa toile dans un angle optimal, s'était absorbé dans sa contemplation pour être absolument sûr qu'elle agirait sur lui.

– Vous êtes donc certain que c'est cette toile qui l'a poussé au crime ?

– Bien sûr. Sinon comment expliquer son geste monstrueux ? Autrement, voyons, il n'aurait jamais pu assassiner sa femme ! Et de plus, avec une telle sauvagerie ! C'est bien cela son message : la puissance, la force évocatrice sans pareille de son œuvre !

Jerry avait martelé ses mots en serrant le poing, comme pour mieux témoigner de sa foi dans le talent d'Amos Sutherland. Un silence tomba, puis Margaret demanda :

– Croyez-vous pouvoir identifier ce tableau si vous étiez sur place ?

Il rajusta son foulard de soie bleue, tout en s'éclaircissant la voix :

– Oui, très certainement. N'oubliez pas qu'il m'a transmis une partie de son savoir... Mais cela me paraît difficilement envisageable dans les conditions actuelles...

– Pourquoi ?

– Mais à cause de votre oncle ! S'il me surprenait chez lui, il me chasserait à coups de bâton ! D'ailleurs, je trouve que vous prenez un grand risque en me fréquentant...

– Nous trouverons peut-être une occasion. Il s'absentera forcément quelques heures un jour ou l'autre. Cependant, il y a un autre point qui m'ennuie : il est très probable que ce tableau maléfique se trouve actuellement dans la pièce condamnée.

Une lueur brilla dans le regard de Jerry, qui approuva :

– Oui, c'est même très probable.

– Il vaut donc mieux attendre sa réouverture.

Le peintre acquiesça, pensif, tout en laissant errer son regard sur le paysage derrière les baies vitrées de son atelier. Puis il décida qu'il était temps de se remettre au travail, avant que la lumière ne baisse. Docile et souriante, Louise reprit sa pose et s'accouda à la fausse colonne de marbre.

Une heure plus tard, l'artiste déposa sa palette et ses pinceaux :

– Bien, nous allons nous en tenir à cela pour aujourd'hui.

– Ce n'est pas encore fini ? demanda Margaret, qui furetait dans l'atelier, jetant un coup d'œil sur d'autres toiles.

– Non, mais presque. Il me reste juste quelques touches de finition. Encore une ou deux séances, pas davantage.

– Je peux voir ? demanda Louise, en proie à une vive curiosité.

– Bien sûr, répondit calmement Jerry, prenant du recul pour considérer son travail.

Elle le rejoignit aussitôt et s'exclama :

– Mon Dieu ! Qu'elle est jolie ! J'ai vraiment du mal à croire que c'est moi !

– Il n'y a là aucun artifice. Je n'ai fait que reproduire ce que j'avais devant mes yeux !

– Jerry, vous êtes merveilleux ! s'exclama-t-elle avec une ferveur qui attira l'attention de Margaret.

– C'est pas mal, dit cette dernière en s'efforçant de cacher son émotion.

Car en son for intérieur, Margaret était très impressionnée. Même sans les petites touches de finition, c'était déjà une œuvre resplendissante. On avait l'impression d'avoir une seconde Louise devant soi, et elle était fort belle en tenue d'Ève.

C'est alors qu'elle remarqua la modification opérée par le peintre.

– Mais, Jerry !... s'offusqua-t-elle... Le visage, ce n'est plus celui de Liza !

– Non, bien sûr. C'est celui de Louise. Il est plus séduisant, ne trouvez-vous pas ?

Margaret déglutit tout en acquiesçant. Elle avait l'étrange impression d'avoir été trahie, tandis que sa sœur, elle, ne tarissait pas d'éloges envers l'artiste.

– C'est formidable, Jerry ! Je sais que c'est bête de s'admirer ainsi soi-même, mais savoir que j'ai pu vous aider à réaliser ça... Je suis vraiment heureuse, follement heureuse ! Si heureuse, même, que j'ai envie de vous embrasser !

Dans son enthousiasme, elle se pencha vers lui et s'exécuta, oubliant sans doute qu'elle ne portait rien sur elle.

– Bon, il se fait tard, déclara Margaret d'une voix impérieuse. Nous devons rentrer. Notre oncle pourrait se poser des questions. Allons, dépêche-toi, Louise ! Et n'oublie pas de mettre quelque chose sur le dos...

14

L'horloge sonnait neuf heures lorsque le Dr Anton prit congé de Mrs Sellars, qui l'avait fait appeler juste avant le dîner, se plaignant de nouvelles douleurs dans ses membres. Traversant le hall, il rencontra Margaret et Louise.

– Avez-vous quelques instants, docteur ? s'enquit Margaret.

– Vous êtes souffrantes aussi, toutes les deux ? demanda-t-il, dubitatif.

– Non. Nous aimerions vous parler à titre privé.

Après un regard intrigué, il eut un geste approbateur de la tête. Margaret désigna les deux fauteuils près de la grande cheminée. Le Dr Anton et elle prirent place, tandis que Louise s'asseyait sur le bras du fauteuil de sa sœur, se pelotonnant contre elle comme un chaton en quête de protection. L'aînée fit alors savoir au médecin ce qu'elles attendaient de lui.

Lorsqu'elle eut terminé, il alluma sa pipe, puis s'exclama :

– Mais pourquoi diable remuer cette vieille histoire, mesdemoiselles ?

– C'est comme une ombre dans cette maison, expliqua Margaret. Une ombre que nous aimerions chasser.

Il leur jeta un bref coup d'œil.

– Je vois, vous n'avez pas l'air rassurées. Surtout vous, mademoiselle Louise. Mais vous semblez connaître l'affaire dans ses grandes lignes, si j'ai bien compris ? Que voulez-vous savoir de plus ?

– Les détails. Notamment ceux concernant la chambre du drame. On nous a dit beaucoup de choses, mais nous aimerions nous faire une idée plus nette. Or, il paraît que vous étiez une des premières personnes à y pénétrer.

Il souffla devant lui un nuage de fumée.

– Vous voudriez que je vous décrive la scène du crime ?

– Oui, en essayant d'être le plus précis possible.

– Soit, je veux bien essayer. Les faits datent, mais j'admets que ce n'est pas là un spectacle qu'on peut facilement oublier. Je me souviens que c'était en automne, à la tombée de la nuit. Janet, la bonne des Sutherland, était venue me trouver, hagarde et affolée. Son témoignage laissait craindre le pire, mais honnêtement, je pensais qu'elle exagérait. Je l'ai accompagnée au manoir. Et là, j'ai vu qu'elle ne mentait pas. La large traînée de sang sous la porte ne présageait rien de bon. De plus, il régnait un silence inquiétant dans le manoir. Et nulle réponse à nos appels.

» Je n'ai pas tardé à prendre ma décision. À cette époque, j'avais encore toutes mes forces. La porte était solidement verrouillée, mais j'en suis venu à bout après plusieurs solides coups d'épaule. Janet a poussé un cri strident, affreux… Un cri qui a eu néanmoins le mérite d'alerter le garde champêtre qui passait devant la propriété. Il nous a rejoints aussitôt. Mais j'en arrive à la scène du crime proprement dite.

» Le peintre était installé dans un fauteuil en osier, un peu en retrait de son chevalet, qui se dressait au milieu de la pièce. Ses bras pendaient sur les côtés. Il avait les veines ouvertes, avec deux larges flaques de sang sur le plancher. Juste à côté gisait l'arme du crime, un couteau de peintre, de dimension modeste, mais assez tranchant. Sutherland était affalé dans son siège et semblait sourire dans la mort. Son corps était encore tiède. J'estimais qu'il avait dû rendre son dernier soupir une demi-heure auparavant. Peut-être était-il encore vaguement conscient lorsque Janet avait frappé à la porte la première fois. Mais là, il n'y avait vraiment plus rien à faire.

» Sa position indiquait qu'il avait dû contempler, dans son agonie, sa malheureuse épouse qui, elle, était dans un bien triste état. Gisant sur le dos, elle baignait dans son sang. Elle avait reçu une trentaine de coups de couteau. On eût dit que l'assassin s'était conduit en iconoclaste, cherchant à mutiler une œuvre d'art avec une sauvagerie démente. Le visage, la poitrine, l'abdomen, les jambes, rien n'avait été épargné. Je suppose qu'il avait dû l'agripper par les cheveux en la plaquant contre lui, car quelques mèches étaient à moitié arrachées. Hypothèse que le médecin légiste a d'ailleurs confirmée par la suite.

– Ou était-elle, par rapport au chevalet ?

– De l'autre côté, contre le mur nord, pas loin de la fenêtre, sans doute assise sur le tabouret qu'on a retrouvé là renversé.

– Et qu'y avait-il d'autre, dans la pièce ?

– Eh bien, rien de particulier. Des toiles, du matériel de peinture, des chiffons et que sais-je encore…

– N'y avait-il pas un tableau près de Mrs Sutherland ?

– Si sans doute. Il y en avait même partout.

– Un tableau qui était bien en vue du peintre ?

Le Dr Anton Christie plissa les paupières.

– Un tableau qui l'aurait inspiré ?

– Oui, c'est cela.

– Je vois. Vous croyez à cette hypothèse absurde, selon laquelle il aurait agi sous l'influence maléfique d'une de ses œuvres ?

Margaret secoua la tête avec hauteur et indifférence :

– Non. Nous nous demandions simplement quelle était cette toile, sans prendre partie.

– Je ne pourrais pas vous répondre. Car je n'y ai pas attaché d'importance sur le coup. À ce moment-là, j'ignorais son existence. Je n'en ai entendu parler que par la suite, par ceux qui ont essayé de défendre la mémoire du peintre. Ils n'étaient d'ailleurs pas nombreux.

– Il y avait Jerry Granger, sans doute ?

– Oui, en effet, mais ce n'était encore qu'un gosse. Réflexion faite, je me demande si ce n'était pas lui qui fut le plus affecté par la disparition des Sutherland. Il est vrai qu'il était jadis constamment fourré chez eux. Il a mis du temps à s'en remettre. Je dis ça pour vous faire comprendre que le jeune Jerry n'était pas un témoin impartial. L'homme qu'il admirait le plus avait commis le pire… Il cherchait désespérément des excuses à ce geste.

– Donc, vous n'avez vraiment aucune idée de l'identité de cette toile ?

– Franchement, non.

– Vous devriez quand même avoir gardé un vague souvenir de celles qui étaient exposées dans la pièce ?

– Non, vraiment, dit le docteur en secouant la tête. Vous savez, malgré l'expérience, le médecin reste un être humain. En outre, je connaissais les Sutherland. Si je vous ai exposé les faits avec une froideur médicale, le spectacle n'en était pas moins éprouvant. Et puis, il me fallait également veiller sur Janet, sur le point de défaillir à tout moment. Mon attention était donc concentrée sur les personnes et non les objets. À la réflexion, la seule toile dont je me souvienne, c'était l'esquisse posée sur le chevalet, car il s'agissait de la malheureuse Maud. Même son double était maculé de sang…

Il fit une pause, songeur, puis changea soudain d'expression :

– Maintenant que j'y pense, il y avait une autre toile tachée de sang, bien plus souillée que celle du chevalet. Elle se trouvait à côté de la victime, et ma foi, elle était bien en vue du peintre.

– De quoi s'agissait-il ?

– Je ne sais plus…

– Un portrait, peut-être ?

Le représentant de la faculté hésita :

– Maintenant que vous me le dites… vous me forcez un peu la réponse. Mais impossible d'être affirmatif. Ce dont je suis certain, c'est que le tableau avait été largement éclaboussé par le sang de la victime. Surtout le bas… Je m'en souviens parce qu'on s'en était servi comme repère pour tenter de retracer les gestes du criminel…

– Un portrait, comme celui-ci ? demanda Margaret en désignant, à côté du manteau de la cheminée, le buste d'un chasseur coiffé d'une casquette à double visière.

– Oui, par exemple. Mais vraiment, je n'en sais pas plus. Je pense que c'était quelque chose d'ordinaire, qui n'attire pas spécialement l'attention.

– D'après vous, qui pourrait nous renseigner sur ce sujet ?

Après un moment de réflexion, il secoua la tête :

– Hélas ! toutes les personnes auxquelles je pense ne sont plus de ce monde. Sir Robert et Janet, qui est partie bien jeune. Au fait, avez-vous posé la question à Mrs Sellars ?

– Oui, mais elle ne sait plus.

– C'était pourtant elle, je crois, qui avait eu la charge de remettre la maison en état, sous les directives de sir Robert, lequel s'était occupé à la fois des obsèques de son cousin et du manoir. Mais j'y pense, notre artiste local devrait être au courant lui aussi…

– Jerry ? s'enquit vivement Louise.

– Oui. Car s'il est une personne, ici, à Pencombe, qui connaît l'œuvre de l'artiste, c'est bien lui.

– Nous lui poserons la question, déclara promptement Margaret, redoutant la réponse de sa sœur, qui avait déjà ouvert la bouche. Et à vous, docteur, j'aimerais en poser une dernière, bien que je devine votre sentiment. Vous n'accordez nullement foi aux pouvoirs maléfiques de ce tableau, n'est-ce pas ?

– Non, répondit-il d'un ton formel. Si tant est que cette toile ait vraiment existé, je pense qu'il s'agissait d'une manœuvre désespérée du peintre, se livrant à un sacrifice suprême pour accréditer son talent. La folie dont il a été victime est née de son lent déclin.

– Et il n'y a eu aucun signe avant-coureur ?

Une expression de gravité revêtit le visage fatigué du Dr Antan.

– Non, rien de net, dit-il. Mais ce n'est pas surprenant. Les piliers de la raison peuvent s'effriter lentement, sans que nul ne s'en rende compte. On ne réalise l'ampleur du mal que lorsqu'il est trop tard, lorsque l'édifice entier s'est écroulé...

Le Dr Anton se tut soudain. Un bruit de pas résonna dans le hall, précédant la venue du colonel Raft, qui s'exclama en les voyant :

– Ah, vous êtes là, les filles ! Je commençais à m'inquiéter. Je vous cherchais partout ! Et vous aussi docteur... Je vous croyais déjà parti. Mais que faites vous donc là ? On dirait des comploteurs !

Le médecin se leva.

– Vos nièces s'intéressent au passé du manoir...

– Alors, j'ai une bonne nouvelle pour elles !

Le ton cordial et enjoué du colonel intrigua les deux sœurs. Louise parut même inquiète lorsqu'elle murmura :

– Une *bonne* nouvelle ?

Le colonel Raft s'approcha de sa nièce, et posa sur son pâle visage angoissé un regard inquisiteur :

– Ma parole, on dirait que tu n'as pas la conscience tranquille, toi ! D'ailleurs je me demande bien où vous passez vos après-midi, ces jours-ci !

– Nous nous promenons, mon oncle, intervint Margaret. Avec un si beau temps, ce serait un crime de s'enfermer, ne pensez-vous pas ?

– De mon temps, les jeunes filles ne se lançaient pas ainsi à l'aventure sans surveillance. D'ailleurs ma sœur, votre propre mère, même à sa majorité…

– Vous parliez d'une bonne nouvelle, mon oncle ?

Le colonel se racla la gorge.

– Euh… oui. Nous allons bientôt pouvoir chasser les vieux fantômes qui hantent ce manoir ! Donner un grand coup de balai dans la pièce fermée ! Je viens d'avoir un message du menuisier. Il sera là après-demain matin, à huit heures sonnantes, pour abattre enfin cette cloison !

15

C'était désormais une habitude. Tous les soirs, vers onze heures, Louise venait frapper à la porte de sa sœur, incapable de trouver le sommeil. Le tableau censé la perturber avait été relégué dans un des débarras des combles.

Tandis qu'elle se pelotonnait sous les couvertures, sa sœur déclara :

– Autant t'installer ici définitivement. Tu vois bien que tu n'arrives pas à te dominer.

– C'est plus fort que moi, Marge, gémit-elle. Tous les soirs, je me dis que ça ira mieux, j'essaye de lutter, mais rien à faire…

– Tu as peur ?

– Mais non ! Je te l'ai déjà expliqué ! Je me sens soudainement abattue, j'ai le cafard…

– Arrête de trembler comme une feuille. C'est ridicule, il fait chaud…

– Je sais, Marge… C'est même d'autant plus idiot que je n'ai aucune raison d'être malheureuse. Au contraire, je crois que je n'ai jamais été aussi heureuse que ces temps-ci. À part Liza, qui a réagi curieusement lorsque…

Margaret, qui s'était soudain raidie, répéta en détachant bien les syllabes :

– *Jamais aussi heureuse* ? Que veux-tu dire par là, ma chérie ?

– Eh bien, ce que je dis. Je suis heureuse, comblée… Jerry vient de terminer le tableau. Il est magnifique, absolument magnifique !

– Si cela te suffit pour être heureuse !

– Oui, bien sûr… (Après une pause, durant laquelle elle émit un soupir d'aise, elle ajouta :) Jerry était satisfait de son travail, mais il m'a dit que ce n'était rien par rapport à l'original, qu'il m'admirait mille fois plus et… que… qu'il m'aimait.

– Comment ? s'offusqua sa sœur en se redressant vivement.

– Et à vrai dire… je crois que je l'aime aussi.

Un silence se fit, puis la voix de Margaret s'éleva :

– *Tu crois* ?

– Oh ! j'en suis même certaine. Au début, je le trouvais simplement sympathique. Puis il a fait preuve d'une grande gentillesse, car il voyait bien que j'étais affreusement gênée de poser pour lui…

Et ensuite, quelque chose s'est créé entre nous, une sorte de lien, de complicité, comme si nous étions unis pour une même mission, celle de l'achèvement de son œuvre. Enfin, depuis qu'il m'a embrassée… j'ai vraiment pris conscience de ce que nous ressentions l'un pour l'autre.

Un nouveau silence tomba, plus long que le précédent, puis la cadette demanda :

– Marge, tu ne dis rien ?

– Non. Je réfléchis… Mais en fait, je ne suis qu'à demi surprise. Avec ta façon de te vautrer si complaisamment devant lui, je comprends qu'il ne soit pas resté de marbre. À vrai dire, c'est même le contraire qui m'aurait surprise !

– Quoi, *me vautrer devant lui* ? Comme peux-tu parler ainsi, Marge ? Comment peux-tu me le reprocher ? C'est toi même qui as tant insisté pour que je domine ma honte et que je perde mes complexes ! Et tout cela au nom de l'art et de…

Louise ne put achever. Elle éclata en sanglots. Elle pleura tant que sa sœur finit par la consoler.

– Oui, tu as raison, ma chérie. C'est de ma faute. Je ne me suis pas rendu compte de ce que je te demandais. Je croyais que Jerry n'avait que des vues sur moi. J'aurais dû comprendre que tu ne le laisserais pas insensible non plus, surtout dans ces circonstances… Je me suis trompée, Louise, pardonne-moi…

– Mais je ne t'en veux, pas, Marge. Je t'en suis même reconnaissante. Car sans toi, Jerry et moi n'aurions peut-être pas compris que nous étions faits l'un pour l'autre !

Peu de temps après, Louise s'endormit dans les bras de sa sœur, qui elle, demeurait parfaitement éveillée. Les yeux grands ouverts, elle regardait droit devant elle. Derrière la fenêtre ouverte, au-dessus de la ligne sombre de la forêt, le croissant de lune venait d'apparaître. À mesure qu'il s'élevait, il semblait grossir et dispenser une clarté plus soutenue. Peu à peu, le tableau « du paradis » prenait vie. Le feuillage des arbres paraissait bruire d'une faune exotique et s'agiter sous le souffle d'un doux zéphyr. Adam et Ève n'apparaissaient plus comme de simples images peintes. Ils respiraient, pensaient, vivaient… comme Jerry et Louise.

La pâle clarté ne révélait qu'un tableau monochrome, dans les tons bleus, qui conféraient un aspect irréel à la scène. Cette impression s'accentuait à mesure que les rayons de lune s'avivaient. Bientôt, le « paradis » scintilla de lames d'argent, comme le brasillement de la mer.

Margaret demeura un long moment à contempler le fascinant spectacle, en proie à une froide colère. Jusqu'ici, sa stratégie à l'égard du peintre s'était révélée un échec cuisant. Non seulement il ne leur avait fourni que peu de renseignements, mais en outre, il avait pris Louise dans ses filets.

Dès le début de la matinée, des coups résonnaient dans le manoir. Le menuisier tant attendu était à pied-d'œuvre, devant la pièce condamnée. Il avait prévenu le colonel qu'il en aurait pour un petit moment, vu l'épaisseur et la solidité du panneau. En attendant qu'il y parvienne, les deux sœurs étaient redescendues prendre leur breakfast, tremblantes d'impatience. Lorsque Liza leur apporta le thé et les toasts, Margaret ne manqua pas d'observer son teint blême et sa mine renfrognée.

Lorsque la bonne se fut retirée, elle en fit la remarque à sa sœur.

– Je crois savoir pourquoi, répondit Louise en pinçant les lèvres. J'aurais mieux fait de ne rien lui dire...

– Lui dire quoi ?

– Eh bien à propos du tableau. Hier, en rentrant, j'étais si heureuse... Tu n'étais pas là, Marge, et je voulais partager ma joie. J'ai alors vu Liza, et j'ai pensé que cela lui ferait plaisir d'apprendre que le tableau pour lequel elle avait posé était enfin terminé.

Margaret arrêta le geste qu'elle faisait pour remplir sa tasse de thé.

– *Quoi ? Tu lui en as parlé* ?

– Mais oui, bredouilla Louise. Remarque, je ne lui ai pas dit que Jerry avait également modifié le visage, car cela pouvait la vexer. Mais d'un autre côté, un modèle avec sa tête et mon corps, c'aurait pu paraître ridicule ! Je lui ai surtout dit que c'était grâce à nous, grâce à notre collaboration, que l'œuvre avait pu être achevée, et j'ai bien insisté là-dessus. Mais j'ai bien vu que cela ne l'a pas enchantée. Sans un mot, elle a tourné les talons.

– Mais Louise, aurais-tu perdu la tête ? As-tu seulement pensé que Liza pouvait en parler à notre oncle ?

– Oui. Mais je sais qu'elle ne le fera pas. Elle a trop peur qu'il la renvoie. Et ce n'est certainement pas une dénonciation de ce genre qui pourrait la faire entrer dans ses bonnes grâces.

Margaret fut obligée de convenir de la justesse du raisonnement. Tandis qu'elle buvait son thé à petites gorgées, les coups du menuisier continuaient de résonner. Lorsqu'elle eut terminé son petit déjeuner, elle déclara :

– Il est heureux que ce tableau soit achevé, Louise...

– Oui, mais d'un autre côté, je commençais à m'y habituer. D'ailleurs Jerry m'a dit qu'il n'excluait pas d'en peindre un second…

– Avec toi ?

– Bien sûr. Avec qui d'autre voudrais-tu que ce soit ?

Margaret la fixa un instant d'un air surpris, puis haussa les épaules, poursuivant :

– Je disais que c'était une bonne chose, parce que nous allons désormais pourvoir nous consacrer à notre enquête.

– Tu veux dire l'inspection de la chambre condamnée ?

– Bien sûr. Cela fait des jours que je ronge mon frein, que je me demande ce que nous allons y trouver.

– Oui, oui, fit brièvement Louise. Nous y jetterons un coup d'œil ce matin. Mais cet après-midi, je ne suis pas là. J'ai rendez-vous avec Jerry.

16

Vers trois heures de l'après-midi, Jerry Granger faisait les cent pas dans son atelier, nerveux et contrarié. Cela faisait un bon moment que Louise l'avait rejoint et lui répétait inlassablement, sur ses demandes réitérées, le récit de leur première inspection dans la « chambre scellée ».

– Nous étions au comble de l'impatience lorsque notre oncle nous a appelées. Nous nous sommes précipitées, si vite que j'ai même trébuché dans l'escalier. En haut, nous sommes restées un moment sur le seuil, comme si nous nous apprêtions à pénétrer dans quelque antique sanctuaire, inviolé depuis des siècles. La première chose qui nous a frappées, c'était la poussière. Il y en avait partout. Mais réflexion faite, il n'y en avait pas trop, vu le temps qui s'est écoulé. Ensuite, le fait qu'il n'y avait pas grand-chose, à part un grand buffet et une commode. Le chevalet était rangé dans un coin. Autrement, rien. D'ailleurs Mrs Sellars nous a confirmé que les choses étaient comme elle les avait laissées. C'était logique, vu que personne n'avait pu y entrer. Il ne faisait pas bien clair, la fenêtre étant toujours obturée, mais on y voyait quand même suffisamment pour réaliser qu'il n'y avait rien d'autre. Pas de tableau…

– Tu en es sûre ?

– Certaine. Nous ne sommes pas restées bien longtemps car le menuisier s'est ensuite occupé du panneau qui protégeait la fenêtre, mais nous avons pris le temps de jeter un coup d'œil dans les meubles. Pas la moindre toile, même de petit format…

Le jeune peintre continuait d'aller et venir dans son atelier.

– Mais où est-il alors ?

– Mystère, répondit Louise pinçant les lèvres.

– De toute manière, il faudra que j'aille jeter un coup d'œil personnellement…

– Sois sans crainte. Nous te préviendrons à la première occasion.

Sur ces paroles, Louise ôta son canotier et entreprit de défaire le chignon qui emprisonnait ses longs cheveux noirs. Elle secoua la tête, d'un geste gracieux, puis se tourna, souriante, vers le jeune peintre :

– Et si nous pensions à autre chose, mon chéri ?

⁂

Pendant ce temps, Margaret passait le buffet à la loupe. Liza venait de terminer le ménage et, après quinze années d'obscurité, la clarté du jour pénétrait de nouveau à flots dans la pièce.

Le premier objet digne d'intérêt fut la photographie d'un couple, souriant, posant devant l'entrée du manoir. Vraisemblablement le peintre et sa femme. Elle était jeune, douce et jolie, comme on l'avait décrite. Lui, avait la quarantaine et l'air avenant. Il portait un complet rayé, avec une boutonnière, et semblait parfaitement décontracté. Un couple apparemment heureux, sans soucis, soudainement happé par le sort, il y a quinze ans, dans cette pièce même…

Non sans éprouver un léger frisson, Margaret observa un moment la prise de vue, puis poursuivit ses investigations, parmi le fatras de bibelots et de livres.

Elle était si impatiente de faire une découverte qu'elle se hâta et fut fort désappointée lorsqu'elle eut terminé. De dépit, ou saisie d'une de ces étranges intuitions, elle se baissa pour jeter un coup d'œil sous le buffet, où il n'y avait qu'un espace réduit… et encore beaucoup de poussière. Elle ne manquerait pas de rappeler à Liza qu'elle s'était mal acquittée de sa tâche et qu'elle pourrait recommencer. Soudain, tandis qu'elle cherchait à tâtons, elle palpa un morceau de papier. Une sorte d'emballage… En le dégageant, elle vit qu'il s'agissait d'un journal.

Maigre butin, songea-t-elle, déçue. Puis, après avoir soufflé la poussière, elle avisa la date du quotidien : le 13 octobre 1920. Était-ce avant ou après le drame ? Un nettoyage plus minutieux lui apporta la réponse : un des titres évoquait l'affaire en renvoyant le lecteur à la rubrique des faits divers.

La présence de ce quotidien n'était pas un mystère en soi. Il était normal que les enquêteurs ou les familiers aient suivi l'affaire dans la presse. Qu'ils aient emporté un journal dans cette pièce, et que celui-ci ait échoué à l'endroit où elle venait de le trouver, cela non plus n'avait rien d'extraordinaire. Pourtant, elle sentait qu'elle tenait quelque chose d'important entre ses mains. Elle le déplia lentement, page après page, jusqu'à ce qu'elle tombe sur l'article. Une demi-page était consacrée au drame.

Margaret s'approcha de la fenêtre et commença sa lecture. La première partie du texte était assez technique, les enquêteurs venant d'éliminer définitivement l'hypothèse d'un double assassinat, commis par un inconnu. Selon le témoignage des premiers témoins, l'examen minutieux de la porte, du verrou et de la fenêtre fermée, il était désormais patent que personne n'aurait pu quitter les lieux du drame en laissant derrière soi une pièce close. La thèse de base s'était transformée en certitude : le peintre avait tué sa femme avant de se donner lui-même la mort.

Dans le second volet, il y avait une description un peu lyrique du drame, d'un journaliste sans doute plus en quête de sensationnel que de vérité.

... *C'était un spectacle haut en couleur, en parfaite concordance avec les lieux. La violence du meurtrier a été telle que le sang de la malheureuse a maculé plusieurs tableaux, comme s'il s'agissait là d'un effet de style voulu par son auteur. Bien que de nature différente, tous les regards convergeaient vers la victime. Il y avait d'abord celui du « maître d'œuvre », qu'on devinait satisfait derrière ses paupières closes ; celui des témoins, hagards et hor-*

rifiés ; celui d'une Madone au paisible sourire ; celui curieux d'un militaire, encore à peine esquissé ; celui froidement professionnel des policiers ; celui atterré des proches ; et celui magnifique et épanoui, du double de la victime, dont l'artiste avait achevé le visage sur sa toile. Un étrange tableau, c'est le cas de le dire...

Quelque chose intrigua Margaret, mais elle n'aurait su dire quoi. Elle relut le tout, sans comprendre davantage, puis entendit des pas dans l'escalier. Lorsque Liza apparut avec sa pelle et sa balayette, elle déclara :

– Ah ! Vous n'aviez pas encore terminé, Liza !

– Non, mademoiselle. Mais je n'en ai pas pour longtemps... Juste un petit coup de balai dans les coins et sous les meubles...

– C'est bien Liza, c'est bien...

Tout en la regardant faire, elle se reprocha de l'avoir blâmée un peu trop hâtivement. Comme l'avait souligné Mrs Sellars, c'était une brave fille, qui faisait son travail consciencieusement. Quant à sa mine farouche et son hostilité à peine contenue, il ne fallait pas chercher bien loin leur origine... quelque part au village, dans certain atelier de peinture.

Margaret prit soudain conscience de ce qui aurait dû être une évidence pour elle : Liza était amoureuse de Jerry Granger. Elle fut sur le point de lui demander confirmation, mais se ravisa. C'était parfaitement inutile. Cela crevait les yeux. Il était même probable qu'ils aient eu une petite aventure, avant que leur oncle n'y mette un terme radical. Sa fureur s'expliquait bien mieux ainsi, que pour une raison d'orgueil froissé à propos d'une toile inachevée.

Non, réfléchit-elle, il était inutile de lui poser la question. Cela ne pourrait que la mettre en garde…

– Voulez-vous que je jette aussi ce vieux journal, Mademoiselle ? demanda-t-elle quand elle fut à sa hauteur.

– Non. Je le garde. Il m'intéresse. Mais dites-moi, Liza, j'aimerais profiter de l'occasion, puisque nous sommes seules, pour vous dire quelques mots à propos de ma sœur.

Elle pâlit soudain, mais fit oui de la tête.

Margaret avait déjà remarqué, surtout ces derniers temps, que la jeune domestique nourrissait un ressentiment plus vif à l'égard de Louise. Pour sa part, Liza la respectait davantage parce qu'elle faisait preuve de plus de fermeté. Quoi qu'il en soit, cela allait faciliter les choses.

– Louise a mal agi à votre égard, Liza. J'en suis consciente et je voudrais m'excuser en son nom.

– Mais… je ne lui reproche rien, Mademoiselle.

À l'évidence, ce mensonge lui coûtait beaucoup. Ses yeux s'embuaient.

– Allons Liza ! Je comprends très bien ce que vous ressentez, et c'est normal. Mais laissez-moi vous expliquer. Louise a agi en toute innocence. Lorsque nous sommes tombées par hasard sur cette ébauche, nous voulions simplement aider Jerry Granger à la terminer, car il semblait si peiné de ne pouvoir l'achever. Pas un seul instant, ma sœur n'a imaginé que cela pouvait vous blesser dans votre amour-propre…

La bonne déglutit péniblement.

– Je veux bien le croire, Mademoiselle, si vous le dites…

Margaret eut un geste rassurant, puis poursuivit en affectant un air embarrassé :

– Quant à ce qui s'est passé après, ma foi… c'est autre chose. Si Jerry a peint le visage de Louise à la place du vôtre…

Elle affecta un air surpris devant la bonne qui avait soudainement pâli, et reprit :

– Comment, vous ne le saviez pas ? Ah, je pensais que ma sœur vous l'avait dit !

– Ils… ont fait ça ? hoqueta-elle, les yeux brillants. Ce n'est pas possible…

– Je n'étais pas là pendant les séances, hélas ! Ils m'ont mise devant le fait accompli. Mais quoi qu'il en soit, je peux vous assurer que Louise n'imaginait pas un instant le tort qu'elle vous causait. Vous êtes blessée, Liza, je le comprends fort bien, et c'est tout naturel. C'était votre tableau, et non le sien. Cette transformation est presque une provocation. Je réagirais comme vous à votre place. Mais je vous le répète et vous prie de me croire, Louise n'avait pas l'intention de vous blesser. Simplement, elle ne se rendait pas compte. D'ailleurs, depuis qu'elle est sur son petit nuage rose, elle n'a plus aucun sens des réalités…

– Que voulez-vous dire ? demanda la bonne en se frottant les yeux.

Margaret haussa les épaules, l'air fataliste :

– Eh bien… que l'inévitable s'est produit. Ils se sont épris l'un de l'autre pendant ces séances. Louise est follement amoureuse… Ne la jugez donc pas trop sévèrement.

17

La gorge nouée, Jerry Granger demeura quelques instants sur le pas de la porte ouverte.

Puis il s'avança, lentement, et ses yeux émus firent le tour de la pièce libérée.

– C'est incroyable, murmura-t-il. J'ai l'impression de sentir sa présence... Mon Dieu, il y a encore son chevalet. Je le reconnais, c'est le sien...

Il s'approcha du meuble, le toucha de ses mains tremblantes. On eût dit que le contact du bois avivait ses souvenirs. Louise le rejoignit, le tint par le bras, comme pour l'assister dans une épreuve pénible.

Les trois jeunes gens se trouvaient seuls au manoir, ce jour-là. La veille au soir, durant le dîner, le colonel avait annoncé à ses nièces qu'il s'absenterait le lendemain pour régler une importante affaire à Londres. Il partirait en voiture et ne rentrerait très probablement que tard dans la soirée. Il avait regagné sa chambre dès la fin du repas. Margaret était allée trouver Mrs Sellars et Liza dans la cuisine. Leur précisant qu'elle et sa sœur n'auraient aucun besoin particulier le lendemain, elle leur avait proposé de prendre une journée de libre. Elle n'avait guère eu de peine à les convaincre : Mrs Sellars en profiterait pour rendre visite à une tante gravement malade, et Liza avait toujours fort à faire chez elle, pour aider sa mère, ses frères et sœurs. Le lendemain matin, dès qu'elles s'étaient retrouvées seules, les deux sœurs avaient filé chez Jerry Granger pour lui annoncer la nouvelle. Le jeune peintre n'avait pu cacher sa joie et s'était empressé de les suivre. Toutefois, ils avaient pris la précaution de ne pas traverser le village ensemble.

– Je donnerais cher pour avoir cet objet, déclara-t-il. Il représente pour moi toute une partie de mon enfance... La plus belle... Ces heures merveilleuses durant lesquelles je le regardais peindre, rêvant un jour de pouvoir l'imiter...

– Si vous êtes un peu patient, cela ne posera pas de problème, dit Margaret. Nous allons le mettre avec le bazar qu'il y a dans les deux autres pièces, le temps que mon oncle l'oublie. Et après, il sera à vous...

– Merci, mille fois merci. Je vous en serais très reconnaissant.

Il lâcha le chevalet comme à regret, puis se dirigea vers le buffet et la commode.

– Vous êtes sûre qu'il n'y pas de toile là-dedans ?

– Quasi sûres. Mais nous avons peut-être agi trop précipitamment...

Les meubles furent passés au crible. Ils ne recelaient ni tableau, ni même de toile sans cadre, qui aurait pu plus aisément échapper à leur première inspection.

Devant ce constat, Jerry Granger ne put cacher sa déception.

– Bon sang de bon sang, j'aurais pourtant juré qu'il se trouvait ici. Mais il faut se rendre à l'évidence, il n'y a rien. Bon, il ne nous reste plus qu'à regarder ailleurs. Mais avant toute chose, je vais rapidement jeter un coup d'œil sur ceux qui sont accrochés aux murs des autres pièces. Ce serait trop bête de le rater, s'il se trouvait là, à la barbe de tout le monde !

Durant les minutes suivantes, Louise se sentit comme prise de vertige. Les paysages, les portraits, les natures mortes peintes jadis par Amos Sutherland, défilèrent devant ses yeux comme un carrousel pris de folie. Tout allait trop vite. Son esprit n'avait pas le temps d'enregistrer les détails d'une toile, que déjà Jerry passait à la suivante. Il entrait en trombe dans les pièces, en faisait le tour comme s'il avait le diable à ses trousses, longeait les couloirs au pas de course, dévalait les marches pour changer d'étage. Comment pouvait-il ainsi espérer débusquer le « tableau maudit » ?

Louise le suivait sans comprendre, étourdie par ce défilé d'images, dans un étrange chaos d'impressions diverses. À mesure qu'il progressait, elle sentait croître la nervosité de son ami. De plus, il ne semblait même plus s'apercevoir de sa présence. À plusieurs reprises, son regard était passé sur elle comme si elle était transparente.

En moins d'un quart d'heure, tous les tableaux exposés du manoir avaient été examinés. En vain.

– Bon déclara-t-il, en se frottant la nuque. Eh bien maintenant, au moins, nous sommes fixés. Il doit être caché ailleurs !

– Alors, par où commençons nous ? demanda Margaret qui, les poings sur les hanches, semblait débordante d'énergie.

– Les combles. Ne m'avez-vous pas dit que c'est là que sont entassées les vieilleries ?

– Oui, mais ça ne va pas être une partie de plaisir ! Il y a deux pièces pleines à craquer et aussi un sacré bazar au grenier !

Lorsque Jerry put constater lui-même l'ampleur de la tâche qui les attendait, il fit une grimace, puis s'inquiéta :

– Êtes-vous sûres que votre oncle ne reviendra que tard dans la soirée ?

Margaret répondit avec gravité :

– Non. Avec lui, on ne peut être sûr de rien.

– C'est vrai, dit Louise. Mais logiquement, nous devrions être tranquilles jusqu'à l'heure du thé. Ce qui nous laisse encore six bonnes heures…

– C'est peu, réfléchit le jeune peintre, les traits tendus. Mais cela devrait aller si nous ne lanternons pas !

Lorsqu'ils entamèrent leurs recherches, il mesura encore mieux la difficulté de leur entreprise. Les meubles et les objets, dont plusieurs tableaux, étaient si étroitement entassés, presque imbriqués entre eux, qu'il était extrêmement malaisé de les déplacer. Ils durent procéder avec d'infinies précautions, sous peine d'endommager les toiles du maître.

Vers deux heures de l'après-midi, Jerry n'avait toujours rien trouvé. Ils décidèrent de s'accorder une pause. Louise prépara des sandwiches et ils s'installèrent sur la terrasse pour profiter du soleil, heureux moment de détente après leur fouille dans la poussière.

Les cheveux défaits et les joues noircies comme un ramoneur, Jerry déclara dans un soupir :

– J'espère que notre tableau se trouve là quelque part ! Sinon, ce serait vraiment trop frustrant !

– Espérons surtout qu'il existe encore ! s'exclama Margaret. Mrs Sellars pense que sir Robert l'avait conservé dans un premier temps, mais cela ne veut rien dire. Il peut très bien l'avoir détruit par la suite !

– Ne parlez pas de malheur, fit le peintre, blême. Il ne peut pas avoir fait ça ! C'est impossible, ajouta-t-il d'une voix pathétique comme pour mieux s'en convaincre.

– Ce ne serait pas la première fois qu'un chef-œuvre périsse sous les coups d'une main vengeresse… Mais au fait, Jerry, êtes-vous bien sûr de ne pas l'avoir identifié parmi ceux qui sont exposés ?

– Oui.

– N'avez-vous péché par excès de précipitation, avec toutes ces pièces et ces couloirs ?

– Non.

– Je vous trouve bien affirmatif.

– Je suis sûr de mon affaire.

– Mais comment diable pouvez-vous l'être, alors que vous prétendez n'avoir jamais vu ce tableau ?

Après un moment de réflexion, Jerry répondit en esquissant un léger sourire :

– C'est bien simple. Tous ceux que nous avons vus aujourd'hui m'étaient connus, à part deux ou trois nouveautés. Or pour celles-ci, il ne m'a fallu qu'un coup d'œil pour comprendre qu'aucune d'entre elles ne pouvait correspondre à la toile que nous recherchons.

L'explication semblait logique, mais Margaret ne paraissait pas parfaitement convaincue. De son côté, Louise partageait le sentiment de sa sœur et avait la vague impression que Jerry leur cachait quelque chose. Mais quoi ? Il était pourtant manifeste qu'il tenait à retrouver le tableau. Sa nervosité et son ardeur en attestaient.

Elle en fut même convaincu lorsqu'ils se remirent au travail. Jerry ne ménageait pas ses efforts, bien secondé par une Margaret toujours aussi énergique. Mais malgré cela, ils firent chou blanc. L'horloge du hall sonna les coups de cinq heures alors qu'ils venaient d'achever leurs fouilles dans le deuxième débarras des combles.

Le jeune peintre se redressa au milieu des cartons, éreinté, en nage, et profondément déçu.

– Rien, soupira-t-il. Rien nulle part... C'est désespérant ! Nous avons pratiquement tout passé au crible !

– Il reste encore le grenier, fit remarquer Margaret, haletante.

– Oui, mais je crois que nous allons nous en tenir à cela pour aujourd'hui, intervint Louise en posant un regard inquiet sur le jeune peintre. C'est plus prudent, mon chéri. Notre oncle peut revenir d'un instant à l'autre...

Jerry Granger hésita un instant, comme devant un poignant dilemme, mais la menace du retour du colonel l'emporta finalement sur la curiosité.

– Oui, tu as raison. Il vaut mieux que je file, maintenant...

Après avoir fait un brin de toilette, et échangé un baiser passionné avec Louise, il se hâta de quitter le manoir.

Les deux sœurs entreprirent alors de tout remettre en ordre.

– Tu sembles très déçue, Margaret, dit Louise au bout d'un moment.

– Oui, c'est vrai. Ce matin, j'étais sûre que nous allions réussir. Mais il n'y a pas que de la déception. Je suis contrariée, mécontente de moi-même...

– Ah bon ? Et pourquoi cela ?

– Oh ! pour plusieurs raisons, ma chérie. D'ailleurs, il faudra que je te parle...

– Je t'écoute.

– Pas maintenant. Je suis trop énervée. Et il y a quelque chose qui me tracasse, mais je n'arrive pas à savoir quoi. C'est peut-être à propos de cet article de journal. J'y ai repensé plusieurs fois. Je l'ai lu et relu, avec l'impression qu'un détail important m'avait échappé. Mais impossible de mettre le doigt dessus...

– Quel article de journal ?

– Ah c'est vrai, je n'ai même pas pensé à te le montrer ! J'ai déniché sous le buffet un vieux journal datant de l'époque du drame. Mais tiens, je vais te le faire voir...

Lorsqu'elle l'eut rapporté à Louise et que celle-ci eut commencé sa lecture, les deux sœurs tressaillirent soudain. La sonnette de l'entrée retentissait avec insistance.

– Notre oncle, déjà ? s'inquiéta Louise. Eh ! bien, nous avons eu de la chance !

– Cela m'étonnerait que ce soit lui. Il a une clé pour rentrer. Et d'ailleurs je n'ai pas entendu sa voiture... Viens, descendons !

Sur le pas de la porte, elles furent toutes deux fort surprises de revoir le jeune peintre. Blême, les cheveux défaits, Jerry semblait avoir terriblement changé en l'espace d'un quart d'heure. Ses lèvres frémissantes et ses yeux écarquillés trahissaient un profond désarroi, une stupeur indicible. C'est avec grand-peine qu'il parvint à articuler :

– Venez, vite ! Il est arrivé un grand malheur !

18

Louise et Margaret avaient envisagé bien des catastrophes, car Jerry n'avait pas desserré les lèvres tout au long du trajet. Mais elles n'avaient pas pensé un instant à ce qu'elles voyaient à présent devant elle, dans l'atelier du jeune peintre, sur le chevalet qui supportait la peinture de Louise en tenue d'Ève. Ou du moins ce qu'il en restait, car il était désormais difficile de discerner le moindre détail sur la toile mise en charpie.

Louise avait poussé un cri de détresse après quelques instants de mutisme absolu, sans doute parce qu'elle avait inconsciemment refusé d'admettre l'évidence : une main vengeresse s'était furieusement acharnée sur son portrait.

– Ce n'est pas possible... bredouilla-t-elle. Jerry, dis-moi que ce n'est pas possible, que c'est un affreux cauchemar...

Le peintre, prostré, garda un long moment le silence, avant de répondre avec des larmes dans la voix :

– C'était ce que j'avais fait de mieux... C'est affreux, je ne peux y croire...

– Qui peut bien avoir fait cela ?

– Je crois hélas ! en avoir une idée...

– Moi aussi, dit Margaret. Et nous devons certainement penser à la même personne...

– Qui cela ? s'étrangla Louise.

– Ce n'est pourtant pas bien difficile à deviner.

– Notre oncle ? s'inquiéta Louise.

– Lui aussi en aurait été capable, mais je ne crois pas. Il se serait déjà manifesté !

La cadette parut soudain frappée d'une illumination :

– Je crois avoir compris... c'est Liza !

Margaret acquiesça tout en s'approchant de la toile en lambeaux.

– On reconnaît le lion à son coup de griffe, n'est-ce pas ? Car elle a pour ainsi dire signé son crime. Vous n'êtes pas d'accord, Jerry ?

– J'aurais dû envisager une telle réaction, soupira-t-il. Mais ce que je ne comprends pas, c'est comment elle a pu savoir... Elle n'est plus revenue ici depuis quelque temps.

Margaret pinça les lèvres, tandis que sa sœur éclatait en sanglots et se réfugiait dans les bras du peintre, gémissant :

– C'est de ma faute, tout est de ma faute... J'étais si heureuse que j'ai commis l'imprudence de lui en parler. Je ne pensais pas qu'elle réagirait ainsi...

– C'était pourtant prévisible ! gronda sa sœur.

– C'était sans doute le fait de voir mon visage à la place du sien qui a dû la pousser à bout.

– Peut-être, murmura Jerry. Mais vraiment, j'ai du mal à y croire... Qu'elle ait pu se livrer à un tel acte de vandalisme...

– Comment est-elle entrée ici ? demanda Margaret.

– Elle sait que je mets toujours ma clé sous un des pots de fleurs. La porte était entrouverte lorsque je suis arrivé...

Un éclair vindicatif illumina soudain le regard brouillé de Louise :

– Je vais en parler à mon oncle ! Et alors, elle verra ce qui va lui arriver !

– Tu ne feras rien du tout, trancha Margaret. Pas plus qu'elle, tu n'as intérêt à évoquer cet incident à oncle George. D'ailleurs, ce qui est arrivé est un peu notre faute à nous tous... Moi même, je n'aurais pas dû t'inciter à poser. Toi, de ton côté, tu n'aurais pas dû accepter. Et Jerry non plus, n'est-ce pas ?

Le peintre s'était laissé tomber dans un fauteuil en osier, comme anéanti. Le regard perdu dans le lointain, il ne répondit qu'après un temps :

– Je ne sais pas... je ne sais plus. En tout cas, j'ai appris une chose importante aujourd'hui : rien n'est plus fragile qu'une œuvre d'art. Son existence ne tient qu'à un fil, et elle est remise en cause chaque jour... (Il tourna un regard dolent vers le chevalet :) Cette mutilation me bouleverse plus que vous ne pouvez le pensez... C'est comme si une partie de moi-même venait de disparaître. Mais à quoi bon se lamenter ? Rien ne nous rendra ce chef-d'œuvre, que n'aurait pas renié le grand Amos lui-même... La beauté se fait, se défait, renaît ailleurs, et ainsi va la vie. Je n'en veux à personne, ni même à Liza... Mon Dieu ! quelle journée désastreuse !

– Je crois que nous allons vous laisser, dit Margaret en prenant sa sœur par la main. Notre oncle pourrait s'inquiéter de notre absence s'il rentrait entre-temps !

La tête entre les mains, le jeune peintre semblait plus abattu que jamais.

– Oui, je préfère être seul maintenant. Mais prenez garde... si vous voyez le tableau...

– Quel tableau ? demanda Margaret. Vous voulez dire « le tableau maudit » ?

Jerry se tourna vers les deux sœurs, mais sans paraître les voir, comme s'il fixait un objet imaginaire.

– Faites attention aux deux lunes, dit-il à voix basse. Si vous les voyez, sachez que vous courez alors un grand danger !

⁂

À dix heures du soir, le colonel n'était toujours pas de retour. Les deux sœurs se retrouvaient seules au manoir, Mrs Sellars et Liza ne devant rentrer que le lendemain. Pour tromper l'ennui, elles disputaient une partie de dominos dans la salle à manger. L'étrange mise en garde de Jerry était loin d'être la priorité de Margaret, qui avait d'autres problèmes en tête. Mais chaque fois que ses yeux rencontraient une des toiles qui l'entouraient – les trois couchers de soleil – elle ne pouvait s'empêcher de penser aux « deux lunes ». C'était comme si deux disques d'argent naissaient devant elle, entre les trois astres du jour, formant une chaîne de bijoux étincelants...

Deux lunes ? Quelle étrange vision ! Quelle étrange menace de la part de leur ami, à l'évidence trop accablé par la perte de son œuvre pour être en mesure de tenir des propos cohérents. Deux lunes sous la voûte céleste ? À y bien réfléchir, c'était absurde. Car une telle image défiait la nature, la logique, les certitudes les plus ancrées en soi. Deux lunes qui brillaient dans la nuit, c'était même franchement anormal. Cela ne pouvait pas être, cela n'existait pas... Mais elle avait pour le moment d'autres soucis que ces deux lunes. Elle allait devoir jouer serré, et sans tarder, car il était préférable de régler la question qui la minait avant le retour de leur oncle.

Louise, pas plus qu'elle, ne semblait guère absorbée par le jeu de dominos. Ses yeux clairs avaient la vacuité de deux disques lunaires. Ils n'exprimaient rien. Mais Margaret savait que sa sœur, elle aussi, était profondément affectée par la mutilation du tableau. Quelque chose avait changé en elle. Elle la sentait hésitante, désorientée, perdue dans le néant, comme si elle se retrouvait seule dans un monde inconnu. C'était le moment ou jamais de la remettre dans le droit chemin.

Margaret jeta une nouvelle fois un coup d'œil sur les couchers de soleil chaotiques peints par Amos Sutherland. La violence contenue qui s'en dégageait l'aida à se décider.

– J'ai bien réfléchi, ma chérie, déclara-t-elle soudain. Cela est absurde et ne mène à rien !

Louise marqua un temps avant de demander :

– De quoi parles-tu, Marge ?

– De ton aventure avec Jerry. Il n'est pas fait pour toi, pas plus que toi tu n'es faite pour lui. Vous devez mettre un terme à cette liaison, et sans tarder. Tu dois le laisser tomber, Louise !

– Laisser tomber Jerry ? balbutia-t-elle, les yeux ronds. Mais... mais il m'aime !

– À sa manière, c'est-à-dire égoïstement. Tu n'es pour lui qu'un objet, un sujet d'étude, comme l'a été Liza.

– Non, ce n'est pas vrai !

– Si. Il ne peut en être autrement. Les artistes sont ainsi. Ils ne vivent que pour la beauté, celles des formes et des couleurs. Leur cœur ne vibre que pour cela. Je ne peux pas te laisser entre ses mains. Tu ne seras jamais heureuse avec lui…

– Mais je l'aime, Marge… fit la cadette dans un murmure de supplication.

– Oui, comme tu as aimé Philip, tu te souviens ? En moins de quinze jours, tu l'avais oublié. Crois-moi, ma chérie, c'est pour ton bien que je parle ainsi. Ce n'est d'ailleurs pas une décision prise au hasard. J'y ai longuement réfléchi : c'est mieux pour toi, pour nous, pour lui, pour Liza, pour tout le monde en fait.

– Pour Liza ? Cette tigresse ? Que vient-elle faire là-dedans ?

Margaret eut un regard de commisération pour sa sœur :

– Alors, tu n'as toujours pas compris ?

Un accent de révolte perça dans la réplique de Louise :

– Compris *quoi* ?

– Qu'elle est amoureuse de Jerry.

Louise garda un instant la bouche ouverte, incrédule :

– Quoi… *elle* ?

– Oui. Je dirai même que cela crève les yeux. Réfléchis simplement à ses différentes réactions pour t'en convaincre…

– Et alors ?

– Et alors, tu l'as rendue jalouse comme une tigresse, pour reprendre ta propre comparaison, ce qui prouve bien qu'au fond de toi-même tu l'avais deviné. Et elle a réagi à sa manière, avec ses armes... Elle est amoureuse de Jerry, il n'y a pas le moindre doute à ce sujet.

– Quand bien même ! Qu'ai-je à faire de son bonheur ?

– C'est vrai. Là n'est pas la question. C'est de ton bonheur à toi qu'il s'agit. Il passe avant toute autre chose.

Elle posa sa main sur le bras de sa sœur et ajouta d'un ton presque menaçant :

– Crois-tu que cela me fait plaisir de te parler ainsi, Louise ? De te demander des choses aussi pénibles ? Je m'en passerais bien volontiers ! Sache que je souffre autant que toi de te voir ainsi souffrir ! Mais ne serait-il pas dommage de tout gâcher ainsi, sur un coup de tête ? Après toutes les épreuves que nous avons subies ensemble ! Alors que nous sommes sur le point d'être enfin libres, heureuses, et de mener notre vie comme nous l'entendons !

Louise avait baissé la tête. Ses yeux s'embuaient de larmes.

– Et Jerry, de son côté, crois-tu qu'il aime Liza ? bredouilla-t-elle.

– Jerry, je te l'ai dit, n'aime qu'une chose : lui-même. Lui-même et son œuvre. Cela dit, il ne doit pas détester Liza. Je pense même qu'il l'apprécie à sa manière, puisqu'il l'avait jugée digne de figurer dans sa galerie d'œuvres. D'ailleurs, réflexion faite, je les vois très bien ensemble. Pour le garder, Liza serait prête à tous les sacrifices. Elle est exactement la personne qui lui convient. Et tu verras, je ne leur donne pas un mois... Jusqu'ici, la digue érigée par notre oncle les avait séparés, mais elle ne devrait pas tarder à céder.

De chaudes larmes roulaient à présent sur les joues de Louise, qui murmura :

– Je dois donc le quitter ?…

– Oui, il le faut. Cette liaison ne vous aurait menés nulle part, sans parler de notre oncle… Comment aurait-il réagi en l'apprenant ? J'ose à peine l'imaginer. Nous avons joué avec le feu et nous ne pouvons que remercier le ciel de ne pas nous être brûlées !

– Mais alors… il ne reviendra plus ici ?

– Non, ma chérie. Il vaut mieux couper tout contact. Du moins dans un premier temps. Je n'ai pas encore bien réfléchi à la question, mais je trouverai les mots que tu lui diras, afin de signifier une rupture nette et définitive, sans pour autant le froisser. N'aie crainte, tout ira très bien…

– Mais… pour le tableau ? objecta Louise. Comment pourrions-nous l'identifier sans son aide ?

– Ton bonheur passe avant ce tableau, ma chérie. Si tant est que cette maudite peinture existe toujours, ce dont je commence à douter.

– Et… et Liza ?

– Ah ! Liza ! fit Margaret, pensive.

– Qu'allons-nous faire d'elle ? Je me vois mal continuer à lui parler si…

– Ce que nous allons faire d'elle ? Mais rien, voyons. Elle restera ici, enfin si elle le souhaite toujours. D'ailleurs à ce sujet, je n'ai pas de conseil à te donner, mais si j'étais à ta place, je lui présenterais mes excuses…

Louise considéra sa sœur avec stupeur :

– Quoi ? Tu voudrais que je fasse, moi, des excuses à cette petite gourde ?

– Allons, calme-toi, ma chérie. Tu sais que j'ai horreur de te voir dans cet état. Réfléchis. Elle ne t'a rien fait. C'est toi qui l'as cruellement blessée en t'imposant à celui qu'elle aime. Mais en fait, toi non plus, tu n'y es pour rien. C'est arrivé accidentellement, tu as agi en toute innocence… C'est en tout cas comme cela que tu lui présenteras les choses, avec une grande humilité et en paraissant repentante. Alors, j'en suis sûre, tout se passera bien.

– Marge, tu ne peux pas me demander ça !

– Ce serait pourtant faire preuve d'une grande sagesse.

– Ce n'est qu'une domestique…

– Certes, mais dans la vie, il faut parfois savoir reconnaître ses erreurs et ses fautes, même publiquement. Et tu verras, je suis sûre qu'après cela, tu ressentiras un immense soulagement !

Les yeux de la cadette brillaient de larmes.

– Marge, je t'en supplie, ne me demande pas cela…

– Si, il le faut. Car…

La voix tranchante de l'aînée se tut soudain. Des pas résonnaient dans le hall. Peu de temps après, le colonel Raft faisait son apparition. Une expression de profonde gravité marquait ses traits et il semblait avoir vieilli. Sans préambule, il déclara :

– J'ai une mauvaise nouvelle à vous annoncer, les filles. J'ai rencontré aujourd'hui même le représentant de mon associé, qui m'avait prévenu hier par télégramme. La situation est plus alarmante que je ne le pensais. Nous avons perdu plus de la moitié de notre capital. En un mot, les affaires vont mal, très mal, et exigent ma présence immédiate…

– Votre présence… où ça ? demanda vivement Margaret.

– Aux Indes. Je vais devoir y retourner toutes affaires cessantes. Un bateau part de Portsmouth à la fin de la semaine.

Un silence tomba. Louise regardait son oncle, comme si elle n'avait pas compris le sens de ses paroles, puis sa sœur reprit :

– Et nous, qu'allons-nous devenir ?

Après un court moment de réflexion, durant lequel il les dévisagea toutes les deux, il haussa les épaules.

– Vous resterez-ici, avec Mrs Sellars et Liza. Vous êtes assez grandes, maintenant, pour vous débrouiller toutes seules. Il le faudra bien, de toute façon, car je ne pense pas être de retour avant l'année prochaine, dans le meilleur des cas.

DEUXIÈME PARTIE

19

Septembre

Pour Louise, la vie en internat n'était plus qu'un lointain souvenir. Le départ de son oncle semblait avoir marqué une nouvelle étape dans sa vie. Elle s'était désormais habituée à son nouveau logis, avait l'impression d'y avoir toujours vécu, d'exécuter les mêmes mouvements depuis des années, comme un automate parfaitement réglé. Une de ses habitudes était de monter au dernier étage, de gravir lentement les degrés du vieil escalier en prenant le temps d'admirer les tableaux, de gagner la pièce récemment réouverte, de s'accouder au rebord de la fenêtre et de s'absorber dans la contemplation du parc. Chaque fois, aussi, elle se faisait la remarque que le peintre fou avait judicieusement choisi cet endroit pour en faire son atelier de peinture, car c'était celui qui offrait la plus belle vue sur les environs.

Là, à mesure que les jours passaient, elle voyait la nature se transformer peu à peu, perdre de son éclat, se préparer à affronter la mauvaise saison et se parer des couleurs de l'automne. Les premières feuilles mortes commençaient à tomber. Louise suivait des yeux ce lent déclin, en ayant elle-même l'impression d'y être inexorablement entraînée. Elle avait d'ailleurs toujours eu le sentiment d'être prise dans un courant, incapable de s'en extraire. Les choses et les événements venaient à elle, et elle les subissait. C'était ainsi. Les joies et les peines se succédaient, sans véritablement l'affecter, comme si elle n'était que la spectatrice désabusée de sa propre existence.

Depuis un bon mois, elle ne fréquentait plus Jerry. Il avait paru très dépité lorsqu'elle lui avait annoncé qu'elle entendait mettre un terme à leur liaison, mais il n'avait pas tenté de la dissuader. En fait, il avait réagi exactement comme Margaret l'avait prévu ; deux semaines après le départ du colonel, il se consolait auprès de Liza. Et depuis lors, la petite bonne resplendissait. Elle exécutait sa tâche avec une gaieté et un entrain étonnants. Désormais, elle ne regardait plus les gens d'un air méfiant. Et lorsque son regard croisait celui de Louise, on y décelait même une étincelle de triomphe.

En repensant aux plates excuses qu'elle lui avait présentées, Louise se demandait si ce n'était pas elle-même qui, ce faisant, l'avait précipitée dans les bras du jeune peintre. Elle aurait volontiers effacé à jamais ces instants de sa mémoire, car jamais elle n'avait ressenti pareille humiliation. Sur le coup, elle en avait terriblement voulu à Margaret. Et aujourd'hui encore, elle avait du mal à réprimer des pointes de colère à son égard. C'était comme autant de petites aiguilles douloureuses qui lui piquaient sa sensibilité.

Elle était de nature conciliante, mais il y avait des limites à tout. Le temps et les événements viennent à bout des piliers de la sagesse, comme les vagues finissent par avoir raison des falaises les plus solides. Les matériaux les plus durs se désagrègent, s'effritent, tombent comme ces feuilles mortes qui virevoltaient devant elle. Elles tombent, les unes après les autres, jusqu'à ce que l'arbre, entièrement dévêtu, soit alors incapable de cacher sa véritable silhouette, sa nature profonde…

⁂

À l'instar de Louise, Margaret avait accueilli le départ de son oncle comme une heureuse nouvelle. Elle souffrait de sa pesante autorité et de son caractère péremptoire. Mais l'événement l'avait prise de court. Une telle liberté d'action, si soudaine, lui avait semblé trop belle pour être vraie. Elle avait du mal à croire qu'elle tenait désormais en mains les rênes de sa vie. De plus, c'était à elle que son oncle avait confié la direction de la maison durant son absence. Un logis confortable, des domestiques, aucun souci financier, que pouvait-on souhaiter de plus ?

Après quelques jours d'euphorie, qu'elle avait eu de la peine à cacher, elle était parvenue à la conclusion de ne rien hâter, de se donner le temps de la réflexion, d'autant qu'elle n'avait aucun projet précis. Elle voulait goûter son bonheur à petites bouchées gourmandes, en prenant son temps. Elle s'habitua d'ailleurs très vite à cette douce oisiveté, au point de perdre un peu son esprit combatif. C'était un repos bien gagné après sa victoire totale sur les événements. Le problème de la liaison entre sa sœur et le jeune peintre avait trouvé l'issue qu'elle souhaitait. Tout allait donc pour le mieux. Tant et si bien qu'elle avait relégué au second plan l'énigme du tableau maudit. Il lui aurait été désormais aisé d'inviter Jerry pour finir leur inspection, mais sa présence aurait pu troubler Louise. Il valait donc mieux attendre un peu.

Et d'ailleurs, rien ne pressait. Les choses lui semblaient désormais si faciles qu'elle hésitait, comme on hésite à cueillir un beau fruit trop en évidence. Elle n'avait même pas pris la peine de jeter un coup d'œil dans les gros coffres du grenier. De fait, sa recherche du tableau mystérieux se limitait à contempler ceux qui ornaient les murs du manoir. Après tout, peut-être Jerry s'était-il trompé, et était-ce parmi ceux-là qu'il se trouvait. Elle s'en assurait d'un regard machinal. D'ailleurs Louise agissait vraisemblablement de la même façon. Que de fois ne l'avait-elle vue, perdue dans la contemplation d'une toile, comme hypnotisée ! En vérité, elle-même se laissait souvent prendre au jeu, restant de longues minutes, immobile et admirative. Car il était indéniable que le peintre fou avait du talent.

Elle s'en faisait une fois de plus la réflexion, tandis qu'elle montait aux combles. Au coude de l'escalier, au dernier palier, elle s'effraya soudain, n'apercevant qu'au dernier moment sa sœur assise rêveusement sur les marches du haut. Trébuchant et se rattrapant de justesse, elle la gourmanda :

– Mais bon sang, Louise, tu pourrais prévenir ! Pourrais-tu m'expliquer ce que tu fais là ?

– La Madone… Je ne sais pas pourquoi, mais cette toile me fascine…

Margaret se tourna vers le portrait de femme au boléro jaune, dont le regard brillait dans les rayons obliques du soleil.

– Pourquoi diable l'appelles-tu « la Madone » ?

– Je ne sais pas. Peut-être à cause de son sourire. Il me fait un peu penser à celui de la Joconde…

– Tiens, c'est curieux. J'avais fait le même rapprochement…

– Tu sais, Marge, ça pourrait être notre fameux tableau…

– Celui-là ? Non, c'est ridicule. Il n'est pas assez sinistre ! Je soupçonne davantage le chasseur à côté de la licorne, en bas. Il y a quelque chose d'effrayant dans son expression, comme s'il voyait en nous un gibier potentiel !

– C'est vrai, mais il y a aussi quelque chose de singulier dans le regard de cette femme. Parfois, je ressens une sorte de frisson…

– Un frisson de peur ?

– Je ne sais pas. C'est difficile à déterminer. C'est comme si elle essayait de me parler. J'ai déjà passé des heures à l'observer, à essayer de comprendre… Mais ce n'est peut-être qu'une simple impression. D'ailleurs je dois sans doute me tromper, car Jerry n'aurait pas manqué de l'identifier.

Après avoir examiné à son tour la femme en jaune, Margaret changea soudain d'expression :

– Ce n'est peut-être pas certain. Lui aussi a pu se laisser abuser par l'apparente sérénité qui se dégage de ce tableau. Madone, as-tu dit, n'est-ce pas ?

– Eh bien oui, une madone. Elle a une tête de madone. Ma parole, tu es toute pâle, Marge ! Qu'est-ce qui te prend ?

S'étant encore approchée de la toile, Margaret répondit d'une voix blanche :

– Je crois que tu as vu juste, ma chérie. Je sais maintenant pourquoi le nom de Madone m'a troublée. Dans le vieil article de presse relatif au drame, le journaliste décrivait les regards qui convergeaient sur la victime, confondant pêle-mêle ceux des personnages réels et ceux des portraits. Sans doute a-t-il eu la même impression que toi, car il a aussi parlé de la Madone…

Louise eut un mouvement de recul et bredouilla :

– Tu crois vraiment que c'est elle… le tableau ? Tu sais, je disais cela comme ça, sans vraiment réfléchir.

– Ton intuition ne t'a pas trompée, ma chérie. Et je crois même en avoir la preuve. Viens, approche-toi, et regarde de près. Il semble y avoir plusieurs vieilles taches sur le bas du portrait. Elles ont été nettoyées, mais tout n'a pas pu être enlevé. Ou je me trompe fort, ou ce sont bien là les taches de sang de la malheureuse Maud Sutherland…

20

Tout en écoutant les explications de la jeune fille, Mrs Sellars continuait de remuer la sauce blanche qu'elle préparait sans faire le moindre commentaire.

– Non seulement je suis certaine qu'il s'agit de ce tableau-là, Mrs Sellars, continua Margaret, mais en plus, je suis sûre que vous le savez. Car c'est vous qui vous êtes occupée de tout ranger ici après le drame, n'est-ce pas ?

– Qui vous a dit ça ? demanda la cuisinière en fronçant les sourcils.

– Peu importe.

– Ce ne serait pas Liza, des fois ? D'ailleurs où est-elle ? Je lui avais demandé d'être de retour pour le thé et…

– Non, ce n'est pas Liza. Mais répondez simplement à ma question.

Après avoir goûté sa sauce, Mrs Sellars haussa les épaules.

– Non, évidemment, ce ne peut pas être elle. Mais si vous êtes si sûres de vous, pourquoi m'embêter avec cette vieille histoire ? Je vais finir par rater ma sauce, et vous serez alors les premières à me le reprocher !

– C'est donc bien ce tableau ?

– Oui, soupira la cuisinière, de guerre lasse. C'est celui-là. Voilà, vous êtes contentes ?

– Pourquoi nous l'avoir caché ?

La cuisinière posa sa cuillère en bois, se tourna vers le deux sœurs et mit les poings sur les hanches :

– Pourquoi ? Mais pour que vous ne le sachiez pas, pardi ! Pour que vous oubliiez une fois pour toutes cette vieille histoire ! Sinon, vous auriez passé des journées entières à fixer cette maudite peinture, à vous martyriser les méninges pour essayer de comprendre… alors qu'il n'y a rien à comprendre du tout ! Ce pauvre type avait perdu la boule, un point c'est tout !

Liza fit son apparition à ce moment-là. Mrs Sellars la toisa sévèrement, puis, pour mieux marquer sa désapprobation, jeta ostensiblement un coup d'œil sur la pendule de la cuisine qui marquait six heures

– J'étais retenue, dit la bonne en nouant son tablier.

– Où ça ? Chez toi ?

– Non, expliqua-t-elle avec hauteur. Jerry avait quelque chose d'important à terminer…

– Dans ce cas, évidemment, je suppose que ça ne pouvait pas attendre ! Mais tiens, continue de préparer cette sauce. J'ai de nouveau affreusement mal aux doigts...

Mrs Sellars se frotta les mains, avec une évidente contrariété, dont on ne savait trop si elle était due à son arthrite, à son aide-cuisinière ou aux questions pressantes des deux sœurs. Puis elle reprit :

– Je me demande si sir Robert a bien agi, à l'époque. Moi, ce tableau-là, j'étais à deux doigts de le mettre au feu, avec l'autre. Je m'étais dit qu'il porterait malheur, avec tout ce sang...

– C'était donc bien celui qui était posé à côté de la victime ? insista Margaret.

– Oui, à côté de la pauvre Maud. Et c'était le plus maculé de tous. J'ai eu un mal fou à le nettoyer. Quelle opération, quand j'y pense, ça m'avait soulevé le cœur ! Si sir Robert ne me l'avait pas expressément demandé, pour sûr que je ne l'aurais pas fait !

– Après quoi, vous l'avez accroché dans la cage d'escalier ?

– Oui.

– Là où il se trouve actuellement ?

– Bien sûr, fit la cuisinière en haussant les épaules. Je ne me suis pas amusée à le déplacer entre-temps.

– Était-ce sir Robert qui avait choisi cet endroit ?

– Non, pas vraiment...

– Vous ?

– Non plus. Je l'ai simplement remis à sa place. Car c'est là qu'il était d'habitude, selon la petite Janet. Elle, elle était trop bouleversée pour faire quoi que ce soit. Et d'ailleurs, elle ne voulait même plus remettre les pieds ici après ce qui s'y était passé. Remarquez, je la comprends. Mais qu'est-ce que j'aurais dû dire, moi ? Maud, c'était ma petite sœur ! Si sir Robert n'avait pas été si aimable, je crois bien que je n'aurais pas accepté...

– Vous avez remis le tableau à sa place ? répéta soudain Margaret, pensive. C'est curieux, je ne pensais pas que...

– Que quoi ? intervint Louise, intriguée.

Margaret secoua la tête en pinçant les lèvres. Puis elle murmura, songeuse, comme si elle se parlait à elle-même :

– Il n'aurait pas dû se trouver là. Ce n'est pas logique... À moins qu'on nous ait menti une fois de plus... Mais pourquoi ? Hm... Il va falloir que je tire cette affaire au clair.

⁂

À dix heures du soir, Jerry travaillait encore dans son atelier. Il se redressa en entendant quelqu'un frapper contre les carreaux. Apercevant une silhouette féminine derrière la baie vitrée, il pensa aussitôt à Liza. Il posa tranquillement son matériel, puis s'en fut ouvrir. Et de constater sa méprise :

– Ah ? C'est vous ? s'exclama-t-il en reconnaissant la visiteuse. Eh bien, c'est une surprise !

– Je ne vous dérange pas, Jerry ? s'enquit Margaret en lui adressant son plus charmant sourire.

– Non, pas du tout. Bien au contraire. Cela fait un moment que nous ne nous sommes plus vus. Mais entrez donc...

– Vous travaillez toujours si tard ? demanda la jeune fille en jetant un regard autour d'elle.

– À vrai dire, non. Il est difficile de peindre sans la lumière du jour. Mais j'ai pris du retard, ces temps-ci, dit-il en rajustant son foulard noué autour du cou. Je me suis engagé à restaurer une série d'icônes byzantines pour la fin du mois, et je n'en ai même pas fait la moitié !

– Ne serait-ce pas l'une d'entre elles ? demanda Margaret en désignant le tableau sur le chevalet.

– Euh... non. Ça, c'est privé.

Margaret s'approcha de la toile. Il s'agissait d'un nu féminin, assez semblable à celui de Louise, exception faite de la couleur blonde des cheveux. En affectant une profonde surprise, elle demanda :

– Mais dites-moi, ne serait-ce pas Liza ?

Jerry parut embarrassé.

– Euh... si.

– C'est très réussi, vraiment !

– Merci, bredouilla-t-il.

– Mais je doute que Louise partage mon avis !

– Je crois qu'il vaudrait mieux ne rien lui dire.

– Je comprends. Vous ne voudriez pas voir une autre de vos œuvres mutilée comme la dernière fois, n'est-ce pas ?

– Oui, c'est un peu ça.

Margaret eut un sourire rassurant :

– Ne vous inquiétez pas. Louise n'est ni agressive, ni rancunière. Et de toute manière, je crois qu'à présent, elle ne s'en formaliserait plus. Elle s'est faite à l'idée de cette séparation. Jerry s'éclaircit la voix avant de répondre :

– Vous savez, ce n'est pas moi qui ai rompu. Sa décision m'a beaucoup surpris. Du jour au lendemain, elle m'a froidement signifié que tout était fini. Je n'ai vraiment pas compris pourquoi.

– Y a-t-il quelque chose à comprendre chez les femmes ? demanda Margaret avec un sourire de défi.

Le jeune peintre baissa la tête :

– Je me suis souvent posé la question.

– Mais sans jamais trouver de réponse, n'est-ce pas ?

– Non, en effet. Pour en revenir à Louise, ce qui est vraiment curieux, c'est que la veille encore elle semblait si aimante, si attachée... Sa réaction m'a vraiment laissé perplexe.

– Nous sommes le mystère personnifié, Jerry, ne l'avez-vous pas compris ?

Levant la tête, le peintre put admirer les beaux yeux rieurs de Margaret ; deux lacs turquoise, insondables, légèrement scintillants sous l'éclairage de l'ampoule nue qui pendait au-dessus du chevalet. Lorsqu'elle battit des cils – de longs cils noirs, veloutés et soyeux comme ses meilleurs pinceaux – il détourna une nouvelle fois son regard et lâcha :

– Oui, je le crois volontiers. Mais je suppose que vous n'êtes pas venue pour me dire ça.

– Non, en effet. Encore que... réfléchit-elle, perdue dans la contemplation de la nouvelle « Liza ».

Après un long silence, Jerry demanda, hésitant :

– Vous souhaiteriez peut-être que je fasse votre portrait ?

– Vous voulez dire, comme Louise et Liza ?

Le jeune peintre hocha la tête.

– Oh ! non ! répliqua-t-elle, amusée. Moi, je suis beaucoup trop timide pour cela ! Mais dites-moi, à ce rythme-là, vous pourriez bientôt faire une exposition, que vous pourriez appeler « les nymphes de Pencombe » !

– Ce ne serait pas une mauvaise idée, ma foi, réfléchit Jerry. Mais je doute qu'elle soit bien accueillie, ici, au village, où l'art n'est pas un besoin. Amos Sutherland en avait d'ailleurs fait la triste expérience...

Après avoir soumis la visiteuse à un examen silencieux, il ajouta :

– C'est dommage, vous auriez fait un excellent modèle. Vous avez un visage qui prend bien la lumière, et un modelé des plus prometteurs.

Margaret risqua à son tour un bref coup d'œil sur elle-même.

– Vous croyez ?

– Oui, et je sais ce que je dis.

Après une brève hésitation, elle haussa les épaules.

– La question n'est pas là. Je suis venue vous parler du tableau.

– Du tableau ? s'exclama-t-il, en se raidissant soudain. Vous... vous l'auriez retrouvé ?

Comme Margaret ne répondait pas, il poursuivit :

– Vous voulez que je vous accompagne pour l'identifier ?

– Non, ce n'est pas nécessaire. Et de plus, notre oncle nous a formellement interdit de vous recevoir durant son absence.

C'était un mensonge. Le colonel s'y serait vraisemblablement opposé, mais il n'avait pas formulé de telles recommandations avant son départ, trop préoccupé par ses affaires à ce moment-là. Au début, elle avait veillé à ce que sa sœur ne rencontre plus Jerry, redoutant ses réactions. Aujourd'hui, une telle vigilance ne s'imposait plus, mais elle estimait inutile de courir le moindre risque, d'autant que la présence de Jerry au manoir n'était plus d'aucune nécessité.

– Alors, je vous écoute, dit-il en lissant ses cheveux, incapable de cacher sa nervosité.

Margaret fit quelques pas au centre de la pièce, puis se planta soudain devant le jeune peintre :

– Vous nous avez menti, Jerry.

– Menti, moi ? Mais à propos de quoi ?

– Du tableau. Vous saviez parfaitement lequel c'était.

– Mais…

– Ne dites pas le contraire. Je le sais. D'ailleurs d'autres personnes le savaient. Même des néophytes, pourrait-on dire. Alors vous, le disciple du maître, qui le fréquentiez régulièrement, comment pouviez-vous l'ignorer ? Le tableau était accroché en évidence dans l'escalier, en haut, à la même place qu'aujourd'hui. Ce n'était donc pas une de ces toiles mystérieuses, qu'il aurait cachée je ne sais où, après l'avoir peinte en secret, comme vous nous l'aviez plus ou moins laissé entendre. Vous deviez donc forcément le connaître, et évidemment, vous n'avez pas manqué de l'identifier la dernière fois. Je ne vous en demande même pas confirmation, nous savons avec certitude qu'il s'agit de la femme au boléro jaune.

– Que voulez-vous savoir, alors ? gémit-il, la tête entre les mains.

– Pourquoi ce mensonge, Jerry ? À nous, qui croyions être vos amies… Nous qui vous avons aidé, qui pensions vous faire plaisir en vous donnant l'occasion de revoir les toiles d'Amos… Pourquoi toute cette mascarade ? Cette fouille vaine dans les pièces des combles ?

– C'est à cause du tableau…

– Quel tableau ? Celui de la Femme au boléro jaune ? Vous n'y aviez pas accordé plus d'attention qu'aux autres !

Jerry secoua la tête, dépité :

– Non, pas celui-là. L'autre, « Les deux lunes », dont je vous ai déjà parlé. C'est celui-là son véritable chef-d'œuvre. Amos ne me l'a montré qu'une fois… Depuis, il hante mes rêves…

– Comment ? La femme au boléro jaune ne serait donc pas le tableau maudit ?

– Si. Et je persiste à croire que son pouvoir de suggestion est réel, puisqu'il a eu raison d'Amos Sutherland. Mais selon lui, l'autre est encore plus dangereux. Car il n'est pas nécessaire de l'exposer de manière particulière, ou de rester des heures entières à le contempler pour qu'il fasse son effet. Il suffit de le laisser dans une pièce pour qu'il diffuse son venin…

– Quel venin ? Serait-ce encore un tableau qui incite au meurtre ?

– Non. D'après Amos, il communique au spectateur un profond et insidieux dégoût de la vie, une irrépressible envie de mettre fin à ses jours…

– *Et vous voudriez posséder un tel tableau ?*

Jerry se frotta fébrilement les mains.

– Euh… oui. Je voudrais absolument le revoir, le tenir, prendre le temps de l'examiner, d'en saisir les nuances…

– Mais si je m'en tiens à vos explications, ne serait-ce pas extrêmement dangereux ?

– Pour moi, je ne pense pas. Car je l'observerais avec des yeux de technicien. Certes, l'artiste est par essence une personne sensible, mais il sait aussi rester de marbre lorsqu'il travaille…

« Comme avec Louise ? » songea ironiquement Margaret.

– Admettons. Donc, si je vous ai bien compris, vous nous avez menées en bateau depuis le début, n'est-ce pas ? Vous vous êtes tu au sujet de la Femme au boléro jaune, juste pour entretenir le mystère, piquer notre curiosité, de sorte que nous fassions finalement appel à vous pour tenter d'identifier le tableau maudit. Et tout cela, pour vous permettre de retrouver les « Deux lunes »…

Le jeune peintre approuva d'un signe de tête, tout en déglutissant péniblement. La voix de Margaret monta d'un ton :

– Mais pourquoi tous ces mystères, Jerry ? Vous auriez pu nous en parler directement, non ?

– Le problème ne se posait pas en ces termes au début. Je vous rappelle que c'est vous qui êtes venues plusieurs fois pour m'interroger au sujet d'Amos, et du mystère qui l'entourait. J'ai alors compris qu'une bonne occasion de revoir les « Deux lunes » se présentait à moi. Je vous l'ai dit, cette merveille me hante depuis des années. C'est le meilleur d'Amos Sutherland. Pour moi, cette toile est sans prix. J'avais trop peur de me trahir et, partant, que vous preniez conscience de sa valeur...

– Vous espériez donc que nous vous le donnions, ou tout au moins que nous vous le cédions à un bon prix ?

– Oui. Vous voyez, ce n'était pas vraiment une trahison. Ce que je voulais simplement, c'était ne pas attirer votre attention sur les « Deux lunes »... c'est tout.

Margaret garda un moment le silence, puis elle reprit sur un ton de colère contenue :

– Je suppose également que c'était vous ce mystérieux voleur, qui avait jadis tenté de défoncer la porte scellée, et qui était parti sans rien prendre...

La silence de Jerry sonna comme un aveu.

– Vous avez dû être profondément déçu, la dernière fois, lorsque nous avons fait chou blanc, hein ? Quelle déconfiture ! La chambre condamnée ne recelait pas le chef-d'œuvre du maître ! À vrai dire, Louise et moi avons remarqué que quelque chose ne collait pas dans votre attitude...

– Je n'ai jamais été bon comédien, soupira tristement l'artiste.

– Je me le demande… Mais dites-moi, ma sœur fut-elle également sacrifiée sur l'autel des « Deux lunes » ?

⁂

« Non, je vous assure, je la trouvais infiniment désirable… infiniment désirable… infiniment désirable… »

La réponse de Jerry résonnait encore dans sa tête, tandis qu'elle venait de rapporter à Louise son entretien avec le peintre. Un compte rendu détaillé, précis, mais exempt de certains détails personnels, notamment ceux liés à son ancienne liaison.

– J'avoue que je suis un peu déçue, fit remarquer Louise, qui s'était servi un verre de porto. Je ne me l'imaginais pas si calculateur !

– Je ne crois pas qu'il le soit. Mais sans doute, la fin justifiait les moyens.

Louise prit une gorgée de liqueur, puis répondit :

– Il n'empêche. Il s'est mal conduit. Sans parler de son effraction du temps de sir Robert. Mon Dieu, il vaut mieux n'en parler à personne, car si cela parvenait aux oreilles de notre oncle, il en ferait de la chair à pâté ! Finalement, j'ai bien fait de suivre tes conseils : Jerry n'était vraiment pas quelqu'un de fréquentable.

– Ah ! Enfin tu t'en rends compte ? Je suis heureuse de t'entendre parler ainsi !

Louise baissa la tête d'un air coupable.

– Tu sais, Marge, il m'est même arrivé de t'en vouloir…

– Ah ?

– De douter de toi, de me demander si tu n'étais pas un peu jalouse.

– Moi, jalouse ? Mais de qui ?

– De moi... à cause de Jerry.

L'aînée écarquilla les yeux :

– De Jerry ? Tu plaisantes ! Où vas tu chercher cela ! Il paraissait assez sympathique au début, mais ça s'arrêtait là. Je trouve qu'il fait très bien la paire avec Liza, voilà ce je pense ! Et d'ailleurs, je ne serais jamais jalouse de toi, ma chérie. Et même si cela m'arrivait, sache que je ne t'en voudrais pas !

– Moi non plus, Marge. Jamais je ne pourrais t'en vouloir... Je veux dire vraiment...

Margaret se servit à son tour un verre de porto et déclara jovialement :

– Ce serait vraiment idiot de se fâcher pour un type comme Jerry, tu ne trouves pas ?

– Oui, et même pour n'importe quel autre type !

– Ça, c'est bien vrai ! dit l'aînée en trinquant avec sa sœur.

Leurs verres tintèrent à plusieurs reprises. Puis, avisant le disque blême de la lune qui apparaissait derrière une fenêtre de la cuisine, Louise demanda en souriant :

– Au fait, ne t'a-t-il pas demandé si nous avions déniché son tableau aux deux lunes entre-temps ?

– Si, évidemment. Juste avant que je parte.

– Et que lui as-tu répondu ?

– Eh bien non, bien sûr ! Quelle drôle de question ! Et même si cela avait été le cas, crois-moi, je ne le lui aurais pas dit !

L'ombre d'un sourire passa sur les lèvres de Louise.

– Tu te souviens des grosses caisses dans le grenier, n'est-ce pas ? Nous n'avions pas eu le temps de les inspecter, ce jour-là. Or, il n'y a pas longtemps, j'y ai jeté un coup d'œil…

Margaret fronça le sourcil :

– Et alors ?

– Il y a là plusieurs tableaux, dont celui des « Deux lunes ».

– Pourquoi ne m'as-tu rien dit ?

– Parce que tu ne voulais plus que je prononce le seul nom de Jerry.

Margaret poussa un profond soupir.

– Bien. Alors dis-moi ce que tu en as fait.

– Mais rien, voyons. Je l'ai laissé à sa place, avec les autres dans son emballage. Tu veux aller y jeter un coup d'œil ?

L'aînée secoua la tête d'un air las.

– Non. Il est bien où il est. N'y touchons plus. Je n'ai d'ailleurs aucune envie de le voir…

21

Décembre

Comme à l'accoutumée, Louise consacrait quelques instants de sa matinée à la contemplation du parc. D'ailleurs, à mesure que les jours passaient, elle restait de plus en plus longtemps à rêvasser, accoudée à la fenêtre, les yeux perdus dans le vague. Elle disposait désormais de tout son temps. Et à vrai dire, bien qu'elle fût habituée à l'oisiveté, elle s'ennuyait à mourir. Elle languissait comme ces misérables journées d'automne, ombres grisâtres et floues, qui traversaient le temps avec une monotonie désespérante.

L'arrivée de l'hiver n'avait rien arrangé, même si la neige avait modifié le paysage. La nappe blanche qui recouvrait les environs avait apporté une lumière nouvelle, mais l'impression de vide demeurait. Jamais elle n'aurait pensé que cette chère liberté dont elle rêvait puisse se révéler aussi triste. Car il ne s'était rien passé au manoir ces derniers mois. Rien en tout cas qui mérite d'être signalé. Ses habitants semblaient aussi statiques que les meubles. Mrs Sellars se plaignait de son arthrite tout en poursuivant son travail avec la même ardeur, le Dr Anton venait régulièrement la soigner et Liza fréquentait toujours Jerry. Marge, curieusement, semblait s'accommoder de cette vie au ralenti, du moins mieux qu'elle. Sans doute parce qu'elle dirigeait la maison. Il faut dire également que Marge se montrait très attentionnée avec elle. La semaine dernière, alors qu'elle s'était accrochée avec Liza au sujet d'un détail domestique mineur, Marge avait résolument pris le parti de sa sœur, ce qui n'était pas coutumier. Car peu de temps auparavant, dans une situation analogue, elle l'avait giflée en présence de la bonne et de la cuisinière.

Parfois, Louise se sentait habitée par un mouvement de révolte. Quelque chose au fond d'elle-même la poussait à réagir, à s'opposer à l'autorité pesante de sa sœur. Mais qu'aurait-elle fait sans elle ? Qui la protégerait aussi fraternellement ? Qui la consolerait aussi tendrement lorsqu'elle était malheureuse ? Jerry aurait-il pu tenir ce rôle-là ? Elle se posait parfois la question, tout en concluant à chaque fois qu'il manquait par trop d'assurance. Elle en avait encore eu la confirmation lorsque sa sœur et elle l'avaient croisé l'autre jour au village. Après avoir débité quelques banalités, il leur avait timidement demandé si elles n'avaient pas retrouvé sa toile de prédilection. À la réponse nette et négative de Marge, il avait répondu un piteux « Ah ! bon, ce n'est pas grave... », avant de tourner les talons d'un air fataliste.

Louise allait fermer la fenêtre lorsqu'elle aperçut une silhouette qui pénétrait dans la propriété. L'instant d'après, elle avait disparu de son champ de vision. Ce devait sans doute être le facteur. Peut-être leur apportait-il des nouvelles de leur oncle ? Réflexion faite, c'était peu probable. Le colonel leur avait écrit il y a à peine deux semaines, pour leur dire qu'il ne rentrerait probablement pas avant la fin de l'année prochaine, son associé venant de tomber gravement malade.

Dans l'escalier, elle rencontra une nouvelle fois le regard étrange de « La femme au boléro jaune ». À cette heure-ci, il était assez discret. Ce n'était qu'en fin d'après-midi, lorsque les rayons obliques du couchant effleuraient la toile, qu'il gagnait en intensité. De plus, Louise avait constaté que son influence avait baissé avec la venue de la mauvaise saison. Comme elle, la Femme en jaune n'aimait pas l'hiver.

Louise s'attarda un moment dans sa chambre, puis descendit dans le hall. Le bruit d'une conversation la surprit. Elle reconnut la voix de sa sœur, mais pas celle de son interlocuteur. Un homme jeune de toute évidence, qui n'était donc pas le facteur. De toute manière, il n'entrait pas dans les habitudes du postier de s'attarder chez les gens.

Au bas des marches, elle aperçut le visiteur. Il lui adressa un amical sourire en la voyant. Un sourire à fossettes, franc, paisible et sympathique, à l'image de toute sa personne. Il avait une chevelure châtain roux, assez fournie et rebelle. Une fine moustache et des lunettes cerclées de métal soulignaient son air rieur. Il portait un complet de velours marron et une chemise, au col ouvert, de la même teinte que ses yeux azur. D'allure plutôt sportive, il semblait très à l'aise dans son fauteuil, près de la cheminée, faisant face à une Margaret enjouée et très en verve.

– Ah ! Voilà Louise ! s'exclama-t-elle dès qu'elle la vit. Ma petite sœur, si l'on peut dire, car elle n'a qu'une année de moins. Louise, je te présente Richard Hobson, un ami de notre oncle.

– Un ami, c'est beaucoup dire, fit le visiteur avec un léger salut de la tête. Une connaissance, tout au plus, car je ne suis pas certain que le colonel se souvienne de moi. Nous avons été brièvement présentés lors d'un cocktail chez un ami commun...

– Mr Hobson est architecte, précisa Margaret en souriant au visiteur. Il souhaitait proposer à notre oncle quelques modifications.

– De simples travaux de modernisation, précisa le jeune homme avec un certain détachement. J'avais cru comprendre à l'époque, entre deux verres de champagne, que le manoir qu'il venait d'acquérir était assez ancien. Mais peu importe, la question est réglée, puisque je viens d'apprendre qu'il n'est pas là, et pour un bout de temps.

– Oui, c'est dommage, répondit Louise. J'ai bien peur que vous ne vous soyez dérangé pour rien.

– Cela ne fait rien, dit-il avec bonne humeur. Au contraire, cela m'arrange même d'une certaine manière. Car je vais enfin pouvoir réaliser mon rêve...

– Votre rêve ? s'étonna Margaret.

– Oui, un vieux rêve d'enfance. Mais c'est une vieille histoire. Je ne vais pas vous ennuyer avec ça.

– Mais vous ne nous ennuyez pas du tout, Mr Hobson !

⁂

– Oui, un vieux rêve d'enfance, répéta Richard Hobson, plus tard dans la soirée, attablé avec les deux sœurs dans la salle à manger. D'aussi loin qu'il me souvienne, j'ai toujours rêvé de voyage...

Richard Hobson se révélait un hôte agréable. Louise commençait à se sentir plus à l'aise en sa compagnie. Elle l'avait trouvé assez séduisant dès l'abord, mais tout en restant méfiante. Peut-être à cause de sa décontraction. À présent, sa personnalité se précisait, s'accordait avec cette paisible désinvolture, qu'elle trouvait même contagieuse. En revanche, elle était surprise par l'attitude de sa sœur, qui n'avait pas hésité à l'inviter à dîner, alors qu'il s'apprêtait à partir. Visiblement, la présence du visiteur ravissait Margaret. Mais, pensa-t-elle, elle aurait pu se montrer un peu plus discrète. Jamais elle ne l'avait vue autant sourire que ce soir-là. De plus, elle portait sa robe de soie rose, très décolletée, offrant régulièrement à leur hôte l'émouvant spectacle de sa gorge épanouie.

– Ce goût du voyage me vient peut-être de mon grand-père, continua Richard Hobson en agitant le fond de son verre de cognac. Il était marin et avait bourlingué aux quatre coins du monde avant de se fixer en Angleterre. Et il a eu raison de profiter de sa jeunesse, ne trouvez-vous pas ?

– Bien sûr, approuva Margaret sans réserve. Car une fois qu'on est bien établi dans l'existence, le moindre projet d'évasion pose de multiples problèmes !

Le visiteur hocha la tête.

– C'est pourquoi je me suis dit : mon petit Richard, c'est maintenant ou jamais. Tu viens de terminer tes études d'architecte, tu n'as aucune attache, alors fonce, vole comme l'oiseau libre, va où bon te semble, au gré de tes moindres envies. Pour me donner bonne conscience, je suis venu ici, pensant réaliser une première affaire avant mon départ. Histoire de prendre confiance, de voir de quoi j'étais capable avant de me lancer dans l'aventure. L'absence de votre oncle a donc en quelque sorte donné le coup du départ !

– Avez-vous déjà une idée de votre prochaine destination ? demanda Louise, qui parvenait désormais à soutenir le regard rieur de Richard.

– Non, quoique je compte rester en Angleterre dans un premier temps. Peut-être la Cornouailles, car c'est une région très sauvage, dit-on.

– Mais de quoi vivrez-vous ? s'inquiéta Margaret.

– J'offrirai mes service à qui veut bien de moi. Ce n'est pas parce que j'ai fait de longues études que je ne sais pas me servir de mes mains. Mes oncles sont paysans et je connais le métier de la ferme pour l'avoir pratiqué chaque été !

Machinalement, il étendit ses mains en écartant les doigts, puis les regarda un instant. Des mains qui impressionnèrent Louise, car elle n'avait jamais vu d'aussi belles mains chez un homme. Légèrement velues, elles étaient à la fois solides, fermes et soignées. Elle imagina l'une d'entre elles se poser sur la sienne, lui caresser les doigts, puis la prendre d'un geste résolu, la tirer avec fougue vers une destination inconnue… Un frémissement étrange la parcourut.

– De toute manière, reprit-il, qui ne risque rien n'a rien. Et de plus, mes ambitions sont modestes. La seule richesse que je désire posséder, c'est la vie, l'aventure, la vision de grands espaces, d'horizons nouveaux. C'est à la portée de tout le monde, enfin pour qui veut bien s'en donner la peine.

– Et quand comptez-vous partir ? s'informa Margaret, qui venait d'allumer une cigarette.

– Demain, après-demain, ou le jour suivant, je ne sais pas encore.

– Accordez-vous donc la semaine pour réfléchir ! Vous n'êtes plus à un jour près, maintenant ! Inutile de hâter les choses. De plus, nous pourrions vous aider…

– Comment cela ?

– En vous aidant à choisir votre première destination, par exemple ? Qu'en penses-tu, Louise ?

L'interpellée sursauta, subitement tirée de ses rêveries. Elle se voyait escaladant une montagne, à la suite de Richard, qui la tenait fermement par la main.

– Euh… oui, Marge. C'est une bonne idée. Mais je crois que c'est plutôt à Mr Hobson d'en décider.

– Appelez-moi simplement Richard, dit-il de sa voix bien timbrée et en se tournant vers elle.

Louise tressaillit une seconde fois. Richard Hobson la regardait exactement comme l'avait fait l'alpiniste de ses rêves, l'instant d'avant.

– Ma foi, reprit-il, la chambre que j'ai réservée aux « Deux clés » paraît confortable. Je peux bien me permettre d'y rester quelques jours. En attendant, nous pourrions lever nos verres à mon départ, ou à votre oncle, car c'est un peu grâce à lui que j'ai pris ma décision !

Margaret trinqua avec le visiteur en arborant son plus charmant sourire. Elle paraissait gaie et insouciante, comme leur invité. Mais Louise, qui la connaissait bien, la devinait songeuse et calculatrice.

22

Janvier 1936

Richard Hobson ne partit ni la semaine suivante, ni celle d'après. Et au terme des fêtes de fin d'année, il était toujours à Pencombe. Chaque soir, il dînait au manoir en compagnie des deux sœurs. Il partageait également leur déjeuner, quand il se levait suffisamment tôt. Il commençait à faire partie de la maison, au point que Mrs Sellars, le soir, ne demandait même plus s'il fallait mettre son couvert.

L'après-midi, Margaret et Louise partaient souvent avec lui faire une promenade dans les champs enneigés. Elles avaient même déniché une vieille luge dans le grenier. Alors, elles s'adonnaient sans retenue aux joies les plus juvéniles, telles que les batailles de boules de neige. Elles poussaient des cris stridents lorsque Richard, les tirant sur la luge, accélérait l'allure, et se roulaient joyeusement dans la neige après que l'équipage entier eut chaviré.

Et l'on rentrait trempé, transi, haletant, les pommettes rougies, puis on se réchauffait devant un bon feu de cheminée. De leur vie, jamais les deux sœurs n'avaient tant ri. La fête ne se terminait pas à ce moment-là. Après le thé, on passait aux jeux intellectuels, parties de cartes ou de dominos, âprement disputées. Les alliances se formaient, se défaisaient, et se renouaient selon l'humeur du moment, et l'on s'accusait volontiers de traître et de tricheur, avant de clore ces aimables escarmouches par un immense éclat de rire. Le soir, on demeurait près de feu, devant la grande cheminée du hall. Un fauteuil supplémentaire avait été installé. Tantôt on discutait, tantôt on lisait.

Louise s'était même mise au tricot. Elle appréciait particulièrement ces soirées, calmes et réconfortantes. Richard, par sa seule présence, leur apportait une chaleur qu'elles n'avaient jamais connue jusqu'ici. Mais le meilleur moment de la journée, pour elle, c'était lorsqu'ils revenaient de leur promenade dans les champs. Malgré le feu de la cheminée, elle avait du mal à réchauffer ses doigts gelés. C'est à ce moment-là que Richard venait à son secours, prenant ses petites mains dans les siennes et les gardant jusqu'à ce qu'il ne subsiste plus la moindre trace de froid à la fois au bout de ses doigts et au fond de son cœur. L'opération prenait chaque jour un peu plus de temps. Et même le soir, lorsqu'ils étaient confortablement installés dans leurs fauteuils, elle lui tendait parfois sa main pour qu'il la réchauffe. Margaret, elle, était plus gourmande. Sous prétexte d'être glacée jusqu'aux os, elle se jetait carrément dans ses bras. « Serre-moi plus fort, plaisantait-elle, sinon je vais mourir de froid ! »

De fait, Louise n'était pas tout à fait sûre qu'elle plaisantât. Mais quand bien même ces effusions eussent été calculées, cela ne la dérangeait pas trop. Elle avait l'impression que Richard lui appartenait autant qu'à Marge, même lorsque sa sœur venait le rejoindre sur le bras de son fauteuil et blottir sa tête dans le creux de son épaule.

Un soir de mi-janvier, Margaret posa sur ses genoux le livre qu'elle lisait et déclara abruptement :

– Plus j'y réfléchis, plus je trouve cette situation ridicule.

– Quelle situation, Margie ? demanda distraitement Richard, le nez toujours plongé dans son roman policier.

– Le fait que tu restes à l'auberge. Tu vas perdre toutes tes économies. Le plus simple et le plus commode serait que tu t'installes ici.

Le jeune homme posa à son tour le livre qu'il tenait.

– M'installer ici ? répéta-t-il en relevant ses lunettes. Mais ce ne serait guère raisonnable...

– Tiens, je ne te savais pas si conformiste !

– Là n'est pas la question. D'après ce que j'ai cru comprendre, votre oncle n'est pas très commode.

– Il n'est pas là pour le moment. Et c'est moi qui commande en son absence, il me l'a clairement spécifié. De toute manière, le mal est fait, si l'on peut dire. Tout le village sait que tu passes tes journées avec nous. Alors pourquoi ne pas t'installer ici ? Qu'en penses-tu, Louise ?

La cadette posa sa main sur celle du jeune homme, approuvant :

– Eh bien oui, c'est une excellente idée. Nous serons même plus en sécurité avec toi, Richard, c'est évident.

Ledit Richard se renversa contre le dossier de son fauteuil, pensif.

– Les choses ne sont pas si simples, dit-il. Il me faudrait une chambre, mais aussi un bureau... Comment dire ?... une sorte de petite garçonnière, un coin pour me retirer lorsque j'ai envie d'être seul, ce qui m'arrive régulièrement.

– Tu auras tout cela, Richard. Il y a plusieurs chambres à coucher disponibles à l'étage, et même un bureau, là-bas, dans la « chambre bleue ». C'est la première porte qu'on voit d'ici, à droite de l'entrée.

– La « chambre bleue » ? demanda-t-il, intriguée.

– Oui, la « chambre bleue », parce qu'elle est tapissée tout en bleu. C'est comme ça qu'on a baptisé la plupart des pièces, ici. Simplement à cause de leur couleur. Là, c'est la chambre rouge, à cause des gros carreaux de terre cuite au sol et des tapis. Mais il y a aussi la chambre verte, violette, etc.

– Ah bon ! fit-il en jetant un regard circulaire. Je suppose aussi que la couleur des tableaux a son importance elle aussi ?

– Bien sûr. Puisque les pièces avaient jadis été décorées pour les mettre en valeur. Alors, Richard, que dis-tu de notre proposition ?

– C'est vraiment très gentil à vous, mais j'ai peur que…

– Oui ?

– … Si je m'installe ici, je vais avoir du mal à partir !

– De toute manière, je pense qu'il serait plus sage pour toi d'attendre la fin de l'hiver avant de commencer ton voyage. Tu te vois errer sur les routes, par ce temps ?

– Non, plus tellement, convint le jeune architecte en remontant frileusement le bord de son col roulé et en se carrant bien au fond de son fauteuil. Mais ce qui me dérange surtout, c'est que je serai entièrement à votre charge…

– Mais pas du tout, objecta Margaret. Tu te rendras utile. Nous avons d'ailleurs besoin d'un homme, ici, ne serait-ce que pour les charges difficiles, comme celle de rentrer le bois. La pauvre Mrs Sellars serait vraiment heureuse d'avoir de l'aide. Et autrement, tu pourrais aussi préparer les plans de modernisation du manoir pour notre oncle. Une sorte de devis gratuit, pour le dédommagement... Qu'en penses-tu ?

Paraissant à court d'argument, Richard finit par approuver de la tête.

23

Février

Louise ne s'était jamais sentie aussi heureuse. Elle avait l'impression d'avoir retrouvé les moments merveilleux de son enfance, lorsqu'elle jouait avec Marge pendant les grandes vacances, dans la propriété des amis de ses parents, à Littlehouse. Elles s'amusaient comme des folles, donnant libre cours à leur imagination. Ou encore lorsqu'elles faisaient du théâtre. D'ailleurs, pas plus tard que la veille au soir, elles s'étaient secrètement grimées avec leurs accessoires – qu'elles avaient précieusement conservés – pour faire une interprétation-surprise de « Macbeth » à Richard qui s'était prématurément endormi près de la cheminée, son livre en main. Dans un premier temps, elles lui avaient joué l'apparition des sorcières, assez fidèle à la pièce, puis elles avaient improvisé une sorte de tribunal suprême, dont Richard était le malheureux accusé. Tiré de son sommeil, il avait tardé à réagir, mais s'était bien repris. Comme une sorte d'Hercule parvenu à se libérer de ses entraves, il les avait soudain attrapées par la taille et les avait fait tourner comme des toupies. Elles avaient poussé des cris stridents, ri aux larmes, tant et si bien que Liza et Mrs Sellars étaient accourues, affolées.

Les domestiques s'étaient également accoutumées au nouveau locataire et appréciaient sa présence, d'autant qu'il consacrait une partie de sa matinée à les aider, s'occupant essentiellement de l'approvisionnement et du bois de chauffage. Cela permettait à Liza de s'absenter plus souvent pour retrouver son bien-aimé, et à Mrs Sellars de se reposer un peu les après-midi.

Richard, quant à lui, avait désormais pris ses habitudes. Il passait toujours une ou deux heures seul dans la chambre bleue, prétextant la préparation de son devis. Mais parfois, lorsqu'une des sœurs entrait à l'improviste dans sa retraite, il n'était pas rare qu'elle le trouve, non pas penché sur son bureau, au-dessus de ses plans d'aménagements, mais endormi dans la bergère au coin de la pièce. Pour Marge, c'était un signe de faiblesse, et elle se hâtait de le sortir de ses rêves. Pour Louise, c'était naturel, compte tenu de l'énergie qu'il dépensait pour l'entretien de la maison. Elle le quittait alors silencieusement, se contentant de lui adresser un sourire bienveillant et affectueux.

Une ambiance de gaieté sereine régnait depuis plusieurs semaines, qui allaient s'améliorant au fil des jours. Les longues et moroses journées d'automne ne semblaient plus qu'un lointain souvenir. L'arrivée de Richard avait indiscutablement jeté une note joyeuse dans l'atmosphère un peu froide du vieux manoir.

Tout en tricotant paisiblement près de la cheminée, Louise goûtait cette paisible béatitude. Elle était seule, ce soir-là, car Margaret, prise de migraine, s'était couchée de bonne heure. Richard, après s'être endormi à deux reprises, son livre à la main, avait fini par se retirer lui aussi. Elle ne détestait pas être seule par moments. Cela lui permettait de mieux réfléchir. En avisant la Dame à la licorne au-dessus d'elle, elle sourit, et s'interrogea une fois de plus sur la réelle influence des tableaux. Pour Richard, à qui elle avait déjà expliqué leur histoire, et la triste fin de leur créateur, la cause était entendue : ce n'était qu'une vaste fumisterie inventée par Amos Sutherland. Elles n'avaient pas insisté, car il était sûr d'avoir raison sur ce point. Et d'une manière générale, il paraissait peu perméable à l'art. Il avait ri à maintes reprises en contemplant le tableau prétendument maudit de « La femme au boléro jaune ».

Marge et Louise, elles, avaient pu constater que les toiles du maître avaient une certaine influence, comme d'ailleurs tout objet d'art digne de ce nom. Mais dans quelles proportions ? Là était la vraie question. Même ces temps-ci, Louise s'était surprise à avoir une opinion différente, sur un même sujet, selon l'endroit où elle se trouvait. Devant les couchers de soleil incandescents de la salle à manger, ses idées se brouillaient et elle devenait soupçonneuse à tout propos. Ainsi, en songeant à la fois où Richard avait plaqué Marge dans la neige et l'avait chatouillée jusqu'à la faire pleurer de rire, après l'avoir fait tomber de la luge, elle lui prêtait des intentions malignes. Ici, au contraire, en repensant à de tels événements, elle avait envie d'en rire et de se joindre à la mêlée…

Peu après, la fatigue la gagna à son tour, au point qu'elle oublia même d'enfiler ses pantoufles.

Elle monta silencieusement les marches de l'escalier, jusqu'au premier étage.

Et c'est alors qu'elle les vit, près de la porte de la chambre de Richard, un peu à contre-jour, devant la fenêtre du fond, leurs silhouettes enlacées se découpant sur la froide clarté lunaire.

Il n'y avait pas le moindre doute sur leurs gestes : ils étaient en train d'échanger un long fougueux baiser. Louise gagna discrètement sa chambre, s'enfouit sous les couvertures, et essaya de se persuader qu'elle avait rêvé ou subi l'influence néfaste de la Madone.

Le lendemain matin, elle y croyait encore. Mais lors du petit déjeuner, qu'elle prenait alors seule avec sa sœur, elle sentit un frisson lui remonter l'échine lorsque celle-ci lui déclara :

– Louise, ma chérie, j'ai une merveilleuse nouvelle à t'annoncer ! Richard et moi allons bientôt nous fiancer !

24

La concorde qui régnait au manoir s'éroda passablement au cours des mois suivants. L'apparente complicité qui unissait les jeunes gens déclina soudainement. Richard se contentait désormais de tapoter amicalement la main de Louise lorsqu'elle la lui tendait, sous les regards courroucés de Marge, qui n'hésitait plus à embrasser son bien-aimé à la moindre occasion, comme pour lui rappeler qu'il était désormais sa possession exclusive. La situation se détériora franchement lorsque les futurs fiancés firent chambre commune. Louise sombra alors dans un mutisme opiniâtre et s'employa à les éviter. Elle passa le plus clair de son temps à se promener seule dans les champs, ou enfermée dans l'ancien atelier d'Amos Sutherland, accoudée à la fenêtre, abîmée dans ses pensées, ou encore assise sur les marches de l'escalier en train de contempler « La femme en jaune ».

Un jour, s'étant proposé d'aider Liza, elle renversa accidentellement une casserole d'eau bouillante sur la robe de Margaret, qui passait par là. L'aînée s'en tira avec quelques légères brûlures sur les jambes, qui fort heureusement, grâce aux soins du Dr Christie, se cicatrisèrent rapidement. Mais Margaret douta fort du caractère accidentel de l'incident. Et, ayant arrêté son jugement, fondé essentiellement sur sa colère, elle décréta que pendant une semaine sa sœur serait chargée de la vaisselle, matin et soir, ce qui permettrait à Liza de voir un peu plus souvent son amoureux.

La cadette s'acquitta de sa tâche sans rechigner. Mais le dernier jour de sa punition, elle laissa tomber une pile d'assiettes. Sans doute par inadvertance. Mais Marge en jugea différemment. Elle lui administra sur-le-champ une magistrale paire de gifles, tout en lui signifiant que sa punition était prolongée d'une semaine. Louise, qui portait encore la marque rouge de la main de sa sœur sur sa joue livide, ne réagit pas sur le coup. La nuit même, Mrs Sellars alerta Margaret pour lui signaler qu'elle avait entendu claquer une porte du rez-de-chaussée. À moitié endormie, la jeune maîtresse de maison la renvoya un peu rudement, la priant de ne plus l'importuner à chacun de ses cauchemars. Mais un peu plus tard, elle fut saisie d'un doute.

Elle se précipita dans la chambre de sa sœur et constata son absence. Son lit n'était même pas défait. Elle revint prévenir Richard, puis tous deux, munis de lanternes, se lancèrent à la recherche de la disparue. Grâce à la neige, il fut aisé de suivre les traces de la fuyarde dans la forêt. Elle avait déjà parcouru un bout de chemin lorsqu'ils la retrouvèrent, blottie au pied d'un arbre, transie de froid et grelottante dans sa fine chemise de nuit.

Elle dormit ce soir-là sous étroite surveillance, entre sa sœur et Richard, dans le même lit. Et cela dura ainsi près d'une semaine, tandis qu'elle demeurait plongée dans une étrange neurasthénie. Lorsque sa sœur lui adressait la parole, elle se raidissait aussitôt.

Richard s'employa alors à la consoler, en lui consacrant une bonne partie de ses journées. Elle l'aida à rentrer le bois, à faire les emplettes, et un jour il emprunta la voiture du colonel pour se promener avec elle à Londres. « Le changement d'air lui fait le plus grand bien », expliqua-t-il à sa sœur lorsqu'ils furent de retour.

Margaret devait en convenir. L'état de Louise s'améliorait à vue d'œil. À mesure que Richard l'emmenait faire des promenades, elle s'épanouissait comme une fleur au soleil. Puis un beau matin, au début du mois de mars, au petit déjeuner, alors qu'elles se trouvaient toutes deux en tête à tête, Louise lui annonça que Richard et elle s'aimaient et qu'ils allaient bientôt se fiancer.

Ces paroles résonnèrent longuement dans sa tête avec un étrange écho, elle s'entendait encore elle-même prononcer ces mêmes mots à sa sœur.

Malgré le tumulte de son cœur en détresse, Margaret demeura sans voix et sans réaction, presque résignée, comme si au fond d'elle-même cette liaison lui avait semblé inéluctable. L'histoire se répétait avec une inlassable monotonie, aussi sûrement que les nuits succédaient aux jours. Ses compagnons finissaient toujours par se tourner vers sa sœur. Les choses étaient écrites et il semblait vain de lutter pour conjurer le sort. Ce qu'elle redoutait venait de se produire une fois de plus.

Cette fois-ci, pourtant, elle était sûre d'elle, et s'était refusée à envisager un tel revirement, mais elle n'avait pas manqué de relever les changements qui s'étaient opérés chez Richard – une carence de tendresse et des airs préoccupés. En somme, elle avait été témoin de l'éclosion de leur amour, mais sans s'en rendre compte, comme une spectatrice aveugle et impuissante. D'ailleurs, qu'aurait-elle pu faire ? Rien ne semblait pouvoir s'opposer à la force qui les avait unis.

Les fiançailles eurent lieu en avril, au manoir, dans une relative intimité, car il n'y avait que la maisonnée et Jerry Granger. Liza et Mrs Sellars avaient préparé un buffet froid, afin de pouvoir elles aussi profiter de la fête, et s'efforçaient de faire partager leur bonne humeur. Richard, on s'en doute bien, n'avait pas besoin d'encouragement pour cela. Il discourait, plaisantait, riait, avec son habituelle gaieté désinvolte. Le jeune peintre affichait également une cordiale jovialité. Cependant, on le devinait moins à l'aise, comme s'il se sentait un peu l'intrus du groupe. Il est vrai que son invitation avait été âprement débattue. Sur les insistances de Liza, on s'était finalement décidé à le convier, à titre exceptionnel, vu les événements.

Les deux sœurs, elles, étaient franchement tendues, quoique pour des raisons différentes. La fiancée semblait partagée entre le bonheur de l'événement et la crainte d'une éventuelle réaction de sa sœur, qui avait bu plusieurs verres de punch.

Margaret souriait, mais d'un sourire factice, teinté d'amertume.

Vint enfin le moment solennel où Richard sortit la bague de fiançailles, un anneau d'argent qui ne lui avait pas coûté une fortune, mais qui ravissait à l'évidence celle à qui il était destiné. Lorsqu'il eut glissé la bague à l'annulaire de Louise, les applaudissements retentirent autour d'eux. Après quoi, il se pencha et effleura d'un doux baiser les lèvres de sa bien-aimée.

Margaret ferma les yeux et fut parcourue d'un étrange frisson. L'espace d'un instant, elle s'imagina être à la place de sa sœur, dans les bras de Richard. Elle sentit presque physiquement le contact tiède de ses lèvres contre les siennes…

Par la suite, elle eut plusieurs fois cette impression. Le soir surtout, lorsqu'elle se retrouvait seule dans son lit, Richard s'étant désormais installé dans la chambre de Louise. Immobile, avec pour toute compagnie la lune, qui baignait les murs de sa clarté blême, elle demeurait de longs moments à contempler le tableau du paradis terrestre. Ève ressemblait toujours à Louise, mais Adam, lui semblait à présent avoir le visage de Richard.

Son cœur se mettait à saigner de larmes amères, et elle ne s'endormait qu'à une heure très avancée.

La journée, pour éviter le bonheur affiché par les fiancés, elle s'isolait, marchant un peu sur les brisées de sa sœur, regardant le paysage du haut de la chambre dans les combles, ou rêvassant dans le manoir, admirant les tableaux d'Amos Sutherland. Celui de « La femme en jaune » retint particulièrement son attention… Elle retrouva alors peu à peu ses forces et son esprit combatif.

25

3 mai

Un matin, Margaret surprit sa sœur dans le bureau de son oncle, en train de fourrager dans la bibliothèque.

– Que fais-tu là, ma chère ? demanda-t-elle sèchement. Aurais-tu oublié qu'oncle George a exigé que personne ne fouille dans ses affaires durant son absence ?

– Je jette juste un petit coup d'œil, répondit-elle en se redressant.

– Attention, tu vas renverser ce gros lézard !

Louise rattrapa de justesse le reptile empaillé qu'elle avait heurté avec son épaule, puis fit remarquer, songeuse :

– C'est bizarre. Il me semblait qu'il n'avait que des connaissances rudimentaires sur les poisons et les venins. Or là, je vois toute une série d'ouvrages érudits traitant de la question…

– Et alors ? Rien ne prouve qu'il les a lus !

– C'est possible. Mais pourquoi multiplier les achats si on ne s'assure pas de temps à autre de leur contenu ?

– Où veux-tu en venir ?

– Nulle part… C'est un simple constat.

– Le soupçonnerais-tu d'avoir empoisonné tante Esther ?

– Je n'ai jamais dit cela, répondit Louise en regardant sa sœur droit dans les yeux. Décidément, tu vois le mal partout.

– Ah ! Cela te va bien de parler ainsi !

– Pourquoi dis-tu ça, Marge ? C'est idiot ! Ne m'as-tu d'ailleurs pas souvent reproché d'être trop crédule ? De trop faire confiance à mes semblables ?...

– Alors si tu es si bien disposée, ça tombe pile, car j'avais justement envie de demander à Richard de m'emmener à Londres aujourd'hui.

Louise déglutit, en baissant la tête.

– Ce n'est pas à moi de t'accorder la permission, Marge.

– J'entends bien.

– Tu as demandé à Richard ?

– Oui, et il est d'accord.

Sur ces mots, elle tourna les talons et sortit du bureau de son pas énergique.

⁂

Le soir, à leur retour, Louise trouva son fiancé un peu pâle et étrangement nerveux. Il lui dit avoir pris froid durant le trajet, ayant commis l'imprudence de conduire sans casquette, simplement vêtu d'une veste légère. Il ne dîna pas et se contenta d'un grog corsé. Durant la soirée, il ne s'attarda guère aux côtés des deux sœurs, installées près de la cheminée. Après avoir déclaré qu'il allait jeter un coup d'œil sur ses plans, il disparut dans la « pièce bleue », où il se retirait de plus en plus fréquemment ces derniers temps.

– Qu'avez-vous fait, à Londres ? s'enquit d'une voix sans timbre Louise, qui déployait son tricot.

Après un moment de silence, Margaret demanda en souriant :

– Serais-tu jalouse ?

– Pas du tout. Une simple demande d'information. Richard me semble mal en point, et je m'étonne. C'est tout.

– Il s'est déjà expliqué là-dessus, non ? En tout cas, ce n'est pas moi qui l'ai mis dans cet état, si c'est là le sens de ta question.

Les yeux de Louise s'agrandirent de stupéfaction indignée :

– Marge ? Comment peux-tu ?...

L'aînée haussa les épaules :

– Comment peux-tu quoi ? répéta-t-elle avec dédain. La chose à laquelle tu penses serait tout à fait possible puisque nous avons été amants !

– Marge, je t'interdis...

– Tu es mal placée pour m'interdire quoi que ce soit. Je te rappelle que tu m'as volé mon fiancé il y a à peine un mois, et cela, sous mes yeux et sans la moindre pudeur. Alors je t'en prie, épargne-moi ces grands airs de vierge effarouchée. D'ailleurs, pour être tout à fait franche, je ne miserais pas gros sur la fidélité de ton fiancé.

– Marge, je vais te demander de retirer ces paroles...

L'aînée eut un sourire narquois.

– Soit, si tu veux. Mais je pense que tu es assez grande pour te faire une idée par toi-même.

Louise rougit violemment :

– Alors, tu le détestes ?

– Non, pas du tout. Je le trouve toujours aussi charmant qu'au premier jour. Simplement, je ne me berce plus d'aucune illusion sur son compte. D'ailleurs, si j'étais toi...

Elle n'acheva pas, surprise par le regard foudroyant de sa sœur, qui de surcroît tenait d'un air menaçant une des aiguilles de son tricot. Sur quoi, elle jeta le tout dans le fauteuil, puis se dirigea d'un pas résolu vers la porte de la « chambre bleue ».

Son entrée soudaine surprit Richard, installé à son bureau.

– Louise ! s'exclama-t-il en refermant brusquement le bloc de papier devant lui. Tu... tu pourrais prévenir... Je ne suis pas cardiaque, mais quand même !

Sans un mot, elle ferma la porte puis gagna lentement le centre de la pièce. Elle jeta un bref coup d'œil à son fiancé, qui jouait nerveusement avec son stylo sans se départir de son sourire, puis ses yeux firent le tour de la pièce.

« La chambre bleue », songea-t-elle. La pièce la plus froide du manoir... Telle avait été son impression lorsqu'elle y avait pénétré pour la première fois, le jour de son arrivée dans ces lieux. C'était une pièce de dimensions modestes, qui ne présentait rien de particulier, si ce n'est son atmosphère singulière. Il y avait d'autres pièces dans la maison, tapissées d'un bleu semblable, comme celle attenante à l'entrée ou une des chambres à coucher à l'étage. Mais la couleur de celle-ci était rehaussée par plusieurs tableaux, offrant différentes nuances de bleu, dans des tons assez froids. Le plus imposant de tous était le grand voilier, à côté de la porte, juste en face de l'unique fenêtre qui s'ouvrait sur le devant de la maison. Les bleus du ciel et de la mer, qui représentaient les trois quarts de la toile, n'étaient pas naturels ; ils avaient quelque chose d'électrique, de saisissant, qui vous faisait frissonner.

Lorsqu'on lui avait fait visiter la pièce, Richard avait été séduit par sa simplicité et son côté fonctionnel. Elle n'était guère meublée. Juste quelques rayonnages sur le mur de droite, un bureau du même côté. La bergère, entre le poêle et la fenêtre, avait été apportée par ses soins.

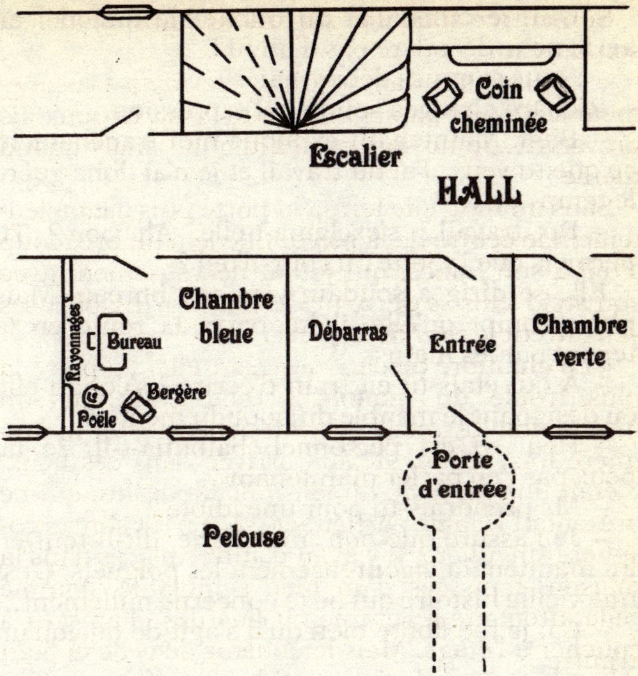

– Eh bien, ma chérie, que se passe-t-il ? demanda-t-il après s'être éclairci la voix. On dirait que tu entres ici pour la première fois… Tu cherches quelque chose ?

– Oui. Le bonheur. Mais je ne suis pas sûre qu'il existe ici-bas.

Richard fronça les sourcils.

– Hm… Ça n'a pas l'air d'aller fort. Dis, Louise, j'espère que tu ne vas pas te remettre à broyer du noir ! Parce qu'après tout ce que…

Il ne put terminer sa phrase, assailli par une quinte de toux.

– Tu as pris froid ?

– Oui, je crois. J'ai dû oublier le dicton : en avril, ne te découvre pas d'un fil !

– Nous sommes début mai.

Richard changea soudain d'expression.

– Bien. Maintenant explique-moi franchement ce que tu veux. J'ai du travail et je n'ai donc guère le temps de…

– Du travail ? s'exclama-t-elle. Ah bon ? Tu permets que j'y jette un coup d'œil ?

Elle se dirigea soudain vers son bureau. Mais plus prompt qu'elle, il lui barra la route en la tenant par les mains.

– À qui étais-tu en train d'écrire ? s'écria-t-elle en désignant le meuble du bout du menton.

– Heu… C'est personnel, balbutia-t-il. Je ne peux pas t'en parler maintenant…

– Me prendrais-tu pour une idiote ?

– Je t'assure que non, ma chérie, dit-il tout en lui maintenant vigoureusement les poignets. C'est une vieille histoire qui ne te concerne nullement…

– Ça, je me doute bien qu'il s'agit de quelqu'un d'autre.

– Chérie, je t'assure que tu te trompes !

– Laisse-moi ! Tu me fais mal !

– Soit, mais ne t'avise pas d'essayer de…

Les yeux clairs de Louise lancèrent des éclairs lorsqu'elle affirma :

– N'aie aucune crainte. Tes affaires, comme tu dis, ne m'intéressent pas. Mais j'ai besoin de l'usage de mes mains…

– Pour quoi faire ? demanda-t-il en la relâchant, méfiant comme s'il s'attendait à être giflé.

– Pour ceci.

Elle retira sa bague de fiançailles et la lui tendit d'un geste définitif. Puis elle tourna les talons et sortit en claquant la porte derrière elle.

26

4 mai

– Montre-moi ça ! glapit Louise le lendemain matin en faisant irruption dans la cuisine, où Margaret, devant son petit déjeuner, prenait connaissance du courrier apporté par Liza.

Ce disant, elle avait vivement agrippé sa sœur par le bras.

– Mais tu es folle ! s'écria Margaret en se dégageant.

Puis, en regardant son bras, où perlait le sang, elle ajouta sans cacher sa colère :

– Regarde ce que tu m'as fait, tu m'as griffée !

– Je veux voir cette lettre !

– Après mes jambes, voilà que tu t'en prends à mes bras ! Voudrais-tu m'écorcher vive, espèce de furie ? Cette lettre, tu veux la voir ? Eh bien tiens ! Ça vient des Indes… À ton avis, qui pourrait bien l'avoir écrite ?

Après avoir brièvement parcouru la missive, Louise balbutia :

– Oncle George…

– Oui, notre cher oncle George, qui nous annonce son prochain retour, après avoir réussi à régler ses affaires plus rapidement qu'il ne le pensait.

– Mon Dieu ! Je ne pensais plus du tout à lui ces derniers temps !

– À vrai dire, moi non plus. Mais quoi qu'il en soit, cela va changer les habitudes de la maison, si tu vois ce que je veux dire. Notre cher petit oisillon perdu va bientôt pouvoir entreprendre son grand voyage. Mais le fera-t-il seul ?…

– Quand rentre-t-il ? demanda Louise, songeuse.

– Comme tu peux le constater, il n'a indiqué ni la date de son retour ni celle de son départ. Or, la lettre a été postée il y a trois semaines. Nous en sommes donc réduites aux hypothèses. Juin ? Ou déjà à la fin du mois ? Et dans le pire des cas, dans quinze jours.

Après avoir réfléchi un instant, Louise déclara :

– Nous allons devoir en parler à Richard.

– C'était mon intention, mais il ne s'est pas encore levé. Cela dit, tu es la première concernée, Louise. Que vas-tu faire ? Partir avec Richard ? Si tu comptes rester ici avec lui, sache que cela n'est pas envisageable avec notre oncle. À moins d'un miracle, il n'admettra jamais sa présence ici.

– C'est ce que je pense aussi…

Margaret considéra sa sœur avec étonnement :

– Eh bien je trouve que tu prends les choses avec beaucoup de sérénité. Tu fais des progrès, ma petite. Franchement, à ta place, je n'en mènerais pas large…

– Il n'y a pas le moindre problème, Marge, dit-elle en exhibant les doigts de sa main. Je lui ai rendu sa bague hier soir.

– Ah ? Vous vous êtes fâchés ?

– Tu le sais bien.

– Oui, mais je croyais que vous vous étiez réconciliés après. Il m'a semblé entendre grincer la porte de ta chambre cette nuit…

Le visage de Louise semblait empreint d'une ferme résolution.

– Quand bien même… Ma décision est prise. Nous ne sommes plus fiancés et par conséquent, je ne partirai pas avec lui.

⁂

Richard ne tomba pas des nues en apprenant la nouvelle. Il parut simplement songeur et passa une grande partie de la journée cloîtré dans la « chambre bleue ». Assez tard dans la soirée, il rejoignit les deux sœurs installées comme de coutume dans le hall, au coin du feu. L'idée de son départ imminent ne semblait pas l'avoir particulièrement affecté, mais il demeurait soucieux.

– Vous ne souhaitez donc pas que je rencontre votre oncle ? demanda-t-il après un long mutisme.

– Non, fit Margaret. C'est inutile et même dangereux. Car il ne manquera pas d'apprendre que tu étais là durant tout l'hiver. D'ailleurs rien que d'y penser, j'en ai la chair de poule. Il nous passera un sacré savon…

– J'aurai donc travaillé pour rien.

– Pour rien ? Non, dit Margaret en souriant. Nous avons passé de bons moments ensemble…

Richard approuva, mais sans mot dire. Il prit une gorgée du grog corsé qu'il s'était préparé. Un nouveau silence tomba, puis Louise demanda :

– Que comptes-tu faire ? Tu es toujours partant pour ton voyage ?

Richard s'éclaircit la voix tout en regardant autour de lui.

– Il fait encore assez froid, pour la saison. Je ne vais pas immédiatement me lancer dans une grande balade. En attendant, je passerai quelques jours chez un ami…

– Quel ami ?

– Je ne sais pas encore. J'ai beaucoup d'amis, vous savez ? Mais tiens, maintenant que j'y pense, il y en a un que je n'ai plus vu depuis un bout de temps. Ce serait peut-être une bonne occasion de se revoir. Christopher Stride… mais je ne pense pas que vous le connaissiez.

Louise secoua la tête, imitée par Margaret, qui avait cependant imperceptiblement froncé les sourcils.

– Il n'est pas du coin. Il vient d'un village dans le comté d'Oxford. Mais peu importe. C'est un chic type qui ne me refusera pas l'hospitalité. Je crois qu'il est garçon de café, actuellement, mais il aurait pu avoir de plus grandes ambitions. Il était même promis à un bel avenir. Mais quelque chose n'a pas tourné rond. Il a soudainement baissé les bras à la fin de ses études. Et je crois savoir pourquoi…

Richard se tut pour prendre une nouvelle gorgée de grog.

– Pourquoi ? demanda Margaret au bout d'un moment.

– Oh ! c'est une vieille histoire. Il affirme crânement que ce n'est pas cela qui l'a perturbé, mais je suis sûr du contraire. Je pense même qu'au fond de lui-même, son sang doit parfois bouillir de colère.

– Une histoire de femmes ? persifla Margaret.

– Si l'on veut, car l'élément féminin n'était pas étranger à l'affaire. En fait, il s'agit de son petit frère, qu'il a perdu assez jeune, lors d'un dramatique accident…

On entendit une mouche voler, puis Richard reprit :

– Il avait une quinzaine d'années au moment du drame, mais n'était pas présent. Il était en vacances chez une tante. Le malheureux gamin, lui, devait avoir dans les dix ans. Quand je dis accident, c'est ce que tout le monde a cru, alors qu'il s'agissait en fait d'un meurtre froidement prémédité. Et ce qui rend l'affaire particulièrement laide, c'est que l'assassin était une fille de son âge, une de ses petites voisines, deux sœurs avec qui il jouait fréquemment.

Richard fit une nouvelle pause, puis reprit :

– Elles-mêmes étaient là en vacances chez leur tante, me semble-t-il, ou chez des amis des parents. Mais qu'importe. Je vous avouerai franchement que lorsque Christopher m'a raconté cette histoire, j'ai eu du mal à le croire. Mais il semblait si sûr de lui… Il venait d'ailleurs tout juste d'apprendre la vérité, bien des années après le drame, grâce à un médecin dont le nom m'échappe…

Louise avait pris son tricot. Bien qu'absorbée par son ouvrage, elle demeurait attentive. Margaret, immobile, dardait un regard singulier sur le jeune homme, qui reprit au bout d'un moment :

– Attendez, ça me revient, c'était le Dr Grand… Oui, je crois bien qu'il s'appelait ainsi. Or, ce brave médecin de campagne avait longtemps gardé le silence. Mais sentant venir la fin, il se confia un jour à quelqu'un, si bien que son témoignage parvint aux oreilles dudit Christopher. Vous imaginez aisément la stupeur de celui-ci en apprenant la face cachée de ce drame, déjà bien triste en soi. Jugez-en plutôt : son petit frère Johnny était tombé dans un puits alors qu'il jouait à cache-cache avec ses deux petites camarades…

» Un accident, me diriez-vous, comme il en arrive bien souvent. Mais notre perspicace Dr Grand en avait jugé différemment. Les circonstances paraissaient pourtant claires… Au cours de l'après-midi, la tante des deux gamines était installée dans le jardin, tandis que les trois enfants jouaient à cache-cache. C'était autour du petit Johnny de se cacher. Près de là, il y avait un puits profond. Il était protégé par une margelle et il y avait un grand seau et une corde qu'on actionnait avec une manivelle, enfin comme pour la plupart des puits. Johnny s'était caché dans le grand seau, sans doute accroupi. Tandis que ses deux petites camarades le cherchaient alentour, on a soudain entendu un cri de détresse, qui s'est prolongé dans une sorte d'écho. Je précise que les deux filles n'étaient pas à côté du puits. La tante avait plus ou moins les filles dans son champ de vision. L'une était près de l'atelier de son mari, à une vingtaine de mètres du puits, et l'autre près de la grille de clôture, à une distance équivalente. De cela, elle en était certaine, même si elle n'était pas particulièrement attentive, car elle n'avait pas remarqué que le gamin s'était introduit dans sa dangereuse cachette.

» Elles ont immédiatement réalisé ce qui s'est produit et se sont toutes trois précipitées vers le puits, mais il était trop tard. Ou tout comme, car elles ont encore perçu quelques instants l'écho du malheureux qui se débattait dans l'eau, tout au fond de l'obscur boyau. Lorsqu'un pompier parvint, bien plus tard, au fond du puits, ce n'était que pour repêcher le cadavre d'un noyé.

– Quelle horrible fin ! fit Louise en se blottissant dans son fauteuil.

– Oui, horrible, c'est le mot. Mais la réalité des faits était plus horrible encore que leur apparence. Comme je l'ai dit, tout semblait confirmer la thèse d'un accident. Johnny avait commis l'imprudence, outre son idée saugrenue de se cacher à cet endroit, de ne pas vérifier le nœud de la corde qui retenait le seau. Sans doute ce nœud s'était-il défait sous la pression exercée par son poids. Lorsqu'on examina la corde, qu'il avait entraînée avec lui au fond du puits dans sa chute, on ne découvrit aucune anomalie. Ni là, ni nulle part ailleurs. Pourtant, deux éléments éveillèrent les soupçons du Dr Grand. Pris séparément, ils ne signifiaient pas grand-chose. Mais en les additionnant, il fallait malheureusement envisager le pire : à savoir qu'une des deux fillettes avait ourdi un plan diabolique pour noyer leur camarade de jeux.

» D'après Grand, c'était matériellement possible. Pour cela, il suffisait de maîtriser un peu l'art des nœuds et de savoir jouer à l'innocent, comme le réussissent parfois si bien certains enfants. La coupable aurait aisément pu convaincre son camarade d'être sa complice de jeu, et de lui suggérer une bonne cachette pour berner l'autre fillette. Et d'affirmer qu'il ne risquait rien, que le seau était bien accroché, alors qu'elle avait préparé un nœud savant pouvant lâcher à tout moment. Elle aurait soit pu compter sur le hasard, spéculer sur le fait que le nœud finisse par se défaire sous le propre poids de Johnny ; ou avoir caché une longue cordelette dans l'herbe ou dans les haies, capable de défaire le nœud au premier coup sec, qu'elle aurait provoqué depuis l'endroit où elle se trouvait. Après quoi, il suffisait de la faire disparaître en la retirant. J'ajoute que le témoignage de la tante ne permet pas de dire laquelle des deux était la mieux placée pour cela.

» Mais peu importent les détails. Matériellement, cette hypothèse ne manquait pas de logique. Le Dr Grand l'envisagea avec prudence, dans un premier temps, lorsqu'il se souvint d'avoir pansé le crâne du petit Johnny, deux semaines auparavant. Le gamin était tombé de la balançoire… alors qu'il jouait déjà avec les deux fillettes.

» Pour délimiter on ne sait quelle mystérieuse frontière, les enfants avaient disposé une rangée de pavés sous la balançoire, et c'était sur l'un d'entre eux qu'il était tombé, la tête la première. Là encore, les faits pris isolément donnaient à croire qu'il s'agissait d'un banal accident, mais en y réfléchissant bien...

» C'est un autre souvenir qui ancra sa certitude. Une semaine avant le drame, il avait été appelé au chevet d'une des deux gamines, qui s'était refroidie. Rentrant à l'improviste dans sa chambre, il l'avait surprise en train de lire un livre, qu'elle avait aussitôt fait disparaître en le voyant. En outre, elle avait un air coupable à ce moment-là. Et tout en l'auscultant, il avait jeté un coup d'œil sur l'ouvrage en question : il s'agissait d'une étude sur l'art des nœuds marins...

Durant le silence qui suivit, on n'entendit rien que le crépitement du feu dans l'âtre.

– C'est peut-être une simple coïncidence, fit remarquer Margaret, d'un air pensif.

– Non, c'est une double coïncidence, rectifia Richard. Et des plus suspectes. De plus, le Dr Grand eut l'occasion de s'entretenir seul à seule avec les fillettes après le drame, et notamment avec celle qu'il avait surprise en train de lire l'ouvrage sur les nœuds. Au seul regard de la gamine, mélange de crainte et de défi, il avait compris qu'il avait vu juste.

– Et alors, il ne l'a pas dénoncée ? s'enquit Louise en ouvrant de grands yeux étonnés.

– Non. Et je ne sais pas exactement pourquoi, répondit Richard en la regardant fixement. Peut-être parce qu'il n'avait pas de preuve, ou qu'il avait cédé à une certaine faiblesse... Toujours est-il qu'il a décidé de lui donner une chance, mais en lui faisant comprendre qu'au moindre nouvel incident suspect, il parlerait. Il semblerait qu'il n'ait pas eu à regretter sa décision. Mais comment savoir ? Il a dû la perdre de vue par la suite. De plus, il n'a pas consenti à dire laquelle des deux sœurs était la coupable. Mais quelle importance... Je ne connais pas leur nom et Dieu seul sait où elles sont et ce qu'elles font à l'heure actuelle. La seule chose que Christopher ait pu m'apprendre, c'est que l'une avait des cheveux noirs et que l'autre était blonde...

27

6 mai

Assez tard dans la matinée, Liza entra dans la « chambre bleue », tenant un plateau chargé d'une théière fumante et de toasts grillés.

– Miss Margaret m'a dit que vous prendrez votre petit déjeuner ici, déclara-t-elle. Je vous le dépose sur le bureau ?

Installé dans la bergère, Richard eut un geste d'assentiment. Liza s'exécuta, tout en lui jetant un bref coup d'œil. Encore en robe de chambre, les cheveux défaits, il semblait émerger de son sommeil.

– Comment vous sentez-vous aujourd'hui ? Votre rhume va mieux ?

– À peine, répondit-il d'un air peu convaincu.

Liza songea qu'il avait de la chance. Lorsqu'elle était refroidie, elle, non seulement on ne lui apportait pas son petit déjeuner, mais en plus, elle continuait à se lever de bonne heure pour prendre son service. Richard Hobson, lui, n'avait pas mis le nez dehors depuis deux jours.

– Vous devriez prendre l'air, dit-elle. Cela vous ferait du bien...

Le jeune homme s'éclaircit la voix et précisa :

– Mrs Sellars m'a vivement conseillé de rester au chaud.

Liza haussa les épaules.

– Moi, je pense qu'un peu d'air frais ne peut pas faire de mal !

Il regarda par la fenêtre, songeur.

– Alors, je crois que je vais suivre votre conseil.

La bonne parut embarrassée.

– Mais... ce n'est pas une obligation. Un simple conseil... Je m'en voudrais si... si vous tombiez vraiment malade !

– N'ayez crainte. Ce sera juste pour me dégourdir les jambes. Le temps d'aller au village et de revenir. J'ai de toute façon du courrier à poster.

Avisant une lettre à côté du plateau sur le bureau, elle déclara :

– Je pourrais m'en charger, car je passerai moi-même au village en début d'après-midi...

– Non, vraiment, ne vous donnez pas cette peine. Je m'en tiendrai à votre conseil. Je suis d'ailleurs sûr qu'après une petite promenade, ça ira bien mieux.

Sur ces mots, il fut pris d'une quinte de toux, qui lui arracha quelques larmes.

– Mrs Sellars pense que vous devriez appeler le Dr Christie, fit-elle remarquer sur un ton de légère remontrance. Je me demande si elle n'a pas raison...

Comme Richard Hobson ne fit aucun commentaire, elle se dirigea vers la porte. Elle eut à ce moment-là une curieuse impression. Il lui semblait que quelque chose avait changé dans la pièce. Mais quoi ? Elle fut incapable de le dire. Elle sortit, songeuse, lorsqu'elle entendit sonner à l'entrée.

Au même moment, Margaret montait vigoureusement l'escalier. En faisant grincer les marches, elle ne perçut pas le timbre de la sonnette. Elle ne fut pas surprise de trouver sa sœur dans l'ancien atelier d'Amos Sutherland. En revanche, ce qu'elle y faisait la déconcerta. Devant le chevalet, placé près de la fenêtre, Louise peignait une toile, pinceau et palette à la main.

– Mais que fais-tu là ? s'exclama-t-elle.

– Cela ne se voit pas ?

– Si… mais je ne te connaissais pas cette passion.

– Cela prouve que tu me connais bien mal. À l'école, on m'a souvent dit que j'étais douée.

Margaret s'approcha et examina d'un œil critique le paysage qui prenait vie sous son pinceau. Elle reconnut la vue qui s'offrait à leurs regards depuis la fenêtre. Cette ressemblance évidente était déjà à porter à son crédit. Elle estima que ce n'était pas un chef-d'œuvre, mais concéda que Louise était une élève appliquée, qui reproduisait chaque détail avec soin.

– Qu'en penses-tu ? demanda la cadette.

– C'est un peu tôt pour se faire une idée. Mais j'admets que tu n'es pas maladroite. Mais dis-moi, où as-tu trouvé ces tubes de peinture ? Dans les vieilles affaires de Sutherland ? Non, c'est du matériel récent…

– Au village.

– Ah ? Mais il n'y a pas de magasin spécialisé !

– Je suis allée chez Jerry. Il a bien voulu me céder quelques tubes.

– Tu es allée chez Jerry ? s'inquiéta Margaret. Mais… est-ce bien sage ?

– Il ne s'est pas jeté sur moi et ne m'a pas mangée toute crue, comme tu peux le constater.

– Tu sais très bien ce que je veux dire !

– Oui. Mais Jerry mène une vie rangée, ma chère. Il n'y a donc plus de risque. D'ailleurs toi-même, tu n'hésites pas à lui rendre visite au besoin.

L'aînée soupira :

– Parlons d'autre chose, veux-tu ?

– Volontiers. Alors, tiens, dis-moi comment se porte notre cher Richard ?

Margaret ne répondit pas immédiatement. Elle gagna la fenêtre, s'absorba un instant dans la contemplation du paysage, un peu morose en cette fraîche et pluvieuse journée de mai, puis elle revint sur ses pas.

– Je vais aller voir ce qu'il fait.

Sur ces mots, elle quitta sa sœur et descendit. Dans le hall, elle croisa Liza, qui semblait surprise de la voir :

– Mademoiselle Margaret, s'exclama-t-elle. Je vous croyais sortie… Vous ne m'avez pas entendue vous appeler ?

– Non, j'étais tout en haut. Se serait-il produit quelque chose de fâcheux ?

– Non, mais le professeur McNee était là. Il voulait vous parler. Il m'a dit qu'il repasserait demain après-midi.

– Le professeur McNee ? s'étonna-t-elle. Que me voulait-il ?

– Il ne me l'a pas précisé. Mais j'ai vaguement cru comprendre qu'il était question de lézard…

28

7 mai

Ledit professeur Peter McNee se présenta le lendemain à l'heure prévue, enjoué comme à l'ordinaire, et un peu raide dans un strict complet de tweed. Il salua très poliment la jeune maîtresse de maison et s'excusa de l'audace de sa requête, avant même de la formuler :

– C'est votre oncle qui me l'avait montrée un jour. J'avais été très impressionné, et je m'étais dit que cela pourrait contribuer à l'édification de nos chères petites têtes blondes. Ces chers petits, ils ne rêvent que de voyages lointains, d'Inde, d'Afrique, de savane et de forêts vierges... La plupart d'entre eux n'y iront sans doute jamais. Cela leur ferait donc tant plaisir de les voir...

– Mais de quoi parlez-vous ?

– Mais de la collection de reptiles de votre oncle, bien sûr ! Je sais, ce que je vous demande est bien embarrassant, dans la mesure où le colonel n'est pas là. Mais je suis sûr qu'il ne verrait pas d'inconvénient à me prêter quelques-uns de ses pensionnaires pour les montrer aux enfants. Un prêt de quelques jours, pas davantage. J'en prendrais grand soin, et il va de soi que je les restituerais parfaitement intacts. Je m'y engage, sur mon honneur.

Après avoir introduit le visiteur dans le bureau de son oncle, Margaret déclara qu'il serait sans doute très heureux de pouvoir lui rendre ce service.

Au fond d'elle-même, elle était loin d'en être certaine. Mais il lui semblait difficile et malséant d'éconduire le sémillant professeur McNee. Du reste, cette entorse aux consignes du colonel Raft n'était que bien mineure, voire dérisoire par rapport au séjour de Richard Hobson.

– J'aimerais vous dire « prenez ce que vous voulez », déclara-t-elle, tandis que le professeur admirait les « monstres » empaillés comme un gamin devant une vitrine de Noël. Mais ce serait difficile pour certaines de ces créatures, non ? Comme ce crocodile, par exemple…

– Bien sûr. Je me contenterai de petits spécimens. Mais il faudra quand même bien les emballer.

– Vous voulez que j'aille vous chercher un carton ?

– Oh oui ! C'est une bonne idée !

Lorsque Margaret revint avec un emballage assez volumineux, elle trouva le professeur McNee en train d'examiner un des revolvers du colonel. Elle fut un peu surprise, car les trois ou quatre armes à feu de son oncle n'étaient guère accessibles, reposant sur le dessus de la plus haute des étagères.

– Je me suis permis d'y jeter un coup d'œil, dit-il en souriant. Je suis aussi un peu collectionneur.

– Je ne crois pas que mon oncle s'intéresse particulièrement aux armes. S'il en a gardé quelques-unes, c'est sans soute pour sa propre défense.

– Oui, c'est possible. Car il s'agit là d'un Smith & Wesson, un modèle assez récent.

Avisant soudain la jeune fille et le gros carton qu'elle portait, il ajouta :

– Mais quel manque de tact ! Je suis vraiment impardonnable !

Il déposa le revolver sur le bureau et s'empressa de débarrasser Margaret de son fardeau. Après quoi, il y plaça délicatement les animaux empaillés qu'il avait choisis.

Il descendit les escaliers, tout en continuant de remercier son hôtesse pour sa bonté et sa confiance, ajoutant qu'il causerait vraisemblablement une belle frayeur à son épouse en lui montrant le contenu du carton.

Emporté par son élan, et peut-être aussi par son flot de paroles, il finit par trébucher sur un des carreaux du sol. Pour protéger son précieux colis, il fit un beau vol plané et atterrit devant la porte de la « chambre bleue ». Le battant s'ouvrit peu après et Richard parut dans l'embrasure.

– Que se passe-t-il ? bredouilla-t-il, les traits défaits.

Le professeur se releva et lui expliqua la situation, en lui présentant ses plus plates excuses. Le jeune homme répondit par un bref acquiescement, puis referma la porte.

Le professeur quitta le manoir, chargé de son gros paquet et marchant très précautionneusement, d'autant que la nuit commençait à tomber. La réaction du pensionnaire des sœurs Malonet l'avait quelque peu étonné. Chaque fois qu'il avait eu l'occasion de s'entretenir avec le jeune homme, il lui avait paru avenant et sûr de lui. Certes, le bruit de sa chute devait l'avoir surpris, mais pas au point de pouvoir lui causer de la frayeur. Or, c'était bien une expression de crainte qu'il avait lue sur son visage.

Soudain, mû par son instinct, et malgré son fardeau, il se retourna. Richard était debout devant la fenêtre de son bureau et l'observait. Il ne voyait guère ses traits dans la pénombre, mais il le devinait tendu, inquiet, comme quelqu'un qui est sur ses gardes.

Il haussa les épaules et quitta la propriété, songeur.

Le lendemain matin, ce fut Miss Sellars qui apporta le petit déjeuner à Richard dans la « chambre bleue ». Elle lui trouva plus mauvaise mine que la veille et lui recommanda vivement de faire appel au Dr Christie. Et tout comme Liza, la veille, elle eut une drôle d'impression dans la pièce. Trop occupée pour y réfléchir plus longuement, elle sortit.

Mais elle se révéla plus observatrice que la bonne, même si sa mémoire prit un certain temps à lui restituer l'anomalie qu'elle y avait décelée : le tableau du grand voilier avait disparu. Il avait été remplacé par un paysage nocturne assez singulier.

La cuisinière n'était pas assez curieuse pour revenir sur ses pas et interroger Richard Hobson. Elle se dit simplement qu'il avait pris là une étrange initiative de procéder à une telle substitution.

29

8 mai

Le docteur Anton Christie arriva ce soir-là au manoir vers 20 h 30. Les dernières lueurs du couchant venaient de s'éteindre. La fraîcheur nocturne s'accentuait et la brume montait. À Pencombe, on attendait toujours la douceur printanière. L'humeur du docteur était à l'image du temps, maussade. Il avait déjà une journée bien remplie derrière lui, et il savait pertinemment que ce n'était pas ce soir-là qu'il allait régler le problème des rhumatismes de Mrs Sellars. Mais, paraît-il, ce n'était pas pour elle qu'on l'avait appelé. Sceptique, il donna son manteau et son chapeau à Liza venue répondre à son coup de sonnette. Il sourit à part lui lorsqu'elle lui annonça que Mrs Sellars souhaiterait le rencontrer dès qu'il en aura fini avec Mr Richard.

Il salua Louise, installée près de la grande cheminée, tandis que Margaret se levait pour venir à sa rencontre. Après lui avoir expliqué que Richard était mal en point depuis quelques jours, et aussi ébranlé nerveusement, elle le fit entrer dans son bureau, la « chambre bleue ».

D'emblée, le jeune homme lui parut mal en point. Son visage n'exprimait ni la paisible assurance ni la bonne santé qu'il lui connaissait. Au contraire, il était très pâle et le regardait bizarrement par-dessus ses lunettes rondes. Il avait en outre la voix enrouée. Margaret vint les rejoindre quelques instants plus tard, après qu'il l'eut ausculté.

– Une bonne bronchite, déclara-t-il. Vous auriez dû me prévenir plus tôt, mon garçon.

– Tu vois, je te l'avais dit, Richard, fit Margaret sur un ton de reproche.

– Depuis combien de temps traînez-vous ça ? repartit le médecin, qui avait enlevé ses lunettes pour mieux observer son patient.

Blotti au creux de sa bergère, enveloppé dans une couverture violette aux motifs enfantins, il répondit d'un air contrit :

– Depuis le début de la semaine.

– C'est bien ce que je pensais. Remarquez, il n'y a rien de grave. On va s'occuper de vous. Mais il va falloir suivre mes conseils à la lettre si vous voulez retrouver rapidement votre forme. (Puis, fronçant le sourcil, il ajouta :) Mais, j'ai l'impression que le moral a aussi pris un coup, non ?

– Oui, convint Richard en regardant par-dessus l'épaule du médecin. Je ne sais pas ce que j'ai, mais ça ne va pas très fort…

– Y aurait-il une raison à cela ?

– Rien de précis… Mais j'ai l'impression d'être épié.

– Épié ? Diable ! Et par qui donc ?

– Je ne sais pas… C'est ridicule, mais ce pourrait être ce tableau, ajouta-il en le désignant d'un index tremblant. Parfois, on dirait qu'il a comme des yeux de chat, avec ses deux lunes qui brillent dans la nuit…

Le médecin se retourna et jeta un coup d'œil sur la toile, représentant une maison sur le flanc d'une colline, baignée par la clarté lunaire, qui provenait de deux astres blêmes. C'était la seule originalité de cette toile assez quelconque. Il préféra ne pas faire de commentaire et se contenta de hausser les épaules.

Le jeune homme secoua la tête et dit d'un ton pathétique :

– Je ne sais pas ce que j'ai, mais je me sens très déprimé…

– Je le vois, en effet. Je vais également vous prescrire quelques fortifiants.

Tout en rédigeant son ordonnance, le médecin continua de l'interroger. Lorsqu'il quitta le malade, peu avant 21 heures, il demanda à Margaret de le prévenir si son état ne s'améliorait pas rapidement, et il réitéra ses recommandations à Louise, qui avait sorti son tricot.

Tandis que les deux sœurs discutaient entre elles, il demeura pensif quelques instants. Puis Louise se leva et se dirigea vers l'escalier. Tandis qu'elle passait devant lui, elle dit, avec un sourire presque complice :

– Mrs Sellars vous attend dans la cuisine. Je crois qu'elle a surtout besoin de réconfort…

« Réconfort, songea-t-il, voilà en effet le mot qui convenait ». Car en ce qui concernait la cuisinière, il avait essayé tous les médicaments possibles pour tenter de la guérir du mal dont elle souffrait. Sans succès. Chez elle, comme chez bien d'autres patients, il avait remarqué que des paroles réconfortantes étaient nécessaires pour compléter les traitements classiques. Résigné, il s'en fut la rejoindre.

Il la quitta à 21 h 15, fatigué après lui avoir tenu un discours qu'il connaissait désormais par cœur. L'horloge du hall sonna le quart lorsqu'il traversa le hall. Liza, qui tenait compagnie à Louise près du feu, se leva aussitôt, gagna la patère pour décrocher ses effets et l'aida à mettre son manteau. Il salua les jeunes filles d'un signe de tête, puis s'en fut.

Dehors, il faisait nuit noire. Il n'avait pas encore mangé, songeait-il tristement en s'avançant dans l'allée. Mais à peine eut-il fait quelques pas qu'il entendit une voix suppliante l'appeler dans son dos. Il se retourna et aperçut l'ombre de Richard Hobson derrière la fenêtre de son bureau.

– Docteur Christie… gémit-il. Vous partez déjà ?

L'interpellé soupira profondément. Sa rude journée n'était pas encore terminée. Il fit demi-tour et traversa la pelouse jusqu'à la hauteur du malade. Il avait ouvert la fenêtre et tenait fermement les barreaux de la grille protectrice.

– Oui, mon garçon. Il se fait tard. Il y a quelque chose qui ne va pas ?

– Oui, et je crois avoir compris ce que c'est…

– Ah ? Mais pourquoi ne pas m'en avoir parlé tout à l'heure ?

– J'ai essayé… mais je n'étais pas sûr. Maintenant, je sais…

Sur ces mots, il se retourna et désigna une fois encore le tableau, bredouillant :

– Les deux lunes, ce sont elles ! Elles essayent de me provoquer, de m'intimider, mais je ne me laisserai pas faire. Je ne bougerai pas d'ici, vous comprenez ?

Décidément, songea le Dr Christie, le cas était plus grave qu'il ne le pensait. Il allait désormais devoir suivre de près ce jeune homme.

– Allons, calmez-vous, dit-il posément. Nous reparlerons de tout cela demain, si vous le voulez bien.

– Je ne me laisserai pas faire, s'obstina Richard en s'emparant fermement de la petite lampe à huile posée sur le rebord de la fenêtre.

Le fragile embout de verre n'y résista pas et se brisa entre ses doigts, et le reste de la lampe tomba.

– Vous voyez, cela ne sert à rien de vous énerver ! Vous vous êtes blessé…

– Ce n'est rien, gronda-t-il en retirant sa main. Ce n'est rien à côté du danger des deux lunes, ces lunes maudites…

– Demandez quand même à Mrs Sellars de vous faire un pansement. Et profitez-en aussi pour lui demander un somnifère. Je sais qu'elle en a toujours en réserve. Et maintenant, vous feriez bien de fermer cette fenêtre si vous voulez guérir.

Richard Hobson émit un grognement, que le médecin prit pour un signe d'approbation. Après avoir fermé le battant, il se tourna vers le tableau, le regarda fixement, comme pour le défier. Le Dr Christie le vit encore plonger sa main dans sa robe de chambre, à hauteur de poitrine, et en ressortir un objet qu'il ne put apercevoir, car il lui tournait plus ou moins le dos. À ce moment-là, il ne prêta pas une attention particulière à ce geste, pressé qu'il était de rentrer chez lui.

Sans plus tarder, il tourna les talons. Mais après avoir parcouru une vingtaine de mètres, il se raidit soudain. Un bruit violent venait de déchirer le silence nocturne. Il demeura quelques secondes sans réagir, essayant de comprendre, tout en redoutant le pire, car ce qu'il venait d'entendre ressemblait fort à une détonation d'arme à feu. Alors, il revint rapidement sur ses pas et regarda par la fenêtre.

Richard était toujours là. Mais il gisait désormais sur le sol, inerte, un revoler dans sa main. Un filet de sang maculait son oreille droite.

TROISIÈME PARTIE

30

Le surintendant Francis Kaye arriva sur les lieux du drame à minuit passé. C'était un homme de petite taille, grisonnant, assez maigre, portant une fine moustache. Hormis son regard sombre, parfois inquisiteur, rien ne laissait deviner ses fonctions. Avec son imperméable marron qui n'était plus de première fraîcheur, il avait une apparence falote. Auprès de ses collègues, il passait pour un homme discret et consciencieux.

Il lui arrivait rarement d'intervenir à une heure aussi tardive, mais il n'était guère contrarié, faisant contre mauvaise fortune bon cœur : on avait eu le bon goût de le prévenir au moment où il rentrait chez lui d'une invitation chez des amis. La soirée, plaisante, avait donc été préservée. Depuis plusieurs mois, il assurait par intérim les fonctions de chef de la police de Winchester et jusqu'alors, n'avait connu aucune complication particulière dans sa tâche. Des affaires parfois dramatiques, certes, mais toujours banales. Celle qu'on venait de lui confier ne semblait pas devoir faire exception à la règle. Les faits parlaient d'eux-mêmes. Cependant, les circonstances paraissaient singulières, au vu des premiers témoignages qu'il avait entendus.

Tandis que trois policiers s'affairaient dans la pièce, ainsi que le médecin légiste arrivé peu de temps avant lui, il demanda au Dr Christie de lui refaire son récit, tout en prenant des notes sur son calepin.

– ... Après le drame, je suis immédiatement revenu ici. J'ai sonné, frappé à la porte avec insistance. C'est la petite bonne qui m'a ouvert. Elle aussi avait entendu le coup de feu, car elle était à ce moment-là dans le hall, près de la cheminée, en compagnie de Louise Malonet, la jeune fille aux cheveux noirs. Toutes les deux étaient trop surprises pour avoir eu le temps de réagir. Nous sommes aussitôt entrés dans la « chambre bleue ». Et nous l'avons trouvé comme vous le voyez là. Il y avait une odeur de poudre, bien plus forte qu'à l'extérieur...

– Vous l'avez examiné ?

– Oui, brièvement. Mais il n'y avait plus rien à faire. Je l'avais déjà compris en le voyant depuis la fenêtre. Ensuite, je me suis employé à calmer les jeunes filles. Nous sommes sortis et personne n'a approché le cadavre jusqu'à l'arrivée de vos hommes.

Le surintendant Francis Kaye réfléchit un instant, puis demanda :

– Avez-vous déjà vu l'arme dont il s'est servi ?

– Non. Mais d'après Louise Malonet, elle appartenait au colonel...

– Le colonel ?

Après que le Dr Grant eut donné plus de détails sur le propriétaire des lieux, le légiste s'approcha d'eux et leur fit part de ses premières conclusions, tout en désignant le cadavre, qui gisait sur le côté, en face du tableau.

– Il s'est tiré une balle dans la tête en tenant le canon contre sa tempe, ou plus exactement près de l'oreille, à la racine du cuir chevelu. Votre collègue de la balistique suppose qu'il tenait l'arme légèrement en retrait, à cause des éclats de poudre, pas assez concentrés selon lui. Mais c'est une arme de petit calibre, et l'abondante chevelure du mort l'a un peu gêné dans son analyse. Mais bref, à cinquante centimètres près, nous sommes d'accord. À part cela, il n'y a rien de particulier à signaler, sauf peut-être une estafilade à la main qui tenait l'arme.

– Le Dr Christie nous a expliqué ce qui s'est passé, fit le policer. Il s'est blessé en s'emparant d'une lampe, celle dont vous voyez les restes, là-bas, au pied de la fenêtre.

Puis se tournant vers le Dr Christie, il demanda :

– Vous ne l'avez donc pas vu au moment où il portait l'arme à sa tempe ?

– Non, mais il s'en est fallu de quelques secondes. Ce n'est qu'après coup, en réfléchissant, que j'ai compris son geste : il venait de retirer quelque chose qu'il portait sur lui, dans sa robe de chambre. C'était juste avant que je ne parte.

– Combien de temps s'est-il écoulé entre ce moment et la détonation ?

– Une trentaines de secondes, une minute peut-être. Difficile d'être plus précis…

– Le suicide ne fait donc aucun doute, dit le policier.

– Oui, confirma le légiste. Mais pourquoi y aurait-il un doute là-dessus ? L'affaire me semble claire comme le jour. Et je ne pense pas que le rapport définitif que je vous ferai parvenir démente cette première conclusion, inspecteur.

Avec un sourire teinté d'ironie, il ajouta en s'inclinant légèrement :

– Messieurs, je vous souhaite le bonsoir.

Après son départ, le surintendant s'approcha de la fenêtre. Il demanda à un policier de prélever les débris de la lampe sur le rebord et sur le sol. Puis il examina le panneau vitré, protégé à l'extérieur par une grille en fer forgé.

– Si la fenêtre avait été ouverte, un chaton aurait pu se glisser entre les barreaux, mais c'est tout, réfléchit-il. Il est donc clair que personne n'a pu passer par là. Ni par la porte d'ailleurs, qui était sous le contrôle de deux témoins. Or, cette pièce ne comporte pas d'autre issue. Comme dit le médecin légiste, il ne peut y avoir le moindre doute…

– Vous semblez pourtant sceptique, inspecteur ?

– Non. C'est l'attitude de la victime qui me laisse perplexe.

– Pourquoi cela ?

Le policier tourna un regard étonné vers son interlocuteur :

– Mais à cause de vous, docteur, de votre témoignage ! Avouez quand même que le comportement de ce malheureux était pour le moins singulier !

Mal à l'aise, le Dr Christie hocha la tête.

– Oui, bien sûr… Je crois bien qu'il souffrait de troubles profonds. À vrai dire, je me sens même un peu responsable, car je n'aurais pas dû le laisser seul, livré à lui-même. J'aurais dû demander à quelqu'un de veiller sur lui. Malheureusement, j'ai pensé que le calme lui serait plus profitable. C'était une erreur. J'étais las, je commençais à me ressentir d'une journée bien remplie. Et puis, je ne m'attendais vraiment pas à une telle réaction de sa part. Vous comprenez, quelques jours plus tôt, ce garçon était en parfaite santé, aussi bien dans sa peau que dans sa tête. Alors comment prévoir un tel geste ?

– Personne ne vous fait de reproche, docteur.

Anton Christie secoua la tête :

– Si, moi. Car j'avais été frappé par ses réactions durant mon examen. Il était inquiet, tourmenté, de manière anormale, et semblait en proie à d'étranges hallucinations...

– À cause d'une peinture, m'aviez-vous dit ?

– Je pensais me tromper sur le coup, mais maintenant, je me pose des questions...

Le Dr Anton Christie se tourna vers les « Deux lunes » tout en rajustant ses lunettes, puis demanda :

– Je suppose que le nom d'Amos Sutherland ne vous dit rien ?

Le policier eut un geste d'ignorance.

– Alors, reprit le médecin, vous ne savez rien du drame qui a déjà endeuillé cette même demeure, il y a exactement seize ans. Un meurtre affreux, suivi d'un suicide, dans une pièce close... En somme, un drame assez semblable à celui-ci.

31

Après avoir entendu le témoignage du médecin généraliste, le surintendant Francis Kaye commençait à se faire une idée plus précise de la victime et du contexte général. D'emblée, il avait flairé quelque chose de singulier. À présent, il avait le sentiment de s'avancer sur un terrain mouvant, hanté par le fantôme d'un peintre fou et de ses tableaux maudits. Mais il entendait bien ne pas se laisser impressionner par ces vieilles histoires locales, souvent plus proches de la légende ou du racontar que de la réalité. Il poursuivrait son enquête méthodiquement, la tête froide, comme il avait coutume de le faire.

Après avoir demandé à ses hommes de passer la pièce au peigne fin, il s'entretint avec l'agent du service de l'anthropométrie.

– Rien de particulier à signaler, dit le jeune Wilson. Nous avons relevé plusieurs empreintes digitales sur l'arme, mais la victime est manifestement la dernière personne à l'avoir prise en main. À l'exception du coup qui a été tiré, les cinq autres balles dans le barillet sont intactes. Regardez... C'est un Smith & Wesson, de petit calibre, mais efficace, surtout à cette distance.

– Si vous avez terminé, jetez un coup d'œil aux alentours, et surtout dans la chambre à coucher de la victime, qui se trouve à l'étage. Essayez de dénicher ses papiers. Car ici, il n'y a pas grand-chose.

Après quoi, le policier alla trouver Mrs Sellars, dans la cuisine, où elle se trouvait au moment du drame.

– Je n'avais pas terminé la vaisselle, parce que j'attendais le docteur Christie, expliqua-t-elle. Il est venu me voir à neuf heures et n'est pas resté longtemps. Je ne sais pas ce qu'il avait, mais je l'ai trouvé fatigué aujourd'hui.

– À quelle heure vous a-t-il quittée ?

– Une ou deux minutes avant neuf heure et quart. Je le sais bien parce que peu après, il y a eu le coup de feu. Je l'ai à peine entendu, car je n'ai plus l'ouïe très fine. Mais le brouhaha qui a suivi, et surtout les cris des filles... (Elle essuya les larmes qui lui montaient aux yeux.) Excusez-moi, c'est plus fort que moi... Pauvre garçon... je n'arrive pas à comprendre ce qui a pu le pousser à faire ça !

– Le connaissiez-vous bien ?

– En vérité, non. Il était aimable, toujours de bonne humeur, disons que nos relations étaient cordiales.

– Quel genre d'homme était-ce ?

Elle sourit malgré ses larmes.

– Sur le plan personnel, ce n'était pas quelqu'un de très sérieux. Il prenait la vie comme elle vient, sans se poser de question, opportuniste à sa manière, profitant des bonnes fortunes…

– Un gigolo, voulez-vous dire ?

La cuisinière parut hésitante.

– D'un côté, oui, finit-elle par lâcher. Mais il savait se rendre utile quand on le lui demandait. Alors, je ne sais comment dire… Moi, en tout cas, je n'ai jamais eu à me plaindre de lui.

– Et les demoiselles qui habitent ici ?

– Posez-leur la question. C'est préférable.

– J'ai cru comprendre qu'il fréquentait l'une d'entre elles.

– Oui, et même les deux.

– Comment ? s'étonna le policier, sortant soudain de sa réserve. Vous voulez dire… en même temps ?

– Non, l'une après l'autre. Mais encore une fois, elles pourront mieux vous en parler que moi. Ce que j'ai cru comprendre, c'est qu'il venait de rompre avec la seconde. Mais tout cela ne les empêchait pas de se parler, même s'il y avait parfois de petites frictions.

Le visage du surintendant semblait de plus en plus soupçonneux.

– Oui, dit-il. Il faudra tirer tout ça au clair. Cela étant, vous ne voyez toujours pas ce qui l'a poussé à commettre cet acte ? Ou à tout le moins, ce qui l'a mis dans cet état dépressif ?

– Si, acquiesça-t-elle en baissant les paupières. Ça, je crois le savoir. Car voyez-vous, il a eu l'idée saugrenue de remplacer un des tableaux de son bureau.

– Ah ? Et quand a-t-il fait ça ?

– Je ne sais pas exactement, mais ça devait être au début de la semaine. Avant, il y avait un voilier, et après, cette maison aux deux lunes.

– Vous l'a-t-il signalé ?

– Non. Il a fait comme si de rien n'était. Mais mal lui en prit, car il paraît que ce tableau porte malheur.

Portant un doigt à sa moustache, le surintendant fit remarquer :

– Et si ce n'était pas lui qui avait remplacé le tableau ?

– Mais qui, alors ?

Le policier sourit.

– Quoi qu'il en soit, je doute que cette peinture ait pu l'influencer d'une manière ou d'une autre. Même s'il a donné cette impression, il faut chercher ailleurs l'origine de sa détresse...

– Croyez-vous ? fit la cuisinière avec un petit air de défi. Moi, je n'en serais pas si sûr. Il y a des antécédents, ici...

– Ah oui, c'est vrai. Le docteur Christie m'a dit que c'est vous qui avez jadis perdu une sœur...

Mrs Sellars porta ses mains au visage et n'arriva pas à retenir ses larmes.

– Oui... Et dans des circonstances effroyables... J'avoue qu'à l'époque, je n'avais jamais pris au sérieux ces histoires de tableaux porte-malheur. Mais voilà que ça recommence ! Alors, je ne sais plus. Et Liza pense pareil...

La jeune bonne succéda à la cuisinière. Elle avait les traits tendus et ses yeux rougis témoignaient de son chagrin.

– Non, je ne sais pas qui a accroché ce tableau, dit-elle. Et apparemment personne ne semble le savoir, mais ce qui est certain, c'est qu'il porte malheur. Jerry, mon fiancé…

Le policier l'arrêta d'un geste :

– Laissons cela de côté pour le moment et revenons plutôt sur le déroulement de la soirée. J'ai noté que vous commenciez à débarrasser la table de la salle à manger juste après le dîner.

– Oui…

– Quelle heure était-il ?

– Huit heures passées. À la demie, le docteur a sonné. C'est moi qui suis allée ouvrir. Après, je suis retournée dans la cuisine, et j'y suis restée jusqu'à ce qu'il vienne voir Mrs Sellars. Je suis sortie lorsqu'il a commencé à l'ausculter, cinq minutes plus tard, donc à 21 heures.

– Comment pouvez être aussi précise ? Avez-vous regardé l'heure ?

– Non, mais la pendule venait juste de sonner neuf heures.

– Bien, et ensuite ?

– Ensuite, je suis allée dans le hall tenir compagnie à Miss Louise, qui tricotait. Margaret était avec elle, mais elle n'est pas restée longtemps. Et je n'ai pas bougé jusqu'à ce que le docteur reparte, à 21 h 15. Quelques instants après, il y a eu le coup de feu…

– Vous êtes donc en mesure d'affirmer que personne n'est entré ni sorti de la pièce où se trouvait Richard Hobson durant ce laps de temps ?

– Oui.

– Lui-même, s'était-il manifesté ?

– Non.

– Et vous ne l'avez pas entendu ?

Liza secoua la tête d'un air désolé :

– Non plus. Il faut dire que nous étions à côté de la cheminée. Le feu ronflait... Certes, cela ne nous aurait pas empêchées d'entendre un cri, mais une conversation...

– Je comprends. Et Louise Malonet était avec vous durant tout ce temps ?

– Oui. Mais elle n'était pas très bavarde, à vrai dire...

– Y avait-il une raison à cela ?

La bonne haussa les épaules :

– Peut-être à cause de Mr Hobson. Elle m'avait juste dit à un moment qu'il n'était pas dans son assiette. Je n'en suis pas sûre, mais je crois qu'elle pensait que c'était à cause d'elle...

– Pourquoi cela ?

Liza s'approcha du policier en baissant la voix.

– Elle lui avait rendu sa bague quelques jours plus tôt.

Le policier, qui notait soigneusement chaque détail sur son calepin, leva son crayon et fit remarquer :

– Étrange situation... Et vous pensez donc que c'est cette décision qui aurait perturbé Richard Hobson ?

Liza redressa la tête :

– Je n'ai pas dit ça. Simplement, c'est ce que Louise Malonet pouvait s'imaginer...

– Je vois. Mais vous-même, quelle est votre idée sur la question ?

Tout en suivant du regard son index qui dessinait des ronds sur la table, elle eut un geste d'ignorance,

– Je ne sais pas... Il avait peut-être une maîtresse...

– Encore une autre ?

– Mr Hobson avait beaucoup de charme. Mais si je vous dis ça, c'est parce qu'il écrivait parfois à quelqu'un. Je l'ai une fois rencontré à la poste, et plus récemment, il y est retourné malgré son état et le fait que je lui propose d'y aller à sa place. Car j'avais bien vu la lettre sur son bureau.

– Et le nom du destinataire ?

– Non. Je n'étais pas assez près.

– Quand était-ce ?

– Avant-hier, en fin de matinée.

Le policier resta un moment songeur, puis déclara :

– Alors, il y a peut-être encore une chance, car j'ai aperçu... (Il n'acheva pas et se leva aussitôt.) Un instant, je reviens. Ou plutôt, dites à Margaret Malonet de venir m'attendre ici.

Dans le hall, le surintendant aperçut Wilson qui descendait bruyamment l'escalier.

– J'ai trouvé, dit le jeune sergent, souriant, en brandissant un portefeuille...

– Quoi ?

– Ses papiers. Vous vous en doutiez, n'est-ce pas, patron ?

– De quoi ?

– Qu'il y avait quelque chose de louche. Richard Hobson n'est pas son vrai nom. Il s'agit en réalité d'un certain Christopher Stride...

32

Dès son arrivée, le surintendant avait remarqué que les filles Malonet n'étaient pas vilaines à regarder. Différentes, certes, mais chacune possédait un charme particulier. Avec ses belles boucles blondes et son frais minois, Margaret, assise en face de lui, ne pouvait manquer de laisser les hommes indifférents. De plus, elle semblait avoir la tête sur les épaules.

Pour l'heure, elle paraissait plus surprise que bouleversée. Lorsque à sa demande elle évoqua sa rencontre avec Richard, elle parut parfois émue, parfois en colère, mais elle restait toujours maîtresse d'elle-même. Alors qu'il s'attendait à une charge féroce ou inversement, à des louanges passionnées, le portrait qu'elle brossa de la victime était assez neutre.

– En un mot, conclut-elle, Richard Hobson était un compagnon agréable, mais je ne me berçais plus d'illusions sur son compte. Louise a mis plus de temps pour s'en rendre compte, mais elle a heureusement fini par comprendre elle aussi. Je ne vous cacherai pas que j'étais inquiète pour elle. Elle perd toute notion de la mesure lorsqu'elle est amoureuse, d'autant qu'en temps ordinaire, déjà, elle n'a guère le sens des réalités.

– Vous êtes son aînée, n'est-ce pas ?

Le visage de Margaret s'éclaira d'un tendre sourire, creusant d'adorables fossettes au coin de ses lèvres.

– Oui, et parfois je me sens un peu comme sa mère. Elle est si maladroite et si fragile...

Tout en tenant sa pièce d'identité entre ses doigts, le policier s'étonna :

– Tiens, c'est avant-hier que vous avez fêté votre vingt et unième anniversaire...

– Mon Dieu, je l'ai oublié ! Et Louise aussi... C'est la première fois, car nous avons toujours fêté l'événement. Ce qui prouve bien que ça ne tournait pas rond, ces temps-ci...

– À cause dudit Richard Hobson ?

– Peut-être. Ce n'est pas le moment de dire du mal de lui, mais qu'on le veuille ou non, sa présence nous a perturbées, ne serait-ce que par contagion, car il devait être lui-même très perturbé...

– Ah ? Ce n'est pas exactement ce que vous avez dit avant...

– Oui, nous avions passé d'excellents moments en sa compagnie, je le maintiens, mais, là, je parle des tout derniers jours.

– Pourquoi, à votre avis ?

Margaret réfléchit avant de répondre.

– Je pourrais lui trouver tout un tas de raisons, vu nos rapports, disons un peu mouvementés, mais honnêtement, je ne sais pas.

– Que pensez-vous de ce tableau, que certains prétendent néfaste ?

– Si l'on s'en tient au bon sens le plus élémentaire, cette idée est absurde.

Le policier ne put s'empêcher d'approuver d'un mouvement de la tête, puis demanda :

– Ne serait-ce pas vous qui l'auriez mis là, par hasard ?

– Moi ? Grands dieux, non ! Pourquoi aurais-je fait ça ?

– C'est peut-être votre sœur, alors ?

– Posez-lui la question, mais ça m'étonnerait beaucoup.

– Puisque ce n'est personne, ce doit donc être Richard Hobson lui-même !

– Étant donné qu'il était l'occupant de cette pièce, cela ne me semble pas inconcevable.

Le policier sourit intérieurement. La petite faisait preuve d'un indéniable bon sens.

– Pour en revenir à votre hôte, reprit-il. Vous ne m'avez pas parlé de ses projets. Que comptait-il faire, vu qu'il venait de rompre avec votre sœur ?

– Partir. De toute manière, il n'avait pas le choix. Il valait mieux qu'il ne soit pas présent lors du retour de notre oncle.

– J'ai noté que Mr Hobson était architecte…

– Oui, il venait de terminer ses études.

– Si l'on se réfère aux plans que nous avons trouvés dans son bureau, ce ne devait pas être un étudiant très brillant. Mais passons. À part cela, que saviez-vous de lui ? Quels étaient ses projets ?

Un nouveau sourire passa sur les lèvres de la jeune fille :

– Voyager… C'était son rêve. Il voulait voir du pays avant de se fixer…

– Il a pourtant fait une halte assez longue chez vous, semblerait-il ?

– Oui. Peut-être parce qu'il s'y plaisait…

– Autrement, vous a-t-il parlé de lui-même ? De sa vie, de ses amis ?

– Non. Je vous l'ai dit, c'était quelqu'un qui vivait dans le présent.

Le surintendant hocha la tête, puis d'une voix changée lui demanda de retracer les événements de la soirée.

– … Le docteur est arrivé à huit heures et demie. Nous sommes aussitôt allés trouver Richard. Nous l'avons quitté une demi-heure plus tard…

– J'ai noté 20 h 55, dit le policier en consultant son calepin.

– Oui, c'était quelques minutes avant neuf heures, en effet, avant que Liza ne vienne nous rejoindre. Pendant ce temps, j'étais restée dans le hall avec Louise…

– Le docteur Christie m'a dit que votre sœur était montée à l'étage lorsqu'il est allé retrouver Mrs Sellars dans la cuisine.

Margaret hocha la tête.

– C'est exact. Le temps d'aller chercher dans sa chambre un petit canevas qu'elle avait terminé la veille et qu'elle tenait à me montrer. Elle venait de redescendre lorsque Liza est arrivée. Cinq minutes après, c'est moi qui suis montée. Je suis allée dans ma chambre. J'avais envie de me reposer, de réfléchir, car je commençais à me poser des questions au sujet de Richard. Son état semblait s'aggraver, mais nous ne pouvions pas le garder plus longtemps chez nous, avec la perspective du retour de notre oncle. J'en étais là de mes réflexions lorsque j'ai entendu la détonation. Quand je suis arrivée en bas, et que j'ai vu Mrs Sellars terrorisée devant la porte ouverte du bureau de Richard, sans parler des cris de Liza et de Louise, j'ai compris qu'un grand malheur était arrivé.

Le surintendant finit de prendre ses notes, puis lui demanda si elle avait jeté un coup d'œil sur l'arme du crime.

Elle acquiesça.

– Oui, c'est un petit revolver qui appartient à mon oncle. J'en suis à peu près certaine, car je l'ai vu il n'y a pas longtemps et… (Elle se tut, soudain toute pâle.) Mon Dieu, ça me revient… Et j'espère que ce n'est pas à cause de ça que Richard a eu cette idée !

– De quoi parlez-vous, mademoiselle ?

Elle lui narra sommairement la visite du professeur McNee et conclut :

– Pour me débarrasser du carton, il avait posé le revolver sur la table, et je suis sûre qu'il a oublié de le remettre à sa place quand nous sommes sortis. Richard a dû faire un tour dans la pièce entre-temps, car cela lui arrivait, il aimait la collection de reptiles de mon oncle. J'imagine que la vue de l'arme, en évidence sur la table, lui a donné une mauvaise idée…

Le policier eut un geste de dénégation.

– Cela lui a tout au plus facilité la tâche. Il devait pertinemment avoir décidé de mettre fin à ses jours, puisqu'il a délibérément emporté l'arme et attendu de s'en servir.

Elle secoua la tête :

– Pauvre Richard…

Le surintendant rangea son calepin en disant :

– Non, ce n'est pas le pauvre Richard.

– Que voulez-vous dire ?

– Simplement qu'il ne s'appelait pas ainsi. Son vrai nom était Christopher Stride.

Margaret parut décontenancée l'espace de quelques secondes.

– Ah ? C'est bizarre, il ne nous l'avait pas dit !

– Ce nom-là vous est-il familier ?

– Non, pas à première vue…

– Réfléchissez quand même, car on ne sait jamais.

Ce disant, il avait posé à côté de la pièce d'identité de la jeune fille, celle de Christopher Stride, en prenant soin de les aligner symétriquement.

Au bout d'un silence, tandis qu'il semblait perdu dans leur contemplation, Margaret demanda, non sans agacement :

– À quoi pensez-vous ? Au fait que nous aurions pu faire un couple heureux ? Si c'est cela, sachez qu'à moi aussi, cette idée m'avait traversé l'esprit. Mais cela n'a pas duré…

– Vous me l'avez déjà dit, mademoiselle. Non, ce qui me surprend, c'est une coïncidence. On dit qu'en général les coïncidences favorisent les rencontres et les alliances, même si cette fois-ci, évidemment, ce n'est plus possible…

– Quelle coïncidence ?

– Celle de votre naissance. Vous êtes née dans le comté d'Oxford comme Christopher Stride…

Elle haussa les épaules.

– Ce n'est pas ce qu'on peut appeler une coïncidence. Il y a des milliers d'Anglais dans notre cas, non ?

– Des milliers ? Peut-être pas. Vous, vous avez vu le jour à Witney, et Mr Stride à Littlehouse, qui n'est pas trop éloigné.

– Et alors ?

– Rien. C'est juste une coïncidence, comme je le disais. Mais réfléchissez quand même, on ne sait jamais. Un détail oublié pourrait vous revenir à la mémoire…

33

Louise paraissait plus touchée que sa sœur par le drame, mais en même temps plus détachée. Lorsqu'elle parlait du défunt, des jours heureux qu'ils avaient passés ensemble, c'était avec regret et une évidente tristesse. Les circonstances mêmes du drame la touchaient moins. Parfois, elle répondait presque mécaniquement, les yeux vagues et l'esprit visiblement ailleurs. Elle se montra cependant assez précise et sa déclaration corroborait point par point celles de Liza et de sa sœur, sauf sur un point.

– … Oui, je suis montée dans ma chambre à ce moment-là pour y chercher ce petit canevas. Cela m'a d'ailleurs pris plusieurs minutes car je ne l'ai pas trouvé tout de suite. C'était à la demande de Marge…

– Vous en êtes sûre ?

– Oui, c'est elle qui voulait le voir.

– Alors, elle s'est sans doute trompée. Mais c'est sans importance. En revanche, la personnalité de votre défunt ami, elle, nous pose de sérieux problèmes. Ne serait-ce que son identité. Saviez-vous que Richard Hobson n'était pas son vrai nom ?

– Non. Mais je ne vois pas trop ce que ça change, dans la mesure où il ne parlait guère de lui-même… À moins que… (Elle s'efforça de sourire :) Vous n'allez pas nous dire, maintenant, qu'il s'agissait d'un malfaiteur recherché par la police ?

– Auriez-vous des raisons de le supposer ?

– Non, mais c'est ce qui se passe en général dans les romans !

– En vérité, je l'ignore pour le moment. Nous venons juste de l'apprendre. Mais nous verrons bien. Qui sait, l'avenir nous réservera peut-être des surprises. En attendant, le nom de Christopher Stride ne vous dit rien ?

Elle ne répondit qu'après un temps, pensive :

– C'était son vrai nom ? Christopher, c'est curieux, je trouve que ça ne lui convient guère…

– Simple question d'habitude, mademoiselle. Car on a en général tendance à associer un prénom à un visage déjà connu…

– Je n'ai jamais fréquenté de Christopher. Je le sais d'autant mieux que je n'ai pas eu beaucoup d'amis masculins.

– Et Stride, cela ne vous dit rien ? Ce n'est pas très courant. J'ai fait remarquer à votre sœur la coïncidence de vos lieux de naissance, car ledit Christopher Stride est originaire de votre région…

– Non, cela ne me dit rien du tout.

Le policier fut un peu surpris de la réponse définitive de la jeune fille, qui l'avait pour la première fois regardé droit dans les yeux.

– De toute manière, nous en saurons bientôt plus sur son compte. J'aimerais maintenant vous poser une question plus personnelle, peut-être sans rapport avec le drame. Mais nous sommes obligés de vérifier toutes les hypothèses si nous voulons comprendre la raison de son geste. Votre bonne, Liza, semble croire qu'il avait une correspondance suivie. En un mot, pensez-vous qu'il entretenait une autre liaison ?

Là encore, la netteté de la réponse de la jeune fille le surprit :

– Oui. C'est d'ailleurs pour cela que j'ai rompu nos fiançailles.

– Ah ! vous étiez donc au courant ?

– Non, mais tout portait à le croire. Je l'avais surpris en train d'écrire une lettre, qu'il a refusé de me montrer. Compte tenu de nos projets, j'estimais que nous n'avions rien à cacher l'un à l'autre.

– Et vous ne savez pas de qui il s'agissait ?

– Non.

Le policier hocha la tête, tout en se caressant la moustache, puis reprit :

– J'ai encore une autre question personnelle à vous poser, mademoiselle, à propos de votre sœur.

Le regard de Louise se modifia imperceptiblement.

– Ne serait-elle pas jalouse de vous ? ajouta-t-il abruptement.

D'abord surprise, la jeune fille finit par rire.

– Marge, jalouse de moi ? Et pourquoi donc le serait-elle ?

– Mais voyons, cela tombe sous le sens. Car vous lui aviez volé son fiancé, si je puis m'exprimer ainsi.

– Oui, c'est vrai, admit-elle. J'avais pris votre question dans son sens général. Pour ce qui est de

Richard, en effet, elle l'avait mal accepté au début. Mais c'était plus une histoire d'orgueil froissé qu'autre chose. Il lui plaisait, c'est certain, mais ce n'était qu'une attirance physique. Elle ne l'aimait pas comme... comme moi.

– Vous l'aimiez toujours, malgré votre rupture ?

– Oui et non, car quelque chose s'est brisé à ce moment-là. D'un autre côté, je n'avais pas tout à fait confiance en lui. Je ne sais comment dire, mais il avait une manière particulière de voir la vie.

– Ce que vous me dites est curieux, trancha soudain l'inspecteur. Quand je dis *vous*, c'est tout le monde. Car sur la personnalité de ce Richard Hobson, alias Christopher Stride, vous êtes unanimes : c'était une sorte de doux rêveur, butinant çà et là, en prenant le temps de vivre, peu soucieux du lendemain. En un mot, il n'avait pas du tout le profil psychologique de quelqu'un qui met volontairement fin à ses jours...

Louise hocha la tête et dit avec un certain détachement :

– C'est vrai, son geste m'a surprise. Mais il était mal en point ces jours-ci. Peut-être une faiblesse passagère ?

– À cause du tableau ? ironisa le policier.

Louise esquissa un sourire tout en jouant avec le volant de dentelle qui garnissait le col de sa robe.

– Ah ! Vous êtes au courant ? dit-elle.

– Au courant des sottises qu'on raconte à ce sujet, oui. Mais il n'est pas impossible que Christopher Stride, dans un moment de faiblesse, comme vous dites, ait pu subir son influence, croire au pouvoir supposé de ces deux lunes maléfiques...

– Non, je ne pense pas. Richard – je continue à l'appeler ainsi – était tout sauf superstitieux, et ne croyait guère à l'action néfaste des toiles d'Amos Sutherland. D'ailleurs, si tel avait été le cas, il n'aurait jamais mis ce tableau dans son bureau.

– Ah ! C'est donc lui qui l'a accroché là ?

– Enfin je le suppose, car je ne vois pas qui d'autre aurait pu prendre cette initiative douteuse.

– À propos, où était-il, auparavant ? Dans une autre pièce ?

Louise secoua la tête, songeuse.

– Non, au grenier. Dans un carton, me semble-t-il...

– Ah ? Et Christopher Stride était-il au courant ?

– Oui, nous le lui avions montré, une fois. Par hasard, en fait. Nous jouions à cache-cache dans la maison... (Elle baissa la tête.) Je sais que cela peut paraître puéril, mais nous nous amusions beaucoup au début.

– Y avait-il attaché une importance particulière ?

– Non, pas que je me souvienne. Il n'a jamais manifesté beaucoup d'intérêt pour les toiles d'Amos Sutherland, et la peinture en général.

Le surintendant remercia la jeune fille et décida de s'en tenir là pour le moment. Le temps de faire le point avec ses agents, puis il irait chez lui se reposer. Il en avait besoin. Cette affaire semblait lui échapper de plus en plus, à mesure qu'il entendait les témoins. Il aurait certainement les idées plus claires en se réveillant, et il verrait alors l'ensemble des faits sous un jour nouveau.

Lorsqu'il entra dans la « chambre bleue », le sergent Wilson l'accueillit avec le même sourire entendu qu'au moment où il lui avait annoncé la véritable identité du suicidé.

– Je me demande parfois pourquoi vous avez besoin de nous, patron.

– Parce que vous faites quatre-vingt-dix-neuf pour cent du travail ! Peut-être sans le savoir, il est vrai…

– Eh bien moi, je pense tout le contraire.

– Pourquoi ?

– Parce que vous avez une fois encore eu le nez creux en nous faisant examiner ces buvards sur le bureau. Ce n'était pas net, mais c'était chaque fois le même nom et la même adresse. On a reconstitué le tout sans peine. Bref, ce mystérieux correspondant s'appelle William Wymark et habite à Londres, au 3, John's Court. W.

34

9 mai

Le surintendant entendit le témoignage du professeur Peter McNee en début d'après-midi, à son bureau à Winchester, où il l'avait convoqué. L'homme était fort disert et il eut du mal à maintenir la conversation sur le sujet qui l'occupait.

– Mes élèves ont été ravis de pouvoir admirer ces quelques éléments de la collection du colonel Raft, déclara-t-il non sans fierté. Je ne regrette pas d'avoir pris cette initiative, que certains de mes collègues ont curieusement critiquée. L'un d'entre eux, que je ne nommerai pas, mais qui est bien connu pour ses interventions déplacées et son manque de tact…

– Peu importe son identité, trancha le policier. La question du revolver m'intéresse davantage.

Miss Malonet pense que vous l'avez laissé sur le bureau du colonel, en évidence, après l'avoir débarrassée du carton qu'elle portait.

– C'était tout naturel, voyons !

– Je n'en disconviens pas. Mais par la suite, êtes-vous sûr de n'avoir plus touché à l'arme ?

– Oui, je crois, répondit le Pr McNee d'un air peu convaincu. Je suis en tout cas certain de ne pas l'avoir remis à sa place, en haut de l'étagère. Mais quelle importance cela peut-il bien avoir ?

– Disons que c'est un détail d'ordre psychologique. Car si l'arme avait été à sa place, donc peu visible, on pourrait penser que l'intention de suicide était bien arrêtée. Christopher Stride serait entré dans cette pièce rien que pour se procurer l'arme. Dans l'autre cas, il serait venu là un peu par hasard et c'est la vision de l'arme qui aurait pu lui suggérer cette issue fatale... Cela semble d'ailleurs mieux cadrer avec les faits. Mais dites-moi, Mr McNee, pourquoi éprouviez-vous le besoin d'examiner ce revolver ?

Le Professeur rajusta son nœud de cravate.

– Eh bien... Comment dire ?... Ce genre d'objet ne m'est guère habituel. J'étais très impressionné à sa seule vue et...

– Tout en haut d'une étagère ? On ne peut pas dire qu'il sautait aux yeux, non ?

– Oui, c'est vrai, répondit-il après s'être éclairci la voix. Je confesse avoir un peu péché par curiosité. J'avais profité de l'absence de miss Malonet pour me livrer à une inspection plus approfondie des lieux. Tous ces animaux exotiques, si singuliers pour nous, occidentaux sédentaires, m'ont toujours fasciné. Et j'ai également la faiblesse de m'intéresser à tout. Ce qui, compte tenu de ma mission, peut se révéler pour le moins utile. Mais vous comprenez cela, inspecteur, n'est-ce pas ?

Francis Kaye poussa un soupir après son départ. Il avait l'impression d'avoir perdu son temps. Il attendait bien davantage de la piste du correspondant du défunt, William Wymark. Il attendait d'ailleurs avec impatience la réponse de ses collègues londoniens, qu'il avait contactés en début de matinée.

Hormis cet élément prometteur, l'enquête n'avait guère progressé. Wilson, qui avait également fini de relever les empreintes digitales dans toute la pièce, n'avait décelé aucune anomalie. Il avait même examiné celles de la poignée de la fenêtre, qui correspondaient bien à celles du défunt. Toutes les pièces du manoir avaient été inspectées, au moins de manière sommaire. Celles attenantes à la « chambre bleue », étaient très peu meublées. Le salon, la salle à manger et la cuisine n'offraient guère de cachette. Le premier étage était essentiellement composé de chambres à coucher. Celle du mort avait été passée au crible. À part ses papiers, qui avaient révélé sa véritable identité, rien de significatif n'avait été découvert, sauf peut-être le tableau du voilier. Il venait d'apprendre qu'il avait été retrouvé, dans le grenier, à la place de l'autre. La question de cet échange n'était pas capitale, mais elle l'intriguait. D'ailleurs, ce petit mystère était à l'image de ce cas de suicide. Les faits étaient clairement établis, mais un ensemble diffus de petites choses curieuses s'accumulaient, comme pour envelopper l'affaire d'un voile mystérieux. Il décida de relire ses notes.

Arrivé au témoignage du docteur, il eut à nouveau cette même impression. Quelque chose ne cadrait pas, mais quoi ? Il fut incapable de le déterminer. Après cela, il fit une synthèse chronologique des faits et gestes de chacun aux alentours de l'heure fatale. Il aimait avoir une vision nette des événements, et nota ainsi :

20 h 30 – Arrivée du docteur
20 h 55 – Le Dr Christie et Margaret sortent de la « chambre bleue ».
Louise monte dans sa chambre chercher son canevas.
Le Dr Christie rejoint Mrs Sellars dans la cuisine.
21 h 00 – Louise descend et rejoint sa sœur près du feu. Liza vient leur tenir compagnie.
21 h 05 – Margaret monte dans sa chambre.
21 h 15 – Le Dr Christie quitte Mrs Sellars et sort du manoir. « Christopher Stride » l'appelle depuis sa fenêtre.
21 h 18 – Le coup de feu retentit.
20 h 20 – Découverte du cadavre dans la pièce.

Après avoir relu l'ensemble de ses notes, son avis resta le même. Malgré son contexte étrange, l'affaire serait rapidement classée. Il entendait déjà le jury du coroner rendre son verdict : cet homme s'est donné la mort dans un moment de folie passagère. Et il se dit que seul un élément particulièrement innovant pourrait modifier ce jugement.

La sonnerie du téléphone le tira brusquement de ses pensées.

Il décrocha, comme contrarié, puis son visage s'éclaira au bout d'un moment.

– Ah ! vous l'avez déjà trouvé ?… C'est du beau travail… Oui, j'ai bien noté l'adresse. Non, ne le prévenez pas. Je file à Londres et j'irai le rencontrer personnellement sur son lieu de travail.

Le surintendant pénétra dans le grand salon du *Leadenhall Hotel* en fin d'après-midi. Une demi-heure plus tard, son sentiment d'être au cœur d'une affaire embrouillée et malsaine s'était largement raffermi.

Pourtant, le témoin qu'il entendait n'avait rien d'inquiétant. Bien au contraire, William Wymark, un garçon de café rondelet au visage criblé de rousseurs, semblait sympathique et désireux de coopérer.

– Vous êtes bien sûr de ce que vous avancez, Mr Wymark ? demanda machinalement le policier, qui avait du mal à cacher son étonnement devant les faits surprenants qu'il venait d'apprendre.

– Bien sûr. C'est en tout cas ce que Chris m'avait dit.

– Il vous écrivait régulièrement depuis qu'il avait démissionné ?

– Oui, plus ou moins. Depuis l'hiver, il a dû m'envoyer une douzaine de lettres. J'ai donc pu suivre pas à pas l'évolution de son enquête, si l'on peut dire.

– Avez-vous conservé ces lettres ?

William Wymark secoua la tête d'un air contrit.

– Non, désolé, j'ai tout jeté ! Je n'en voyais pas l'intérêt !

– Dommage…

– Attendez, s'écria-t-il soudain en plongeant la main dans une poche de sa veste. La dernière, je l'ai encore ! Vous avez de la chance ! La voici…

Après avoir pris connaissance de la lettre, le policier émit un petit sifflement. L'affaire prenait désormais une tout autre tournure. « Les sœurs Malonet seront dans leurs petits souliers lorsque nous parlerons de tout ça, songea-t-il. Et particulièrement l'une d'entre elles… »

Il rangea soigneusement la missive, puis déclara :

– Bien, je vais résumer l'ensemble, Mr Wymark. Tout commence au début de l'été dernier, lorsque vous avez surpris cette étrange conversation dans la bouche d'un de vos clients, plus tard identifié par votre collègue comme étant le Dr Grand. Vous répétez les faits à Christopher Stride, à la suite de quoi il se lance à sa recherche toutes affaires cessantes. Non sans mal, il parvient à retrouver la trace du vieux médecin. Trop tard, hélas ! Il apprend qu'il est décédé juste après son passage, ici-même, à l'hôtel. Mais il parvint à entrer en contact avec un de ses amis, un certain Mr Charles, dont vous n'avez pas retenu l'adresse...

– Oui, mais Chris m'avait dit qu'il habitait un bungalow dominant la mer, juste à côté de Douvres. Cela devrait vous aider !

– Nous le retrouverons, ne vous inquiétez pas. Donc, ce Mr Charles se serait confié à lui, toujours à propos de cet accident d'enfant, et c'est à ce moment-là que ses soupçons se sont transformés en certitude. Il se lance alors sur la piste des sœurs Malonet. Mais cela lui prend un certain temps. Après avoir retrouvé leur trace, il s'arrange pour avoir le maximum d'informations sur elles, puis retient une chambre à l'auberge des « Deux clés », à Pencombe. Nous sommes au début de l'hiver et c'est alors que commence sa perfide manœuvre d'approche, son odieuse comédie...

William Wymark hocha la tête :

– À partir de là, il m'a écrit régulièrement, comme je vous l'ai dit. Remarquez, je ne l'approuvais pas vraiment dans son projet. Mais il était si déterminé !

– Si déterminé, répéta le policier d'un air sombre, qu'il n'a pas hésité à séduire les deux sœurs, l'une après l'autre, dans le seul dessein de démasquer celle qui avait jadis assassiné Johnny Stride, son jeune frère…

– Oui, avoua William. Il ne vivait plus que pour ça… J'ai essayé de lui faire comprendre que même si ses soupçons étaient fondés, le temps avait passé, et qu'à dix ans, on ne mesurait pas vraiment la gravité de ses actes. Mais il ne voulait rien entendre… Il était très attaché à ce frère. Au moment du drame, il n'était pas présent, si bien que lui-même n'avait pas connu les deux sœurs. Le décès de son jeune frère était donc pour lui une difficile épreuve, mais qu'il avait fini par surmonter. C'est l'idée d'un meurtre froidement prémédité qui a rouvert la plaie… Et comme je vous l'ai dit, il voulait à tout prix démasquer la coupable, quelle que fût son âge au moment des faits…

– Et que comptait-il faire, après l'avoir identifiée ?

– Il parlait de la dénoncer à la police, de la forcer à reconnaître son crime, mais…

– Mais ?

– Je n'en suis pas certain, concéda le serveur. Parfois, une telle haine brillait dans son regard que je me demandais s'il n'envisageait pas de faire justice lui-même…

Le surintendant hocha gravement la tête, puis demanda à brûle-pourpoint :

– Il n'était pas architecte, n'est-ce pas ?

– Non. Il avait commencé de telles études, je crois, mais sans succès.

– C'est bien ce que je pensais. C'était aussi un don Juan patenté, n'est-ce pas ?

– Oui, il avait du succès auprès des femmes. Et il le savait. Je ne voudrais pas dire du mal de lui, à présent, mais parfois… comment dire… il joignait l'utile à l'agréable.

– En exploitant ce talent à des fins lucratives… je vois. Il devait donc être très sûr de lui, sûr de pouvoir séduire les sœurs Malonet…

– Oui, il était tout à fait confiant.

– Il était jeune, bien fait de sa personne, doté d'une inébranlable confiance en soi, disposant de ressources complémentaires pour boucler les fins de mois… c'est vraiment curieux, ne trouvez-vous pas ?

– Qu'est-ce qui est curieux ? demanda poliment William Wymark en se penchant vers le policier.

– Le fait qu'il se soit suicidé. Je suppose que cela vous a surpris lorsque Scotland Yard vous a appris la nouvelle tout à l'heure ?

– Ah ! oui, beaucoup ! Mais enfin, comme vous m'affirmez vous-même qu'il n'y a désormais pas le moindre doute sur cette question…

– Oui, mais il y a suicide et suicide. Il ne faut pas s'y tromper. Car un suicide, ça peut se provoquer…

Le front plissé, Bill Wymark demanda :

– Mais… comment cela ?

– Avec des tableaux, paraît-il. Mais moi, je n'y crois pas.

Le garçon de café fixa le policier d'un regard étonné, mais il n'eut pas l'explication complémentaire. Après l'avoir brièvement remercié, le surintendant prit congé.

35

Il était plus de neuf heures du soir lorsque Francis Kay retourna au manoir.

– Ah ? Monsieur l'inspecteur ? s'étonna Liza en venant répondre à son coup de sonnette. Nous ne vous attendions plus... Vos hommes sont partis depuis un bon moment...

– Je sais. Je viens d'avoir leur rapport. Pourrais-je voir mesdemoiselles Malonet ?

– Oui, je vais les prévenir.

Il s'avança résolument dans l'entrée.

– Non, ne vous donnez pas cette peine. Conduisez-moi directement auprès d'elles.

La bonne parut indécise.

– Miss Margaret est tout en haut dans l'atelier et sa sœur est au coin du feu...

– Alors dites-lui d'y rester. Je veux leur parler seul à seule.

– Mais... Je dis à qui de faire quoi ?

Liza n'obtint pas de réponse. Le surintendant était entré dans le hall. Il salua Louise, la pria de l'attendre à cet endroit, puis s'engagea dans l'escalier d'un pas déterminé.

La seule source de lumière provenait du dernier niveau, si bien qu'il ralentit l'allure en gravissant les marches. Les toiles d'Amos Sutherland défilaient, leur cadre doré scintillant dans la pénombre. À ce moment-là, il leur trouva quelque chose d'inquiétant. Certains visages semblaient l'épier. Il éprouva même un léger frisson en croisant celui de la femme au boléro jaune, au souvenir du drame qui y était rattaché.

Cette vieille affaire lui revint encore plus nettement à l'esprit lorsqu'il arriva au dernier niveau.

La porte de la pièce où le peintre et sa femme avaient trouvé la mort, était grande ouverte, découpant un rectangle jaune dans le couloir enténébré. Au milieu de ce flot de lumière, en ombre chinoise, se découpait la silhouette de Marge, qui était affairée près du chevalet. En l'apercevant, elle se retourna, surprise, puis lui adressa un charmant sourire.

– Inspecteur ? Quelle heureuse surprise…

Lisant sur son visage qu'il n'était pas là pour une simple visite de courtoisie, elle ajouta :

– Mais j'espère que ce n'est pas pour nous annoncer une mauvaise nouvelle ?

– En vérité, hésita-t-il, cela dépend un peu de vous.

– Vous m'étonnez ? Je ne comprends pas…

Il s'apprêtait à répondre, lorsqu'il aperçut la toile sur le chevalet.

– Est-ce vous qui avez peint cela ? finit-il par demander.

– Non, c'est Louise. Elle se défend rudement bien, n'est-ce pas ?

– Oui. Mais c'est curieux, j'aurais pensé que c'était votre œuvre…

– Ah ? Et pourquoi donc ?

– Je ne sais pas, peut-être parce que vous aviez des pinceaux en mains…

Elle eut un rire nerveux :

– Non, j'étais juste en train de faire du rangement. Louise est plutôt négligente de ce côté-là.

Après un silence, il demanda :

– Connaissez-vous Mr William Wymark ?

– Non, qui est-ce ?

– Le correspondant de votre ancien fiancé, ou Christopher Stride, si vous préférez.

– Oui, je préfère. Et qu'y a-t-il avec ce monsieur ?

– Il nous a appris certaines choses, assez graves, je dois le dire. Sachez tout d'abord que Christopher Stride... mais à propos, êtes-vous toujours sûre que ce nom ne vous dise rien ? Stride... *comme Johnny Stride* ?

Il la vit nettement blêmir.

– Ah ! Je vois que la mémoire vous revient...

Elle posa ses pinceaux et dit avec gravité :

– Oui, je me souviens, maintenant... Mais c'est si loin. Et quel rapport avec...

– Avec Christopher ? C'était son frère. Ne le saviez-vous pas ?

– Euh... non ! Mais je ne comprends plus...

– Je vais vous dire ce que nous avons appris de Mr William Wymark, et vous comprendrez mieux.

Quelques minutes plus tard, après avoir résumé les faits, il conclut :

– En un mot, Christopher Stride était là pour se venger. Il ne vous a séduites que pour tirer cette vieille affaire au clair. Sa correspondance avec Mr Wymark est édifiante à ce sujet. Après s'être occupé de vous, sans succès, si l'on peut dire, il s'est occupé de votre sœur, de manière tout aussi vaine.

– Mon Dieu, mais c'est écœurant ! Je ne peux y croire ! Tout ça n'était donc que mascarade !

– Il n'y a pas le moindre doute là-dessus. Son seul but était l'identification de la meurtrière de son frère, et sa dénonciation, voire son châtiment !

– Quel abominable personnage ! gémit-elle. Comment peut-on feindre de tels sentiments ? Je ne ressens qu'un immense dégoût ! S'il vous plaît, n'en parlez surtout pas à Louise...

– Hélas ! il le faudra bien...

Elle porta ses mains à la tête

– Alors, mon oncle avait mille fois raison, en nous disant que nous devions nous méfier des hommes... Cela est tellement odieux que je n'ose toujours pas y croire !

– Avec le recul, certaines particularités de son comportement ne pourraient-elles pas confirmer ce double jeu ?

– Oui, que trop bien ! Il parlait souvent de l'enfance lorsque nous étions seuls... Je pensais que c'était par pure nostalgie, qu'il était réellement intéressé par toute ma personne, par mes premiers pas dans la vie... (Sa voix était entrecoupée de sanglots.) Excusez-moi, inspecteur, je n'ai pas l'habitude de pleurer, mais c'est plus fort que moi...

– Je comprends tout à fait votre émotion et votre colère. Il s'est joué de vous, de la manière la plus odieuse. Mais il y a un dernier élément qui donne à réfléchir... Je ne vous ai pas encore montré la dernière lettre qu'il a fait parvenir à son confident.

Essuyant ses larmes, Marge prit la feuille qu'il lui remit. Elle la tint à une certaine distance, comme pour mieux marquer son dégoût.

Cher Bill,

Les choses se gâtent, ici, au manoir. La petite brune m'a rendu ma bague. Dire qu'elle a cru qu'il y avait quelqu'un d'autre dans ma vie ! Quelle sotte ! Pour une fois que je suis sérieux ! Mais c'est dommage, car je n'avais pas fini de la travailler. En tout cas, elle n'a pas lâché le morceau. De plus, le patriarche va bientôt rappliquer. Il va falloir que je déguerpisse si je ne veux pas terminer en descente de lit. Tu le sais, je t'en ai déjà parlé, il paraît que c'est un dur à cuire !

J'ai donc été obligé d'employer les grands moyens l'autre soir, de jouer le tout pour le tout, afin de pousser la meurtrière à la faute. Je leur ai fait croire que j'étais un ami du frère de Johnny, à qui il se serait confié et je leur ai brutalement rafraîchi la mémoire. Elles ont marqué le coup, mais la coupable ne s'est pas trahie. Je penche toujours pour la petite brune, même si l'autre semble avoir plus de cran. Jusqu'ici, elle a tenu le coup, mais quelque chose me dit que je vais bientôt la confondre. Dommage que je ne sois pas en forme ces temps-ci, pour pouvoir apprécier la tombée du masque lors du dernier acte. Je te tiendrai au courant.

Bien à toi,

Chris

Dans un silence de mort, Margaret lui rendit la feuille en fermant les yeux.

– Cette lettre a été postée il y a trois jours, reprit le surintendant. Or, quarante-huit heures après, son auteur s'est donné la mort. Curieux, non ?... On a du mal à comprendre son geste. Car vraiment, cette lettre ne reflète pas du tout l'esprit de quelqu'un qui serait sur le point de se suicider. Au contraire, on sent que Christopher Stride est impatient, surexcité à l'idée de bientôt parvenir au but qu'il s'est fixé. Il y a plusieurs remarques à faire, mais avant tout, j'aimerais revenir sur l'accident survenu au petit Johnny. Que pouvez-vous me dire à ce sujet ?

Margaret ouvrit grand les yeux, comme pour mieux manifester son indignation :

– Mais que c'était un accident, bien sûr !

– Donc cette histoire est vraie. Vous et votre sœur, il y a une dizaine d'années, aviez un jour perdu un camarade de jeu en vous amusant près d'un puits ?

Elle parut retrouver son assurance habituelle.

– Oui. Une histoire tragique, mais qui ne nous avait pas tellement affectées. Nous n'avions qu'une dizaine d'années, nous ne réalisions pas ce que ce drame a pu représenter pour la famille de Johnny. Personnellement, je ne me souviens pas qu'il avait un frère aîné.

– Christopher Stride n'était pas là au moment du drame.

– En tout cas, je suppose que c'est le chagrin qui lui a fait perdre la tête. Je ne vois pas d'autre explication...

– Vous souvenez-vous de ce Dr Grand, auquel il se réfère ?

– Oui, vaguement. Mais je n'ai pas gardé le souvenir de quelqu'un de soupçonneux.

– À votre endroit, non. Mais votre sœur pourrait avoir commis ce crime à votre insu... Il est d'ailleurs même très probable que dans cette hypothèse, elle se soit bien gardée de vous en parler.

– Strictement parlant, rien n'est impossible, en effet. Mais si vous connaissiez mieux Louise, vous sauriez qu'elle est incapable de faire du mal à qui que ce soit.

– Même lorsqu'elle est jalouse ?

– Que voulez-vous dire ?

– Vous m'avez très bien compris. N'importe qui peut perdre le contrôle de soi dans certaines circonstances, comme par exemple la jalousie. Chez un enfant, cela est encore plus manifeste. Il se contrôle encore moins sous l'effet de la colère. On pourrait donc aisément imaginer que l'une d'entre vous, pour une quelconque querelle ou histoire de jalousie, ait cherché à se venger en éliminant Johnny Stride.

Margaret considéra le policier d'un air pensif, et avec un rien de mépris :

– Tant que vous y êtes, pourquoi ne pas conclure que Louise a également assassiné Christopher ?

– Parce que jusqu'à preuve du contraire, il s'est suicidé. Mais si l'on considère ses soupçons à votre endroit, à savoir la froide préméditation du crime de Johnny, et le plan machiavélique qui a été mis en œuvre, on peut se poser certaines questions. D'ailleurs, à ce sujet, que vous avait-il dit précisément ce soir-là. Qu'entendait-il par « rafraîchir la mémoire » ?

Margaret haussa les épaules :

– Comme c'est indiqué dans sa lettre : il nous a raconté les circonstances de la mort de Johnny, en se présentant comme un ami du frère.

– Vous m'avez menti au sujet du nom de Christopher Stride, lorsque je vous ai demandé si vous le connaissiez ! Vous et votre sœur, d'ailleurs...

Une fossette se creusa aux coins de ses lèvres.

– Je n'avais pas envie de revenir sur cette vieille histoire. J'ai alors évidemment fait le rapprochement entre Richard et ce frère, mais j'ai cru simplement à une coïncidence. Car comment aurais-je pu imaginer une telle machination de sa part, une manœuvre aussi sournoise, aussi écœurante ?

– Vous voyez, je vous avais prévenue : il ne faut jamais croire aux coïncidences ! Lorsqu'elles sont trop flagrantes, comme cette similitude de lieux de naissance, il y a presque toujours anguille sous roche !

– Je n'ai pas votre expérience, Mr l'inspecteur, persifla-t-elle. Mais j'ai bien retenu la leçon.

– Avant de vous quitter, j'aimerais que vous me retraciez les circonstances de la mort de Johnny. J'entends vos souvenirs personnels...

– À vrai dire, ils sont assez flous, répondit-elle avec un haussement d'épaules. Je vois encore bien la maison, le jardin… la panique qui nous a gagnées après le cri de Johnny, l'arrivée des pompiers, leur difficulté pour descendre au fond du puits… Ce sont juste quelques images qui me reviennent. Je suis incapable de vous faire un récit précis. Ce dont je suis certaine, c'est qu'à ma connaissance, personne n'a soupçonné qui que ce soit…

– Les soupçons du Dr Grand ont difficilement pu être inventés de toutes pièces.

– Alors, il a bien caché son jeu, à l'époque !

– À vous, oui, mais pas à quelqu'un d'autre, comme je vous l'ai dit. Du reste, si l'on se réfère à cette lettre, les soupçons de Christopher Stride visaient également cette même personne…

Avec une gravité mêlée d'inquiétude, Margaret murmura :

– Louise… je ne peux pas le croire…

– Moi, je suis obligé de l'envisager et je vais d'ailleurs l'interroger à ce sujet. Mais avant d'aller la rejoindre, j'ai une dernière question à vous poser. C'est un simple détail, apparemment anodin, mais j'aime bien que les choses soient nettes, y compris les plus insignifiantes. C'est à propos de ce canevas…

La jeune fille parut surprise :

– Celui que Louise est allée récupérer dans sa chambre ?

– Oui. Elle affirme que c'est bien vous qui lui aviez demandé d'aller le chercher.

Elle haussa les épaules avec un air vaguement méprisant.

– C'est idiot. Elle doit se tromper…

– Elle est pourtant formelle.

Un éclair passa dans les yeux clairs de Margaret Malonet.

– Eh bien moi, je le suis aussi ! Et je ne vois pas pourquoi je raconterais des salades juste pour lui faire plaisir !

36

Le reflet des flammes dansait sur le visage de Louise, qui continuait de tricoter tandis que le policier la mettait au courant de ses dernières découvertes. Lorsqu'il eut terminé, elle resta silencieuse. Seul le crépitement du feu dans l'âtre était perceptible.

Étonné, le surintendant dit sur un ton de reproche :

– Cela ne vous fait rien d'avoir été ainsi manipulée par cet homme ?

Elle immobilisa son regard sur les flammes et ses pupilles se rétrécirent progressivement.

– Non. Cela me déçoit beaucoup, mais sans me surprendre. Je veux dire par là que je le savais capable de duplicité, et que j'avais même fini par m'en convaincre, même si je me suis trompée sur la nature de cette lettre. Mais comment pouvoir soupçonner une telle manœuvre de sa part ?

– Et pas plus que votre sœur, vous n'avez réagi, hier, lorsque je vous ai révélé la véritable identité de votre compagnon ?

– C'est seulement par la suite que je me suis rappelé… « Richard » avait lui aussi prononcé ce nom devant nous. Mais vraiment, je n'ai pas sérieusement envisagé qu'il pût être lui-même cet ami dont il avait parlé, c'est-à-dire le frère de Johnny. Je sentais bien qu'il y avait quelque chose de curieux dans tout ça, mais je n'étais plus en mesure de réfléchir sereinement. Avec le choc de la nouvelle de sa mort, cela faisait beaucoup !

Francis Kay hocha la tête, se disant à part soi qu'elle avait bien répondu à sa question.

– En tout cas, dit-il, vous acceptez les faits avec un calme et un sang-froid qui sont tout à votre honneur. Votre sœur s'inquiétait pour vous à ce sujet, et je peux vous dire qu'elle, de son côté, a réagi de manière plus impulsive.

– Marge a toujours eu beaucoup de tempérament. C'est sa force et sa faiblesse...

Le policier parut intrigué.

– Que voulez-vous dire ?

– Rien d'autre que ce que je dis.

– Soit. Cela m'amène indirectement à l'autre aspect de la question. Car tout odieux qu'était votre fiancé, le problème de ce crime d'enfant n'en demeure pas moins. Mais j'y pense, j'ai oublié de vous montrer sa dernière lettre...

Lorsqu'elle en eut pris connaissance, Louise eut un léger rictus, qui déforma un moment son beau minois à la peau lisse et laiteuse.

– Je comprends mieux certaines de ses questions, à présent. Je ne trouve pas les mots pour qualifier sa conduite...

– En tout cas, il n'a pas réussi à vous piéger, comme il le reconnaît d'ailleurs lui-même dans sa lettre. C'est un bon point pour vous, mais en même temps, il vous soupçonnait davantage que votre sœur. Pourquoi, à votre avis ?

– Je ne sais pas. Et je trouve cela idiot, car...

– Oui ? demanda le policier alors qu'elle s'était tue subitement.

– Car tout ça est idiot. Pourquoi l'une d'entre nous aurait tué Johnny ?

– Je faisais remarquer à votre sœur que le Dr Grand n'a sans doute pas nourri de tels soupçons sans raison. Vous souvenez-vous de cet homme ?

– Oui, je vois encore sa tête. Il était un peu comme le Dr Christie, un bon médecin de campagne, qui inspire confiance dès l'abord. D'aussi loin que je me souvienne, il ne nous avait pas adressé de regard de reproche. Pas à moi, en tout cas…

– Alors, à votre sœur, peut-être ? risqua le policier.

Louise sourit et se tourna vers les flammes de l'âtre.

– Sur le plan pratique, j'admets qu'elle en aurait été capable. Elle est vive et intelligente. Et du point de vue psychologique, aussi. Elle a toujours eu des initiatives étranges, avec moi notamment…

– Ah ? Quel genre d'initiatives ?

– Des punitions, des brimades de toutes sortes…

Une lueur d'intérêt brilla dans les yeux du policier.

– Vous pourriez-être plus précise ?

– Je ne sais plus, il y en a eu tellement. Elle a toujours fait preuve de beaucoup d'imagination dans ce domaine ! Voyons… me faire porter des oreilles d'âne devant nos copains, me jeter dans les orties, ou me forcer à me baigner dans un torrent en hiver…

Durant le quart d'heure qui suivit, le policier écouta la jeune fille sans prendre note, captivé par sa singulière confession.

– Vous souvenez-vous de la journée de l'accident du petit Johnny ?

– C'est très loin... Je nous vois encore jouer à cache-cache, courir autour de la maison, et puis l'affolement après la chute de Johnny. Je me souviens aussi que nos parents ne nous avaient pas grondées lorsqu'ils sont revenus nous chercher, alors que nous nous attendions au pire !

– Et quels étaient vos jeux avec lui ? Vos relations ?

– Vous savez comment c'est à cet âge-là. On se dispute et on se réconcilie l'heure suivante. Mais avec Margaret, c'était toujours pareil, elle voulait commander à tout prix. Avec moi, cela ne posait pas de problème, j'avais l'habitude de me soumettre à ses caprices, mais avec Johnny, c'était une autre paire de manches. Je me souviens qu'à la fin, il ne voulait plus jouer qu'avec moi, parce que Marge l'exaspérait. Elle lui en avait voulu et de rage, elle l'avait mordu. Et moi aussi dans la foulée, bien sûr...

Le surintendant se carra dans son siège et dit en plissant les paupières :

– Ce qui pourrait donc constituer un excellent mobile. Si on ajoute à cela l'imagination débordante, dont semble avoir fait preuve l'assassin dans l'exécution de son meurtre, nous avons là une coupable tout à fait plausible. Qu'en pensez-vous ?

Louise eut un sourire lointain et une légèreté de ton qui surprirent le policier.

– Comme je vous l'ai dit, je pense que c'est tout à fait dans ses cordes...

37

11 mai

Lorsque le vieux Mr Charles se fut tu, le surintendant Francis Kay entendit nettement les cris des mouettes. De temps à autre, il voyait quelques oiseaux passer devant la fenêtre, sur le fond verdâtre de la Manche qui s'étendait à perte de vue. Quant à leurs congénères, il les imaginait, voraces, tournoyant au-dessus du bungalow, haut perché sur les falaises crayeuses au sud de Douvres. Les vagues lancinantes des mouettes, la vue plongeante sur la mer, et aussi le récit de son hôte lui donnaient une impression de vertige. Les faits, désormais, ne laissaient guère de place au doute. Selon toute vraisemblance, le Dr Grand avait vu juste, et le meurtre du petit Johnny lui apparaissait pour la première fois dans toute sa laideur.

Les détails de la balançoire, du livre des nœuds étaient autant d'éléments qui mettaient en évidence la préméditation. L'âge de l'assassin, son apparence angélique – car les deux sœurs ne pouvaient qu'être adorables à cette époque – ne faisaient qu'augmenter l'horreur qu'inspirait un tel assassinat.

– Et le Dr Grand avait peur qu'elle récidive, dites-vous ? demanda-t-il.

– Oui, approuva le vieux Mr Charles en ramenant vers lui la couverture dans laquelle il était enveloppé. *Abysus, abysum invocat*, disait-il. Le crime appelle le crime. Il craignait que l'enfant ne récidive, et il a toujours vécu avec cette crainte. C'est peut-être pour cela qu'il a gardé le souvenir si précis de ce drame. Mais dites-moi, monsieur, le jeune homme qui était venu l'an passé me parler de tout cela, était-il lui aussi policier ? Je n'ai pas très bien compris la raison de sa visite…

– Non. C'était une sorte d'enquêteur amateur.

– C'était ? Vous voulez dire qu'il est décédé, aujourd'hui ?

– Oui. Il y a tout juste trois jours…

– Bigre ! s'exclama-t-il en roulant des yeux inquiets. Il paraissait pourtant en bonne santé. De quoi est-il mort ?

– Il s'est suicidé.

– Ah ! C'est bien triste, quand on est aussi jeune… Mais j'ai craint, l'espace d'un instant, que c'était en rapport avec son enquête…

– Ce n'est pas impossible. C'est pour cela, d'ailleurs, que je suis venu vous en parler. Votre témoignage m'est précieux, et si vous vous souvenez d'un détail, d'une remarque du Dr Grant, pouvant indiquer celle qu'il soupçonnait…

– Ça, il n'a pas voulu le dire. Je n'ai pas insisté, car cela m'importait peu, ne connaissant ni l'une ni l'autre.

– Peut-être s'est-il trahi en parlant ?

– Je ne pense pas. La seule fois qu'il a évoqué spécifiquement cette jeune meurtrière, c'était pour parler de son regard, qui avait soutenu le sien, alors qu'il venait de lui faire comprendre qu'il l'avait percée à jour.

– Un regard de défi ?

– Oui, c'est ce que j'ai cru comprendre.

Le surintendant pensa à part lui que le visage de l'assassin se dessinait de jour en jour avec plus de netteté. Mais il ne voulait pas agir précipitamment. Bien qu'une des sœurs semblât plus suspecte, il n'avait pas éliminé l'autre pour autant.

Songeur, il évoqua leur ravissant visage. Comment, dans d'autres circonstances, aurait-on seulement pu les soupçonner ? Elles respiraient la vie, la jeunesse, l'amour, mais pas la mort. Pourtant, les faits étaient là. Et plus il réfléchissait, plus il avait la certitude que celle qui avait tué jadis le petit Johnny avait également joué un rôle important dans la fin tragique de son grand frère. Les circonstances du drame semblaient infirmer catégoriquement la thèse d'un assassinat, mais lui, Francis Kay, ne la perdait pas de vue. Il avait déjà lu des comptes rendus d'affaires criminelles semblables, où le meurtrier avait fait preuve d'une astuce étonnante pour donner à son crime l'apparence d'un suicide ou d'un accident.

Or, dans le cas qui l'occupait, il sentait presque physiquement qu'il y avait quelque chose de suspect, même s'il était encore incapable d'avancer la moindre explication. Car le mobile de meurtre, lui, était bien clair maintenant. D'une part, chacune des sœurs pouvait avoir tué son ancien amant pour une simple question de jalousie. Mais surtout, la mort de Christopher survenait juste après qu'il eut décidé de « piéger » la meurtrière de son frère. Il n'était peut-être pas parvenu à démasquer la coupable, mais cette dernière, elle, ne lui a pas laissé le loisir d'aller au bout de son enquête. Quelques jours plus tard, le « justicier-vengeur » passait l'arme à gauche…

En outre, le manoir recelait des tableaux aux influences redoutables… Des tableaux véritablement maudits, selon certains. On ne pouvait vraiment choisir pire endroit pour héberger une personne souffrant de tendances homicides !

Malgré sa réticence à suivre cette piste, il tenait à entendre Jerry Granger, le spécialiste local de la question, qui, il l'avait appris, était jadis très lié avec l'une des deux sœurs. D'ailleurs, il comptait même s'acquitter de cette tâche dans la journée.

Ce qui était possible, s'il ne s'attardait pas à Douvres.

N'ayant plus de question à poser, il se leva pour prendre congé, tandis que le vieil homme contemplait la mer. Il semblait pris de frissons et ne cessait de ramener sa couverture sur sa poitrine.

Le policier se figea soudain dans sa pose, ce qui ne manqua pas d'attirer l'attention de son hôte.

– Auriez-vous remarqué quelque chose de particulier, monsieur l'inspecteur ? Peut-être le monstre du Loch Ness, s'échappant vers les côtes françaises ? Moi, ça fait des mois que j'observe la mer, mais en vain. Je n'ai jamais rien vu de remarquable. Le vent, la marée et les mouettes, il n'y a rien d'autre à voir par ici…

– Votre couverture…

– Ma couverture ? Oui ? Vous souhaiteriez peut-être que je vous la prête pour rentrer ?

Le surintendant répondit avec un curieux regard illuminé :

– Non, monsieur Charles, ce n'est pas la peine. Vous venez déjà de me rendre un immense service, à l'instant, et grâce à elle !

38

Jerry acheva avec quelques retouches la fleur du bouquet qu'il était en train de peindre, puis recula pour mieux considérer l'ensemble.

Mécontent, il baissa la tête, disant :

– Je vais arrêter, cela ne sert à rien. Je ne fais jamais rien de correct le soir. Je le sais pourtant pertinemment, mais je m'obstine…

– Pourquoi ? demanda le surintendant, qui allait et venait dans l'atelier, les mains dans le dos.

– Parce qu'il me faut boucler les commandes. Ce bouquet en fait partie. C'est une reproduction des « pivoines » d'Édouard Manet… Ne l'avez-vous pas reconnu ?

– Euh… non, répondit le policier. Vous savez, je ne suis pas expert en la matière.

– J'entends bien. Car sans quoi, vous ne douteriez pas du talent d'Amos Sutherland.

Le policier secoua la tête, amusé :

– Je ne doute pas de son talent, mais du pouvoir que vous prêtez à ces tableaux, quasi surnaturel, convenez-en. L'art a des limites !

– Non, l'art n'a pas de limites, justement. Quant aux pouvoirs des tableaux, je vous répondrai simplement : trois décès ne vous suffisent-ils pas ? Sutherland, sa femme, et maintenant ce jeune architecte.

– Il n'était pas architecte.

– Peu importe. Il est mort à cause des « Deux lunes ». J'avais pourtant bien dit à Marge et Louise de me prévenir dès qu'elles retrouveraient cette toile, aussi redoutable qu'un gaz mortel ! Mais non, elles ont oublié ! Elles avaient surtout d'autres choses en tête quand c'est arrivé, voilà la vérité ! Elles ne pensaient qu'à leur nouveau jouet…

– De quoi parlez-vous ?

– De l'architecte qui n'est pas architecte. Mais lui non plus n'y a pas pris garde. Accrocher les « Deux lunes » dans son propre bureau… l'imbécile ! Car il n'y a pas d'autre terme pour qualifier une telle initiative !

– Vous êtes sûr que c'est lui qui a procédé à cette substitution de tableaux ?

– C'est du moins ce que pense Liza, car ce n'était apparemment personne d'autre. Mais si tel avait été le cas, on pourrait presque parler d'assassinat…

En arrêt devant le bouquet peint par l'artiste, le policier déclara :

– Pour vous, le pouvoir meurtrier des « Deux lunes » ne fait donc aucun doute ?

– Non, pas le moindre. Bien sûr, tout dépend des personnes, car l'œil expert sait déjouer les pièges de l'artiste, par exemple. Mais d'une manière générale, cette œuvre incitait au désespoir, au dégoût de la vie, puis au suicide… Elle a été conçue pour ça.

– C'est son auteur qui vous l'a dit ?

– Oui.

– Alors, je ne le félicite pas !

– Ne vous méprenez pas. Ce n'était qu'un exercice de style. Amos Sutherland avait d'ailleurs veillé à ce que la toile soit à l'abri des regards. À moi-même, il ne me l'avait montrée qu'une seule fois…

– Si ce que vous dites est vrai, il conviendrait donc de la remettre là où elle était, le plus vite possible !

– Je ne vous le fais pas dire. À votre place, c'est la première chose que j'aurais faite.

– Nous sommes donc peut-être déjà contaminés ?

Jerry Granger se raidit :

– Si j'étais vous, inspecteur, je ne plaisanterais pas avec ces choses-là.

– Je suis simplement votre raisonnement !

– Son influence n'est pas aussi rapide et n'opère pas dans un climat agité et bruyant. Il faut être seul, dans le calme, et tout dépend évidemment de la manière dont on observe le tableau. Comme pour toute œuvre d'art, il faut être disposé à cela, faute de quoi le charme n'agit pas. Comprenez-vous ?

– Parfaitement.

– Or, d'après ce qu'on m'a dit, Richard Hobson était affaibli ces temps-ci, à la suite d'un refroidissement, si bien qu'il restait cloîtré dans cette pièce, sans doute en train de rêvasser, car on en est généralement réduit à ça lorsqu'on est malade…

– C'est exact.

– Mais dites-moi, n'avait-il pas expressément désigné les « Deux lunes » avant de mourir ?

Le policier eut le curieux sentiment d'une inversion de rôles, car il se sentait acculé par la logique du raisonnement.

– Si, convint-il, la tête basse.

– Alors, que vous faut-il de plus ?

– L'ennui, c'est que la science officielle n'admet pas ce genre d'argument. Or, je suis d'une certaine manière son représentant. Mais je ne rejette pas tout d'emblée. Je suis d'ailleurs précisément ici pour vous interroger à ce sujet. Malgré ma réticence naturelle, j'ai aussi envisagé une hypothèse fondée sur le pouvoir supposé de ce tableau.

– Quelle hypothèse ?

– Qu'une personne aurait délibérément introduit ce tableau dans la pièce afin de nuire à la victime.

– En la poussant ainsi au suicide ?

– Oui.

Le jeune peintre leva les mains en un geste d'évidence :

– Mais alors, cela ne revient-il pas à admettre ce que je dis ?

Le policier porta un doigt à sa moustache.

– Si vous voulez. Mais dans ce cas, selon vous, qui aurait pu commettre un tel geste ?

Le peintre fixa un moment le policier d'un air pensif.

– La réponse me semble évidente. Les chassés-croisés amoureux entre les deux sœurs les désignent clairement.

– Oui, mais laquelle ?

Jerry Granger demeura un moment absorbé dans la contemplation de son bouquet de fleurs, puis il répondit :

– Je ne sais pas. Et je ne veux pas le savoir...

Après avoir quitté l'artiste local, le surintendant prit la route du manoir. Il tenait à vérifier certains points et à réentendre les sœurs Malonet.

Une double surprise l'y attendait. Alors que Liza venait de l'introduire dans le hall – avec un air d'humilité qu'il ne lui connaissait pas – il entendit une voix sèche et impérieuse demander l'identité du visiteur. Un bruit de pas sur le carrelage précéda l'arrivée d'un homme vigoureux, bien qu'âgé, au maintien fier et au regard sévère. Comme si elle craignait quelque esclandre, Liza se hâta de préciser le nom et les fonctions du visiteur.

– Ah ! la police ? s'écria-t-il. Vous tombez à pic, nous avons besoin de vous ! Je suis George Raft, anciennement colonel dans l'armée des Indes. Mais vous avez sans doute entendu parler de moi...

– Vous venez de rentrer des Indes ? s'enquit le surintendant.

– Oui, ce matin, répondit l'ancien militaire sur un ton de colère difficilement réprimée. Et à dire vrai, j'ai eu du mal à croire tout ce qui s'est passé ici durant mon absence. Je ne saurais qualifier la scandaleuse conduite de mes nièces et de ce vaurien, qui a eu néanmoins le bon goût de se retirer de la scène. Il aurait évidemment mieux fait de choisir un autre endroit, mais à tout prendre, c'est mieux ainsi, car cela m'aura évité d'être incriminé pour meurtre...

– Je comprends, dit le surintendant. Mais rassurez-moi... Pourquoi dites-vous que je tombe à pic ? J'espère qu'il n'est pas arrivé un nouveau malheur ?

– Si. Il y a eu un vol dans cette maison. Le tableau des « Deux lunes » a disparu !

39

12 mai

Il régnait une chaleureuse ambiance ce soir-là, à l'auberge des « Deux clés ». Le brouhaha des conversations résonnait sous les vieilles poutres de chêne, noircies par des générations de fumeurs. Le barman ne chômait pas derrière le comptoir, et l'on aurait pu penser que la clientèle célébrait quelque heureux événement, tant la liesse emplissait le cœurs. Installés dans un coin de la salle, le surintendant et le Dr Anton Christie étaient obligés de hausser la voix pour se comprendre.

– Je me demande s'ils ne fêtent pas le retour du colonel ? fit remarquer le policier avec une pointe d'ironie.

– Je ne sais pas s'il est aussi populaire que ça, à Pencombe. Mais vous avez peut-être raison, tous les prétextes sont bons quand il s'agit de se rincer le gosier. En tout cas, moi, je me demande si nous avons eu une bonne idée de venir ici pour causer.

– Vous m'avez parlé d'un endroit « sympathique et convivial », non ?

– Oui... Il faut dire qu'à cet égard nous sommes même comblés. Tenez, en voilà même qui chantent !

– Remarquez, nous sommes au moins sûrs d'une chose : personne ne nous entendra. Nous pourrons donc parler librement. Cela faisait un moment que je voulais vous voir, docteur. J'ai quelques questions de la plus grande importance à vous poser, à propos de ce suicide. Mais il y a eu des imprévus...

– Le colonel est rentré.

– Oui, mais il y a surtout le vol du tableau. Le colonel ne tenait pas particulièrement à cette toile, mais il en a fait une question de principe, et m'a littéralement harcelé pour que je la retrouve...

– Et vous l'avez retrouvée ?

– Non, malgré tous nos efforts. Avec plusieurs hommes, nous avons passé le manoir au crible, jusqu'à une heure avancée de la nuit. Nous avons même repris nos recherches le lendemain. À midi, nous avions acquis la certitude qu'il ne s'y trouvait plus.

– Le voleur venait donc de l'extérieur.

– C'est ce que nous avons pensé. Mais comment aurait-il fait pour s'introduire dans les lieux ? Les fenêtres du rez-de-chaussée sont pourvues de grilles. Celles de l'étage étaient fermées, et nous n'avons trouvé aucune trace d'effraction.

– Quand a eu lieu ce vol ?

– Entre le moment de la découverte, hier, en fin d'après-midi, par Mrs Sellars, et la nuit précédente. Le voleur a vraisemblablement profité de l'obscurité pour agir. Mais comment ?

Le Dr Christie termina tranquillement sa bière, puis demanda :

– Vous tenez à retrouver cette toile, n'est-ce pas ?

– Oui, car c'est presque une pièce à conviction. D'ailleurs, je m'en veux de n'avoir pas fait boucler la pièce.

– Je ne voudrais pas dire du mal de mon prochain, ni jouer les sycophantes, mais je crois avoir une idée sur l'identité de votre mystérieux voleur. Allez donc jeter un coup d'œil chez notre artiste local…

– Jerry Granger ?

– Oui, pour ne pas le nommer.

– C'est déjà fait. Nous avons passé l'après-midi à fouiller sa maison et son atelier, sans succès.

– Ah ?

– Une idée du colonel. Mais il n'a pas dû me forcer la main. Je savais que le jeune peintre portait un grand intérêt à cette toile. En outre, il fréquente Liza, qui est fort bien placée pour lui faciliter l'accès des lieux. Je l'ai un peu cuisinée elle aussi, mais sans succès. Je la croyais facilement manœuvrable, mais quant il s'agit de son fiancé… elle sort les griffes.

– Et comment a réagi Jerry ?

– Il riait presque. Nos soupçons lui semblaient naturels. Il n'a fait aucune difficulté pour nous laisser fouiller. Mais rien nulle part, comme je vous le dis.

– Cela ne signifie rien. Il peut l'avoir caché ailleurs.

– Je sais bien. Mais pour l'heure, ce tableau n'est pas une priorité, même si on veut lui faire jouer un rôle dans cette affaire. Il y a un point plus important, docteur. Car voyez-vous, je commence à flairer une odeur de meurtre dans cette affaire…

Le Dr Christie se pencha en avant et regarda le policier par-dessus ses lunettes :

– Un meurtre ? Mais c'est absolument impossible, inspecteur ! Vous le savez bien ! Je vous ai raconté comment les événements se sont déroulés, non ?

– Précisément, j'aimerais vous en parler. Mais avant toute chose, je souhaiterais revenir sur un autre point. Vous m'aviez déclaré que Christopher Stride, lorsque vous l'aviez examiné en tant que malade, avait sur lui une couverture...

– C'est exact. Une couverture violette avec des motifs enfantins, dans les tons jaunes. Je m'en souviens parfaitement. Il faisait pourtant assez chaud dans la pièce, le poêle était brûlant, mais il grelottait.

– Elle n'y était plus lorsque nous sommes arrivés. Aucun de mes hommes ne l'a vue, ni personne d'autre...

Avec un regard lointain, le généraliste se frotta le menton.

– Bon sang, c'est vrai ce que vous dites. Il n'y avait pas de couverture près du cadavre, alors seulement vêtu de sa robe de chambre. Et je ne me souviens pas de l'avoir aperçue ailleurs à cet instant. Mais il est vrai que je ne la recherchais pas spécialement...

– Vous êtes vraiment certain que nul n'est entré dans la pièce avant vous ?

– Sûr et certain. Louise et la bonne étaient trop effrayées par le coup de feu.

– Et lorsque vous avez pénétré dans la pièce ? Quelqu'un aurait-il pu la prendre ?

– Non, impossible. Les filles sont pour ainsi dire restées derrière moi. Le temps de constater le décès du jeune homme – ce qui ne m'a même pas pris une minute –, nous sommes aussitôt ressortis, et personne n'a remis les pieds dans cette pièce jusqu'à l'arrivée de la police. Je peux l'affirmer, et d'autres personnes sans doute aussi, car je n'ai pas quitté le hall durant tout ce temps.

– Vous êtes donc bien placé pour convenir, comme moi, que la disparition de cette couverture constitue un mystère !

– Ma foi, oui. Avec votre autorisation, je vais aller me chercher une bière pour mieux y réfléchir. Cette tabagie m'assèche le gosier. Vous reprenez la même chose ?... Parfait.

Dès qu'il fut de retour avec deux choppes mousseuses, le policier reprit :

– Il y a encore un point essentiel qui repose sur votre témoignage. Vous êtes certain que la fenêtre était bien fermée au moment de votre arrivée sur les lieux du drame ?

De fines gouttes de sueur perlèrent au front du médecin, qui répondit :

– Fermée, oui. Mais je n'ai pas vérifié si le loquet était bloqué. Ce devait être le cas, car j'avais vu Stride faire ce geste juste avant de tourner les talons. Mais sur cette question, je vous renvoie au point précédent : personne ne s'est approché de la fenêtre jusqu'à l'arrivée de la police. Le loquet était donc dans l'état dans lequel vous l'avez trouvé...

– Bloqué, fit le policier comme à regret.

– Vous aviez une idée ?

– Oui, plus ou moins. La disparition de cette couverture m'a fait réfléchir. Car si crime il y a eu, il n'a pu être commis que d'une seule manière, c'est-à-dire à partir de la fenêtre, la porte étant sous la surveillance constante de Liza et de Louise.

– Alors, cela a dû se passer entre le moment où j'ai quitté Stride et le coup de feu.

– Exact. Ce qui a laissé près d'une minute à l'assassin pour manœuvrer. Imaginons qu'il attendait dans l'obscurité et qu'il a réussi à se faire ouvrir la fenêtre par la future victime juste après votre départ...

– S'il s'agissait d'un proche ou d'une connaissance, c'est concevable.

– Il demande discrètement à Stride de s'approcher des barreaux, lui tire une balle dans le crâne par surprise, lui fourre l'arme fumante entre les mains, le repousse violemment, referme la fenêtre, sans pouvoir la bloquer pour le moment, et se plaque contre le mur en retenant sa respiration. Cette manœuvre, bien calculée, aurait pu être exécutée en quelques secondes. Peut-être une vingtaine. Le temps que vous réagissiez, que vous reveniez sur vos pas...

– Possible, déclara le médecin. Je n'aurais probablement pas remarqué un type immobile, dos au mur, dans la pénombre, d'autant que la lumière de la chambre m'aveuglait un peu. Mais il aurait fallu une synchronisation parfaite pour réussir un tel tour de force, et une audace sans pareille !

Les doigts du surintendant pianotèrent sur la table.

– Comme vous en convenez, c'était dans le domaine du possible. Mais le loquet bloqué réduit à néant cette belle théorie. Il va falloir trouver autre chose...

Le Dr Christie chassa un nuage de fumée envoyé par un consommateur voisin, toussota, prit une gorgée de bière, puis demanda :

– Suspectez-vous quelqu'un de précis ?

– Oui.

– Je sais que cela ne me regarde pas, mais je suis curieux comme tout le monde...

– J'allais justement vous en parler, à vous, le médecin traitant de la famille. Votre avis éclairé pourrait me conforter dans mes soupçons…

Un pli se creusa entre les sourcils du Dr Christie.

– Mon avis sur quoi ?

– Sur la santé mentale d'une des sœurs Malonet.

– Hm… Laquelle ?

– Celle que je suspecte…

Anton Christie jeta un coup d'œil par-dessus son épaule, comme pour s'assurer que nul ne pouvait l'entendre, puis dit en baissant la voix :

– Alors, ce ne peut être que Margaret.

– Pourquoi ?

– Car Louise possède un alibi en or en la personne de Liza. Toutes deux n'ont pas bougé de la cheminée jusqu'au coup de feu.

– Ça, c'est la réflexion du policier. Ce qui m'intéresse, c'est l'avis du médecin. Mais avant de connaître votre opinion, j'aimerais vous raconter une petite histoire, qui nous est parvenue par l'entremise d'un de vos collègues, le Dr Grand, qui, depuis une dizaine d'années, doutait déjà de l'état mental d'une des sœurs.

Lorsque le policier eut terminé son récit, le Dr Christie hocha plusieurs fois la tête avec gravité.

– Drôle d'histoire, dit-il.

– Je vous demanderai de la garder pour vous.

– Cela va de soi. Ce n'est pas le genre de chose qu'on a envie de raconter autour de soi. D'ailleurs, devant l'horreur des faits, on ne vous croirait même pas. Personnellement, je n'ai rien détecté chez Margaret. Mais cela ne veut rien dire. Elle peut avoir enfoui un tel souvenir au plus profond d'elle-même. On pourrait éventuellement s'interroger sur son comportement excessivement autoritaire vis-à-vis de sa sœur. Disons qu'elle paraît globalement équilibrée. Mais à propos de sa sœur, je ne serai pas aussi affirmatif... Louise prend les coups sans réagir. Attention, cependant... à la longue, la marmite risque de déborder. Et dans ce cas, les réactions sont d'une rare violence et peuvent aller jusqu'au meurtre...

Un long silence s'instaura entre les deux hommes, puis le Dr Christie fut pris d'une quinte de toux.

– Si ça ne vous dérange pas, allons prendre l'air. Il y a tant de fumée par ici qu'on se croirait dans un saloon après une fusillade.

Le médecin se leva, mais le surintendant restait assis, immobile et comme hébété.

– Vous venez ? insista le représentant de la faculté. Mais qu'avez-vous ? On dirait que vous venez d'avoir une idée, non ?

– Je sais à présent ce qui me chiffonnait dans votre déclaration.

– Ma déclaration ?

– Oui, celle relative à la découverte du drame. Souvenez-vous... Comme vous venez de le faire, vous compariez alors l'air ambiant à celui de l'extérieur, enfin d'une certaine manière. Vous m'aviez dit, en entrant dans la « chambre bleue », qu'il y avait une odeur de poudre plus forte qu'au-dehors.

– Elle n'était pas si forte que ça, réfléchit le docteur. Mais je l'ai quand même nettement perçue, car ce n'est pas une odeur habituelle...

– Mais pourquoi *plus forte qu'à l'extérieur* ?

– Parce que dehors, ça sentait aussi un peu la poudre, mais nettement moins...

– Vous parliez de l'extérieur, et non du hall, n'est-ce pas ?

– Bien sûr, puisque la porte était fermée. (Une expression de surprise envahit soudain le visage du Dr Christie.) Bon sang ! je crois avoir compris ce qui ne va pas ! La fenêtre était également fermée !

Le policier acquiesça avec un léger sourire.

– Vous voyez, mon histoire de coup de feu tiré de derrière les barreaux n'est peut-être pas aussi idiote qu'elle en a l'air…

40

14 mai

Le colonel versa au visiteur un verre de whisky, se servit lui même, puis déclara, le visage rembruni :

– Tout est de ma faute. Je n'aurais jamais dû les laisser seules. Je pensais que Margaret avait la tête sur les épaules… À tort, il faut bien le reconnaître.

Venu interroger le maître de maison, le surintendant écoutait son témoignage d'une oreille distraite, du moins tant que la conversation se portait sur les blâmes pour mauvaise conduite, qu'il distribuait allègrement à tout le monde, de Mrs Sellars à Betty, en passant par Jerry Granger et sans oublier, bien sûr, ses deux nièces, ni lui-même, à présent.

Près d'une semaine s'était écoulée depuis la mort de Christopher Stride. Le policier avait obtenu l'ajournement de l'instruction de l'affaire. Il avait une nouvelle fois interrogé les deux sœurs, sans pouvoir obtenir d'éléments nouveaux. Elles s'en tenaient à ce qu'elles avaient dit, leurs souvenirs sur la mort du petit Johnny se perdant dans l'imprécision du temps. C'est à peine si elles se souvenaient de sa chute de la balançoire. Seule la grosse bosse à sa tête leur était restée en mémoire. Rien dans leur attitude n'aurait permis de savoir laquelle des deux mentait, car il en était désormais certain : il ne s'agissait pas d'une chute accidentelle, mais d'une première tentative d'assassinat, avant le subtil stratagème à base de nœuds qui avait plongé le malheureux au fond du puits.

Mais malgré cela, le policier avait désormais sa petite idée. Car de toute évidence, la personne qui avait éliminé Johnny Stride était la même qui avait eu raison de Christopher. Mais pour ce qui était de cette dernière affaire, les faits étaient plus nets. Il n'allait d'ailleurs pas tardé à se livrer lui aussi à une petite expérience, à l'instar de feu Christopher Stride, pour pousser le ou la coupable à la faute…

Avec un léger sourire de satisfaction, il regarda autour de lui, admirant les toiles d'Amos Sutherland : de beaux paysages, qui semblaient plus réels, plus resplendissants, que la vue de cette morne journée de mai, qui se découpait dans le cadre de la fenêtre. Même le vert de la tapisserie du salon semblait plus soutenu que celui de la pelouse et des feuillages à l'extérieur.

– Je les avais pourtant mises en garde, poursuivit le colonel. Et à plusieurs reprises. Elles seraient des proies faciles pour le premier Don juan de passage ! Mais bien sûr, cela n'a strictement servi à rien. Elles sont tombées à pieds joints dans le traquenard de ce sale type ! Mais comment ont-elles fait pour être aveugles aussi longtemps ? Vraiment, la crédulité des femmes me surprendra toujours !

» Même la bonne vieille Mrs Sellars m'a déçu. Elle aurait pu réagir compte tenu des événements, même si j'avais passé les rênes à l'aînée. Et je ne parle pas de Liza, qui en a profité pour renouer avec ce bon à rien. Mais comparé à l'autre, il paraît presque un brave type ! Ce n'est d'ailleurs pas à elles que j'en veux le plus, mais à moi-même ! J'aurais dû m'en douter, me dire que sans moi, les choses tourneraient au vinaigre !

– J'ai cru comprendre que vous étiez dans l'obligation de partir assez vite ?

– Oui. Je venais d'apprendre par mon associé que notre commerce périclitait. J'étais obligé de me rendre sur place, si je ne voulais pas voir s'envoler en fumée le fruit d'une existence entière de labeur, car j'ai investi là toutes mes économies... Et je vous prie de me croire, ça n'a pas été une sinécure. Quand je pense que ces deux péronnelles se payaient du bon temps, alors que moi, je n'avais pas une minute pour me distraire... Non, je préfère ne pas y penser.

Il vida son verre d'un trait, comme pour marquer une trêve, mais reprit de plus belle :

– Mettez-vous un peu à ma place, inspecteur. Je venais donc de redresser péniblement une situation difficile, le voyage avait été des plus éprouvants, je ne rêvais que de quelques jours de repos, estimant non sans raison que je les avais largement mérités, et voilà que j'arrive et qu'on m'apprend tout ce que vous savez ! Et je ne parle pas des détails, comme ces fouilles dans mon bureau personnel, le pillage de ma collection de reptiles et j'en passe ! Bref, durant mon absence, cette maison était devenue un véritable caravansérail, pour ne pas dire davantage !

Il parut satisfait de cette conclusion, car il se tut un instant.

– Quand êtes-vous rentré exactement ? demanda le policier.

– Le 11, au matin.

– Je pensais au moment de votre débarquement…

– Eh bien… c'était le 9. Non, même le 8… Comme je vous l'ai dit, la traversée avait été épouvantable. J'ai pris une chambre d'hôtel à Portsmouth. J'avais besoin de me reposer quelques heures, pour ne pas débarquer ici avec des yeux de zombie ! Mais cela a-t-il une importance ?

– J'étais en train de me demander ce qui se serait passé si vous étiez arrivé ici avant le drame. Cela aurait peut-être sauvé la vie de Christopher Stride…

– Je n'en suis pas si certain, repartit le colonel, les yeux étincelants. Mais une chose est sûre, je lui aurai fait passer l'envie de butiner pour un bout de temps, croyez-moi !

Croisant le regard de l'ancien officier de l'armée des Indes, le surintendant n'en douta pas un instant. En dépit de son âge, son hôte donnait une impression de force et de vigueur étonnante.

– Malgré tout, reprit le surintendant, malgré sa conduite inqualifiable, il n'en demeure pas moins que la présence de Stride était motivée par la réalité d'un drame qui avait coûté la vie de son jeune frère, drame dans lequel vos deux nièces avaient été impliquées…

– Impliquées ? releva d'une voix sèche le colonel Raft. Le mot est fort. Car très franchement, je doute de cette histoire qui pue le roman à plein nez !

– L'accusation provient d'un médecin qui jouissait d'une excellente réputation.

– Alors, il a dû se tromper ! Ce ne serait d'ailleurs pas la première fois que la faculté se trompe !

– Ce n'est pas impossible, concéda le policier. Mais vous-même, que savez-vous de cette tragédie ?

Le colonel eut un geste évasif :

– Pas grand-chose. Ma sœur m'en avait parlé, bien sûr. Je me souviens davantage de son bouleversement que des détails des circonstances. Mais ce dont je suis certain, c'est qu'à aucun moment il n'a été question d'autre chose que d'un accident. Si le moindre soupçon avait plané, je pense que Violette, ma défunte sœur, m'en aurait fait part. Ce n'était pas le genre de chose qu'elle aurait pu garder pour elle. Donc tout honnête qu'il était, ce toubib a dû se tromper, un point c'est tout !

Il y eut un silence, puis le surintendant demanda :

– Vous teniez Stride pour un gigolo, n'est-ce pas ?

– De la pire espèce, oui. Les faits l'ont clairement établi, me semble-t-il.

– En général, ce genre d'individu ne fait pas preuve d'une grande sensibilité. Or, pour monter un tel plan de vengeance, il faut être habité par une froide colère. Ce que je veux dire, c'est que ce garçon était particulièrement motivé, et n'a dû agir que sous l'effet d'une profonde conviction. Enfin, il y a sa mort si opportune…

– Il s'est suicidé, non ?

– Non, justement. Il a été assassiné…

Le colonel vira à l'écarlate et resta un moment sans rien dire.

– Mais c'est impossible ! finit-il par lâcher. J'ai cru comprendre que personne n'avait pu l'approcher dans cette pièce !

– Si. Et j'entends même en faire la démonstration ce soir même sur les lieux du drame.

41

La réunion eut lieu dans le hall. Le vent, qui s'était levé, ronflait dans la cheminée. Des chaises avaient été apportées, pour que tout le monde pût suivre confortablement l'exposé du surintendant. Il y avait là toute la maisonnée, ainsi que le Pr McNee, le Dr Christie et Jerry Granger, assis à côté de Liza, mais à l'opposé du colonel Raft, dédaigneux et droit comme un « i » sur son siège. Margaret occupait un des fauteuils. Elle avait l'air simplement intriguée, contrairement à sa sœur, qui rongeait son frein, inquiète. Mrs Sellars, qui avait fait savoir au Dr Christie qu'elle souhaitait le consulter après l'intervention du policier, attendait en se frottant fébrilement les mains. Elle s'immobilisa lorsque le surintendant Francis Kay prit la parole :

– Malgré le printemps, il fait toujours assez frais, et l'on est encore obligé de faire du feu.

Il s'approcha du foyer, contempla les flammes quelques instants, puis poursuivit :

– Rien ne vaut la chaleur d'un bon foyer. C'est le cœur de chaque maison, et ce manoir ne fait pas exception. C'est ici, devant cette belle cheminée, qu'on aime à se retrouver et discuter. Le coin est confortable, bien décoré avec les superbes paysages de chasse d'Amos Sutherland, et l'on s'y sent vraiment bien. Cette cheminée est assurément le cœur de cette vieille demeure, mais elle est aussi au cœur de l'affaire qui nous occupe, et plus exactement de son dénouement, comme nous allons le voir.

» Je tiens d'abord à attirer votre attention sur la disparition, dans la pièce du drame, communément appelée « chambre bleue », de deux objets : une couverture et un tableau. Nous n'avons retrouvé ni l'un ni l'autre. De prime abord, le vol du tableau semble plus important, compte tenu de sa sulfureuse réputation. Certains lui prêtent le pouvoir de pousser ses spectateurs au suicide. La mort de Christopher Stride semble le confirmer, d'autant qu'il l'avait même désigné comme étant responsable de son état de faiblesse. Une première fois, lorsque le Dr Christie l'a ausculté, et une seconde fois, juste avant de mourir, de manière très nette, accusant clairement les deux lunes d'exercer sur lui une mauvaise influence.

Après une pause, le policier reprit :

– Je préfère vous dire tout de suite que je n'ai pas réussi à résoudre le mystère de ce tableau. Je n'ai hélas – ou heureusement – pas pris le temps de l'observer, mais j'avais noté qu'il était à la fois banal et singulier. Banal par son sujet, et singulier à cause de ces deux lunes, qui semblent signifier quelque chose d'indéfinissable, si l'on peut dire. On ne peut manquer d'être saisi par cette anomalie de la nature. Deux astres lunaires, ça semble vous plonger dans un monde irréel... Mais bref, je m'en tiendrais à ça, car je ne fais pas autorité en matière d'art.

» Quoi qu'il en soit, je demeure convaincu que c'est l'assassin qui l'a placé dans cette pièce, pour des raisons à la fois tactiques et psychologiques. Sa légende allait avoir malgré tout une influence, ne serait-ce que sur Stride, qui a sans doute été discrètement conditionné par l'assassin. Prêtons également à la toile un minimum de pouvoir suggestif. Je ne m'explique pas autrement l'attitude de Stride. Mais sa faiblesse, due à sa maladie, a dû favoriser cet état de crainte. Enfin, les « Deux lunes » sont en soi un motif qui frappe l'attention, surtout quand on connaît leur mauvaise renommée, et c'est cela qui est essentiel, comme nous le verrons.

» La disparition de la couverture semble anodine, mais elle constitue par son seul fait un indice déterminant. Il est clair que l'assassin avait une raison précise de ne pas la laisser sur place. Mais revenons à la soirée fatale du 8 mai. Le Dr Christie arrive à 20 h 30, et il est 20 h 55 lorsqu'il ressort de la « chambre bleue » avec Margaret. À ce moment-là, Christopher Stride est certes souffrant, mais encore en vie. À 21 h 15, le Dr Christie lui parle à la fenêtre. Peu après, un coup de feu éclate, et le Dr Christie aperçoit son cadavre à travers la fenêtre, qui est alors fermée, je le précise. Pourtant, il a perçu une odeur de poudre à ce moment-là. Or, je veux bien croire que cette fenêtre ne soit pas parfaitement hermétique, mais de là à laisser passer cette odeur, de manière suffisante pour qu'elle soit perceptible dans l'air frais du dehors...

– Ce n'est pas concevable, intervint le professeur McNee.

– Et qu'en concluez-vous ? lui lança le policier.

Après s'être assuré de la totale attention de l'auditoire, le professeur déclara :

– Ou le Dr Christie se trompe... ou il ment !

– C'est exact, ce ne peut être que l'un ou l'autre, approuva le policier avec un léger sourire en direction du médecin. Je l'ai cependant écarté de ma liste des suspects, non pas parce que j'ai une confiance aveugle dans les représentants de la médecine, mais parce que je ne lui ai pas trouvé de mobile. En effet, quel intérêt aurait-il eu à occire cet homme de passage ? J'en ai donc déduit qu'il se trompait. Mais il ne s'est pas trompé par étourderie… C'est uniquement à cause des habiles manœuvres du meurtrier.

» Cette odeur de poudre nous suggère donc que le coup de feu a été tiré soit à l'extérieur, soit à partir d'une fenêtre ouverte. Or, cela ne coïncide pas avec les faits. Alors, un deuxième coup de feu ? Dans ce cas, l'un des deux n'a pas été entendu… Sans doute étouffé, mais par quoi ? À ce stade de mon raisonnement, j'ai aussitôt pensé à la couverture. Et je me suis également souvenu de la légère controverse entre le médecin légiste et le spécialiste de la balistique, à propos des éclats de poudre sur la tête du cadavre, qui n'étaient pas diffus comme ils auraient dû l'être. L'un d'eux pensait – à tort – que le malheureux avait un peu éloigné son arme en la pointant sur soi. J'ai dès lors eu la conviction qu'on avait tiré sur Stride, certes à bout portant, ou presque, mais en enveloppant soigneusement l'arme dans la couverture, afin d'amortir le bruit de la détonation. L'on comprend dans ces conditions que le trou laissé dans la couverture constituait un indice déterminant, que l'assassin devait faire disparaître. De plus, l'arme en question étant de petit calibre, il était possible qu'on ne perçoive pas la détonation. Mais un autre bruit pour le couvrir eût été judicieux. Or, d'après les témoins, il n'y en avait pas. À part le carillon de l'horloge, qui a sonné neuf heures, puis le quart de neuf heures…

» Ce coup de feu étouffé suggère également que Stride ne fut pas tué au moment de la détonation perçue par tous. Mais quand, alors ? Entre le moment où il fut vu à la fenêtre et celui de la découverte de son cadavre, à 20 h 20, il ne s'est même pas écoulé cinq minutes. Ce qui laissait une marge très étroite de manœuvre, et de plus personne n'était sorti de la « chambre bleue ». Le problème me semblait inextricable, jusqu'au moment où j'ai envisagé le fait que l'homme qui a interpellé le Dr Christie à la fenêtre, puisse être un imposteur...

Un silence de mort tomba, tandis que l'assemblée demeurait suspendue aux lèvres du policier.

– Là aussi, cela semblait impossible, mais plus j'y réfléchissais, plus les éléments en faveur de cette théorie s'additionnaient. Il suffisait de parler d'une voix sourde pour imiter celle de Stride, qui était enroué. Avec sa moustache, ses lunettes rondes et sa tignasse rousse, c'était un personnage très facile à imiter. D'autant que le Dr Christie n'a pas une très bonne vue. Par ailleurs, j'ai appris que les sœurs Malonet faisaient jadis du théâtre et qu'elles avaient rapporté ici une malle remplie d'accessoires et de postiches. L'assassin n'avait qu'à se servir. Mais ce n'est pas tout. Notre metteur en scène s'est montré perfectionniste. Il a cru bon d'ajouter un détail décisif pour parachever son imposture, et c'est ce qui, *a contrario*, a fini par me convaincre. Jouant sur le registre du pathétique, il a bien évidemment désigné les « Deux lunes », coupables de tous les maux, mais a également brisé une lampe en se blessant légèrement au doigt, comme sous l'effet d'une maladresse. Or ça, c'est du pur théâtre, pour peu qu'on soit rompu aux artifices de la mise en scène ! Il suffit d'un peu de jus de tomate ou de gouache pour simuler cet incident. Il faut ajouter à cela l'état craintif, pour ne pas dire terrorisé, du faux Stride...

Le surintendant fit quelques pas, puis s'arrêta devant le généraliste.

– Répondez-moi, franchement, docteur. À la lumière de ces indications, pouvez-vous affirmer que celui ou celle qui vous a parlé à ce moment-là était bien Christopher Stride ?

Le médecin secoua la tête d'un air navré.

– Non, avoua-t-il. Il faisait nuit et de plus, l'homme était placé à contre-jour. Il avait même la voix très enrouée et très bouleversée. Je croyais simplement que c'était Stride, car tout donnait à le penser.

Un nouveau silence s'établit, puis le policier reprit :

– Même si ma théorie restait encore nébuleuse, je savais désormais que je tenais le bon bout. J'en déduisis que Stride avait été tué avant neuf heures et quart, et vraisemblablement à neuf heures pile, au moment des neuf coups de l'horloge, comme je vous l'ai expliqué. Mais je n'en ai pas encore fini avec vous, docteur, car votre témoignage nous a une fois de plus induits en erreur. Là encore, je comprends que les circonstances étaient déroutantes, et que vous n'avez examiné le cadavre que superficiellement. Car à ce moment-là, il avait cessé de vivre depuis près de vingt minutes…

Le Dr Christie donna cette fois-ci des signes de nervosité :

– Je n'ai pas eu le loisir de me livrer à un examen scrupuleux. D'une part, les filles me pressaient dans mon dos, et d'autre part, ce n'était pas mon rôle. J'ai surtout veillé à ce que nul ne touche à quoi que ce soit.

– Vous avez sagement agi, docteur, et je ne vous fais aucun reproche. J'aimerais juste avoir la confirmation de mon hypothèse.

Le généraliste haussa les épaules :

– Oui, c'est tout à fait possible. Un cadavre ne refroidit pas en quinze minutes, surtout dans une pièce surchauffée comme celle-là. Le poêle était brûlant…

– Nous voilà fixés sur ce point, dit le policier avec satisfaction. Le voile du mystère se lève graduellement, presque à vue… et la stratagème du meurtrier nous apparaît de plus en plus nettement…

– Eh bien moi, je ne vois pas, intervint le Pr. McNee. Même en admettant une telle mascarade, le problème reste entier : comment ce supposé assassin aurait pu quitter les lieux du drame sans se faire voir ? Aurait-il percé le mystère de l'invisibilité, à l'instar de ce cher monsieur Wells ? Ou trouvé une formule magique pour traverser la matière ?

– Ni l'un ni l'autre.

– Alors, c'est impossible ! À moins que vous ne vous apprêtiez, une fois encore, à nous démontrer que des témoins se sont trompés, que les deux jeunes filles assises ici ont tourné la tête dans un moment d'inattention.

– Non. Ma théorie ne repose sur aucune impossibilité. Pour la bonne et simple raison que l'assassin n'était plus dans la « chambre bleue » à ce moment-là.

– Où diable était-il alors ? repartit le professeur, plus habitué à se faire entendre qu'à écouter passivement.

Le policier ne répondit pas immédiatement. Il se tourna et désigna la partie du mur à gauche de la « chambre bleue ».

– Là, dit-il. Juste à côté. Les habitants de cette maison savent bien qu'il y a là un débarras, dont la porte d'accès se trouve dans le couloir de l'entrée. Il n'est pratiquement pas meublé. Sa fenêtre est protégée par des barreaux et s'ouvre sur l'avant de la maison, comme celle de la « chambre bleue », juste à côté. Cette pièce possède en outre une tapisserie semblable, dans les mêmes tons bleus…

» Imaginez que vous accrochiez sur le mur du fond, donc face à la fenêtre, une reproduction de la « maison aux deux lunes », même grossière. Imaginez que la lumière de la « chambre bleue » est éteinte à ce-moment là. Celle de ce débarras, en revanche, est allumée. Imaginez encore que l'assassin appelle depuis cet endroit le Dr Christie engagé dans l'allée. Ce dernier traverse prestement la pelouse de biais, pour rejoindre celui qu'il croit être Stride. Il ne voit que la fenêtre éclairée, qui brille comme un phare dans la nuit, puis cet homme dont le comportement l'intrigue. Ses propos décousus, la lampe brisée, le tableau des « Deux lunes » au fond, que l'autre désigne avec terreur… L'attention du docteur est constamment détournée par l'imposteur, et l'illusion est parfaite. Le témoin est certain de se trouver devant la fenêtre de la « chambre bleue », en train de parler à ce jeune homme dont il commence à douter de l'équilibre mental.

» Après cela, alors qu'il rebrousse chemin, il est surpris par la détonation et revient sur ses pas, courant vers la seule fenêtre éclairée. Mais là, ce n'est plus la même : il voit derrière la vitre le vrai cadavre de Stride, dans la vraie « chambre bleue », étendu devant le vrai tableau des « Deux lunes »… Il est absolument sûr qu'il s'agit là de l'homme à qui il vient de parler et que celui-ci vient de se donner la mort à la suite de ses hallucinations…

» L'assassin n'avait que quelques gestes à faire pour parachever sa mise en scène. Une bâche sombre ou une toile épaisse masquait la fenêtre de la « chambre bleue », reliée à une cordelette dont une extrémité parvenait jusqu'à la fenêtre du débarras. Un de ces fameux stratagèmes à base de ficelles et de nœuds, dont notre meurtrier est friand, puisqu'il n'en est pas à son coup d'essai. Il suffit de tirer sur la cordelette pour arracher la bâche maintenue de manière rudimentaire, et de la tirer jusqu'à soi. Ensuite, c'est extrêmement simple : on éteint la lumière et on tire un coup de feu par la fenêtre, ce qui explique ce fameux relent de poudre, qui nous a permis de reconstituer toute la mise en scène. Je précise qu'il s'agit là d'une autre arme que celle qui a servi à tuer Stride. Il y a d'ailleurs ce qu'il faut dans la maison. Et le tour est joué. Le docteur court vers la mauvaise fenêtre, ou la bonne si vous préférez !

– C'est diabolique ! s'exclama le médecin avec véhémence. À croire que c'est moi qui étais visé !

– D'une certaine manière, oui, car vous étiez la clé de voûte de ce stratagème. On avait prévu chacune de vos réactions. À savoir que vous n'alliez pas quitter la maison sans avoir consulté Mrs Sellars, selon une habitude bien établie. Mais je reviens aux ultimes manœuvres du meurtrier. Car à partir du coup de feu, chaque seconde est comptée. Il défait le tableau, c'est-à-dire la copie de « Deux lunes », se débarrasse de ses postiches et de sa robe de chambre, ramasse les débris et fourre le tout dans un sac. Je présume qu'il le laisse sur place dans un premier temps. Il le fera disparaître, en même tant que la toile noire au-dehors, un peu plus tard, juste avant l'arrivée de la police. En attendant, il se dépêche de rentrer et profite de la fébrile agitation pour se mêler aux autres.

– C'est donc quelqu'un d'ici, intervint le colonel d'une voix tranchante.

– Oui. Et j'ajouterai qu'après analyse des faits, on se rend compte qu'une seule personne a eu l'occasion de pénétrer dans la « chambre bleue » pour commettre ce crime. Cette personne n'a disposé que de trois ou quatre minutes, mais c'était suffisant pour sa sinistre besogne : après s'être introduite dans la pièce, elle demande tout de suite à Stride de venir devant le tableau sous un prétexte quelconque. Cachant son revolver sous la couverture, elle tire lorsque l'horloge sonne les neuf coups. Ensuite, elle brise la lampe, érafle le doigt du mort avec un débris de verre, puis sort discrètement, avec la couverture pliée sous le bras.

Se dirigeant vers le foyer, le policier s'était arrêté à la hauteur des sœurs Malonet.

– Partant de là, reprit-il, il ne faut pas être grand clerc pour deviner le nom de cette personne. Car elle seule a disposé de quelques minutes pour pouvoir manœuvrer ainsi à ce moment-là... N'est-ce pas, miss Margaret ?

42

Un sourire méprisant naquit sur les lèvres de Margaret, qui se tenait bien droite dans son fauteuil.

– Tout ceci est rocambolesque et ne tient pas debout, affirma-t-elle avec aplomb.

– Non, mademoiselle. Chaque détail y trouve sa place, de la disparition de la couverture jusqu'au relent de poudre perçu par le Dr Christie à l'extérieur. J'ajoute que vous seule aviez entendu les dernières paroles de Stride, relatives à ses angoisses, pendant que le médecin l'examinait. Or, il est clair que celui qui l'avait parodié dans le débarras, avait improvisé comme une suite à son étrange dialogue, et savait par conséquent parfaitement ce qu'il avait dit.

– Il a déclamé de telles inepties durant toute la journée !

– J'admets que ce n'est pas une preuve formelle, mais additionné au reste, cela commence à peser lourd dans la balance. Mais laissez-moi vous dire ce qui m'a mis la puce à l'oreille. D'abord le fait que vous étiez, comme je le disais, la seule à avoir pu agir au moment crucial, pendant ces cinq minutes, et à ne pas avoir d'alibi. Depuis l'instant où le docteur Christie et vous aviez quitté Stride et jusqu'au moment de la découverte de son cadavre, donc de 20 h 55 jusqu'à 21 h 20, l'accès de cette pièce fut sous surveillance constante, sous le contrôle de deux témoins. À part ce trou de cinq minutes, entre 20 h 55 et 21 h 00. Et c'est là tout le nœud de l'affaire, comme l'endroit où nous nous trouvons en ce moment, devant cette cheminée, place éminemment stratégique qui permet de contrôler tous les mouvements du manoir, offrant à la fois une vue directe sur la porte de la « chambre bleue », sur celle de l'entrée principale et l'escalier. Or, votre sœur était installée là à ce moment critique. Il fallait impérativement vous débarrasser d'elle. Vous l'avez donc envoyée à l'étage, sous le prétexte assez médiocre de vouloir admirer un de ses canevas…

– Non ! Ce n'est pas moi qui lui ai demandé de monter ! lança Margaret d'une voix cinglante.

– Voilà précisément votre erreur ! Pourquoi ce mensonge ? Il eût été moins dangereux de dire la vérité, car vous auriez dû penser que votre sœur ne modifierait pas son témoignage juste pour vous faire le plaisir de l'accorder au vôtre !

– C'est elle qui voulait me montrer son canevas !

– Allons, ne vous entêtez pas. La partie est perdue. Et ne croyez pas faire changer Louise d'avis en haussant le ton. Vous ne réussirez pas à l'intimider en notre présence. À votre place, j'avouerais immédiatement, non seulement le meurtre de Stride, mais aussi celui de son jeune frère. Avec un peu de chance, vous pourriez terminer vos jours dans un asile, et non au bout d'une corde…

Pour la première fois, Margaret parut déstabilisée. Elle regarda autour d'elle, comme pour chercher du secours, puis fixa sa sœur, qui baissa la tête.

– Louise, ma chérie, dis-leur que tout ça est faux… Tu es montée de ton plein gré, n'est-ce pas ? (Elle parut soudain frappée d'une illumination :) Mais au fait, j'y pense ! Tout cela est idiot ! Comment aurais-je fait pour me rendre dans ce débarras et me livrer à cette supposée comédie ? J'étais dans ma chambre à ce moment-là ! Liza et Louise m'ont vue quand j'y suis montée ! Comment serais-je redescendue sans me faire remarquer par elles ?

– Il vous suffisait d'ouvrir une fenêtre à l'étage, d'accrocher une corde, voire de sauter en bas en vous tenant à bout de bras au rebord du mur. Un jeu d'enfant pour une personne jeune et souple comme vous. J'ai peur que ce ne soit pas avec ce genre d'argument que vous réussirez à vous en tirer…

– Mais enfin, pourquoi aurais-je tué cet homme ?

– Parce qu'il était parvenu à vous démasquer.

– J'aurais donc aussi tué son frère ?

Malgré le ton cinglant de la jeune fille, le policier hocha la tête et répondit très posément :

– Oui.

– Mais… c'est monstrueux !

– Je n'ai jamais dit le contraire.

Elle se tourna derechef vers sa sœur.

– Louise, je t'en conjure, dis-leur que tout cela est faux ! Archifaux ! Je n'ai pas tué Johnny, ni personne d'autre !

Louise ne broncha pas, toujours tête baissée, tandis que la voix de sa sœur devenait suppliante, comme elle ne l'avait peut-être jamais été.

– Dis-le-leur, Louise, s'il te plaît ! C'est très important pour moi ! Dis-leur aussi pour ce canevas ! C'est toi qui as voulu me le montrer, hein ? Fais un effort, voyons, et je suis sûre que ça te reviendra ! Louise, je t'en prie…

Le policier se plaça à côté de Louise et intervint :

– Mademoiselle, ne vous laissez pas influencer. Tenez-vous-en à votre témoignage. Il serait maladroit et même lourd de conséquences pour vous, de vouloir le modifier à présent.

Louise leva lentement vers l'inspecteur ses yeux pâles, deux bijoux froids, dépolis, sans la moindre étincelle de vie. Un regard éteint, qui ne brillait que par son indifférence. Elle se tourna vers sa sœur, la fixa un instant d'un air vaguement étonné, puis s'adressa à nouveau au policier :

– J'ai dit la vérité, et je ne vois pas pourquoi je dirais autre chose.

43

Août

Assis sur un banc du parc, à l'ombre de la cathédrale de Winchester, le surintendant Francis Kay s'accordait quelques instants de repos en cet étouffant après-midi d'été. Ce qui n'était pas dans ses habitudes, surtout pendant ses heures de service. Mais la chaleur, et le peu d'activité – aucun dossier pressant n'attendait sur son bureau – l'avait incité à la paresse. Winchester vivait au ralenti, à l'exception des quelques touristes en maraude autour de la cathédrale et des pigeons qui le harcelaient depuis qu'il s'était installé sur le banc. Il avait pris le parti de les ignorer, mais un couple attira malgré tout son attention. Les deux volatiles se tenaient un peu à l'écart, plus discrets que leurs congénères, et le fixaient d'un regard suppliant et presque humain.

Levant les yeux vers le ciel, il aperçut, comme en filigrane dans l'azur, le disque blême de la lune, quasiment éclipsé par la lumière éclatante du soleil. Il sourit. L'astre lunaire le faisait irrésistiblement penser à l'affaire Stride, dont le procès venait de se terminer la semaine précédente.

Quelle affaire ! songea-t-il. Et quel procès ! Il ne se souvenait pas d'avoir assisté à un débat aussi indécis que celui-là. Les deux avocats s'étaient surpassés. Tels deux escrimeurs d'élite, ils avaient croisé le fer des heures durant, en multipliant des prouesses d'éloquence, avant que ne tombe l'élément décisif, qui emporta toute l'affaire.

Les jurés, comme l'assistance, avaient manifesté leur hésitation et leur désarroi devant ce cas unique, qui se présentait sous forme d'alternative exclusive : d'un côté, la thèse du suicide, convaincante d'après les faits, mais peu crédible du fait de la personnalité de la victime ; de l'autre, celle de l'assassinat, elle aussi vraisemblable et discutable à la fois.

La seule chose qui apparaissait clairement, c'est qu'il ne pouvait pas y avoir d'autre solution. Ou Stride s'était suicidé, ou il avait été assassiné par Margaret Malonet de la manière dont la police l'avait expliqué.

Pour l'accusation, le problème reposait essentiellement sur l'absence de preuves matérielles. La couverture censée receler les traces du tir meurtrier n'avait pas été retrouvée. Ni l'arme qui avait servi à tirer le coup de semonce pour berner les témoins. Ni la toile noire pour occulter la fenêtre de la chambre du drame, ni le double du tableau. De plus, une inspection du débarras ne révéla rien de particulier. Il y avait plusieurs trous dans le mur à l'endroit où le faux tableau était censé avoir été accroché, mais cela ne prouvait rien. On avait également découvert un minuscule fragment de verre près de la fenêtre, mais rien ne permettait d'affirmer qu'il était récent et qu'il s'agissait d'un débris de lampe brisée.

En revanche, les preuves indirectes ne manquaient pas. L'absence même de la couverture, qui ne semblait pouvoir s'expliquer que par la théorie du meurtre, ainsi que l'odeur de poudre perçue au-dehors. Et surtout, aucun élément ne venait infirmer la thèse de l'assassinat. Tous les faits supposés du criminel s'enchaînaient à la perfection sans rencontrer le moindre obstacle. Une reconstitution de l'ensemble avait été faite avec succès, ce que ne manqua pas de mettre en lumière l'accusation. Un policier avait tiré un coup de feu avec la même arme, enveloppée d'une couverture, au moment du carillon de l'horloge. À l'extérieur de la pièce, seule une oreille résolument attentive avait perçu le vague écho de la déflagration, superposée à celui de l'horloge.

L'accusée avait également eu le temps de préparer et d'exécuter toutes les manœuvres nécessaires à la réalisation du crime. Ainsi, il lui avait été aisé de peindre un double grossier du tableau des « Deux lunes », car sa sœur, peignant une toile dans les combles aménagés, avait mis à sa disposition le matériel de peinture. Elle avait donc eu tout le loisir de la préparer, et de l'accrocher dans le débarras. Elle avait également à sa disposition les postiches nécessaires pour se grimer, même si on ne retrouva pas de perruque rousse dans ses affaires. Louise, quant à elle, se révéla incapable de se souvenir s'il y en avait une dans le lot. Quant au double de la lampe à huile, n'importe quel modèle aurait pu faire l'affaire, vu que le geste du supposé imposteur pour la briser avait été si rapide que le Dr Christie se révéla incapable de la décrire.

Là encore, un policier se grima et interpréta le rôle de l'assassin, avec coup de feu à blanc et fenêtre obturée, en présence du Dr Christie, qui convint qu'il aurait pu être berné de la sorte.

Par ailleurs, tous les mouvements de la meurtrière, durant la nuit du drame, s'enchaînaient parfaitement. Après avoir tué Stride, à 21 heures précises, et être sortie de la « chambre bleue », elle aurait immédiatement pris place près de la cheminée, juste avant le retour de sa sœur et l'arrivée de la bonne. Après avoir déclaré qu'elle voulait se reposer et être montée à l'étage, elle serait sortie par une fenêtre à l'étage, aurait placé la toile sombre sur la fenêtre de la « chambre bleue », puis regagné le débarras, en passant par la porte d'entrée, dont elle avait la clé. Après sa petite comédie devant le Dr Christie, elle aurait commencé à se débarrasser des différents objets compromettants dans la pièce, se serait rendue dans le hall, où l'agitation est trop grande pour qu'on remarque qu'elle n'arrive pas de l'étage, comme elle l'a affirmé. Ensuite, il s'est écoulé près d'une heure avant l'arrivée de la police. Et c'est à ce moment-là qu'elle se serait débarrassée des différents accessoires, les mettant vraisemblablement dans une cachette provisoire, pour les faire disparaître définitivement par la suite quand une occasion plus favorable se présenterait. Là encore, la reconstitution prouva que cette suite d'opérations était possible, comme le souligna l'accusation.

Mais interrogés par l'avocat de la défense, les policiers convinrent que la réalisation de l'ensemble avait exigé une synchronisation parfaite, et un minutage très serré. En un mot, c'était réalisable, mais il eût fallu faire preuve d'un sang-froid remarquable.

Cela était-il concevable chez une jeune fille aussi peu expérimentée ? Pour son avocat, c'était difficile à croire, surtout à la vue de cette jeune personne, qui paraissait si innocente et perdue au milieu de l'immensité de la salle du tribunal.

Il faut dire que les sœurs Malonet avaient fait grande impression sur le public. Le surintendant les voyait encore, comme il voyait ces deux pigeons devant lui... Deux silhouettes fragiles et inoffensives...

Elles étaient tout de blanc vêtues ce jour-là ; ravissantes, délicates et fraîches comme des fleurs emperlées de rosée. Leur visage se devinait à peine sous leurs canotiers, mais cela ne les rendait que plus désirables et ajoutait en même temps une touche de mystère. Seule la couleur de leurs cheveux les différenciait. Des mèches d'ébène, pour Louise, et de ravissantes boucles blondes pour l'accusée, qui tombaient en cascades soyeuses sur ses épaules. Le soleil qui filtrait par les grandes fenêtres du tribunal y allumait des reflets dorés, nimbant la jeune fille d'une sorte de halo céleste. S'agissait-il là de cet assassin diabolique, comme s'était efforcée de le démontrer l'accusation ? C'était difficile à croire...

L'assistance se laissait volontiers pénétrer par ce sentiment, mais régulièrement l'accusation soulignait la faiblesse de la thèse du suicide et les multiples coïncidences qui ne pouvaient trouver d'explication que dans la thèse de l'assassinat. Et surtout, elle avait concentré son action sur le mensonge de l'accusée, à propos du canevas. D'ailleurs, toute l'affaire semblait reposer sur ce point précis. La défense, toujours désarçonnée lorsque le sujet était abordé, ne manquait pas de désigner Margaret, pour sensibiliser l'opinion, souligner le fait que la vie de cette innocente jeune fille était en jeu, qu'elle reposait sur une simple discordance de vue à propos d'un ouvrage en laine. Et de prendre le public et les jurés à témoin : pouvait-on prendre le risque de condamner l'accusée sur un indice aussi fragile et dérisoire ? Non, aucun sujet de Sa Majesté ne s'y hasarderait...

Mais l'accusation avait la partie belle. Tout dérisoire qu'il était, le malheureux canevas se révélait un indice déterminant. Le mensonge de l'accusée à son sujet passait mal et faisait pencher la balance du côté de la thèse criminelle. À mesure que l'accusation développait son point de vue, les visages s'assombrissaient dans la salle. Ce qui poussa l'avocat de la défense à une dernière initiative, assez hardie et dans la limite de ses droits, comme le rappela plusieurs fois le juge. Mais rien ne semblait pouvoir le freiner. Il avait littéralement pris Louise à partie, la sommant de regarder sa sœur et, en même temps, de répéter de vive voix son témoignage, sachant que ce faisant elle lui enfonçait aussi sûrement un poignard en plein cœur.

Après la tonitruante diatribe de l'avocat, un grand silence s'était fait dans la salle. L'attention générale était rivée sur les deux sœurs qui se regardaient dans les yeux, immobiles. Un long moment s'écoula, puis Louise finit par baisser la tête. Après avoir dégluti péniblement, elle dit dans un murmure, bien qu'audible dans le silence oppressant du tribunal :

– J'ai menti... Je... je suis montée de mon plein gré.

– Vous avez menti ? s'offusqua l'avocat de la défense. Parlez plus fort, s'il vous plaît, et dites-nous pourquoi !

La voix de la jeune fille fut entrecoupée de sanglots et l'on voyait sa poitrine tressauter sous l'étoffe de sa robe.

– J'ai... Je suis montée... parce que je voulais voir si elle n'en profiterait pas pour rejoindre Richard après le départ du docteur... J'avais peur qu'elle ait renoué avec lui. Arrivée en haut, j'ai fait demi-tour et je l'ai guettée du haut de l'escalier quelques instants.

– Et alors ?

– Et alors... rien. Margaret n'a pas bougé de son fauteuil... Rassurée, je suis allée chercher mon canevas et je suis redescendue.

– Vous rendez-vous compte de ce que vous avez fait ? fit la défense d'une voix sentencieuse.

– Oui...

– Alors pourquoi ce mensonge ?

– Au début, je ne pensais pas que les choses aillent si loin… Je voulais juste un peu la punir… me venger, après tout ce qu'elle m'avait fait subir…

La suite de ses aveux fut confuse, la longue liste des griefs contre sa sœur se mêlant souvent à ses larmes. Elle révéla pêle-mêle les brimades et les humiliations qui avaient jalonné sa vie auprès de sa sœur, avant de conclure d'un ton pathétique : « *Pour une fois qu'elle était à ma merci, que je la tenais en mon pouvoir…* »

La cause était entendue. La défense n'eut pas à forcer son talent pour démontrer l'impossibilité de sa cliente d'avoir pu exécuter Christopher Stride durant les quelques secondes où Louise l'avait perdue de vue. Les jurés ne tardèrent pas à rendre leur verdict, et l'acquittement de Margaret fut voté à l'unanimité.

Le surintendant avait quitté le tribunal, partagé entre deux sentiments. D'une part, un certain soulagement, car la jeune fille lui était sympathique malgré tout. La peur d'avoir fait condamner une innocente aurait pesé sur sa conscience, car la défense avait réussi à ébranler sa conviction, et cela même avant que Louise se rétracte. D'autre part, la frustration de voir réduite à néant la théorie qu'il avait soigneusement édifiée, certain alors d'avoir reconstitué la vérité.

Aujourd'hui, il avait toujours cette impression. Mais il ne pouvait se faire à l'idée qu'il s'était totalement trompé. D'un côté le suicide de Stride, de l'autre la culpabilité de Margaret ? Les choses étaient-elles forcément aussi tranchées ? Le problème avait peut-être été mal posé. Peut-être existait-il une autre solution, voisine de la sienne, mais plus simple, et à laquelle personne n'avait songé ?

Il se posait la question on observant les deux pigeons qui n'avaient pas bougé devant le banc. Sans doute les effraya-t-il à ce moment-là, car ils battirent des ailes et prirent leur envol. Pensivement, Francis Kay les regarda s'éloigner, tandis qu'ils disparaissaient dans la clarté aveuglante du soleil.

ÉPILOGUE

Septembre

Lorsque Margaret et Louise rendirent visite ce jour-là à Jerry Granger, elles furent fort surprises en contemplant la toile que le peintre était en train d'achever.

– Mais on dirait les « Deux lunes » ! s'exclama Margaret.

– Ce sont les « Deux lunes », rectifia-t-il. Mais comme vous le voyez, je les ai un peu modifiées pour qu'elles ne puissent plus nuire à personne.

Les deux jeunes filles s'approchèrent, pour mieux examiner cette œuvre déconcertante. Le tableau était inchangé par rapport à celui qu'elles connaissaient, à l'exception des deux astres, sur lesquels l'artiste avait peint des visages, blêmes comme les lunes. Il y avait un air de ressemblance qui ne leur échappa point.

– Mais c'est nous ! s'exclama Louise. Margaret et moi !

– En effet.

– Y a-t-il une signification à cela ? demanda Margaret en fronçant les sourcils.

– Oui et non. Je dirai que c'est la face cachée de deux amies, placées sous la double protection de la nuit et du mystère...

– Oh ! C'est très beau ! s'exclama Louise en ordonnant d'un gracieux mouvement de tête sa longue chevelure noire.

– Oui, c'est assez réussi, convint Margaret. Mais dites donc, Jerry, j'y pense... C'est le tableau volé !

– En effet. Par moi, et avec la complicité de Liza. Je peux désormais en parler librement, puisqu'elle est partie. (Il regarda tour à tour les deux sœurs et la toile :) Comprenez-moi, il me le fallait. C'était vital. J'avais attendu trop longtemps pour le posséder, le tenir, le contempler...

– Comptez-vous nous le rendre ?

– Oui, si vous le souhaitez, bien sûr...

– Non, fit Margaret avec un sourire. Il nous rappelle de mauvais souvenirs, même si vous avez réussi à l'exorciser. Vous pouvez le garder. Mais pour notre curiosité personnelle, dites-nous juste où vous l'aviez caché !

– Simplement sous une autre couche, après l'avoir enduit d'un vernis. J'y avais peint un bouquets de fleurs et on n'y a vu que du feu, y compris l'inspecteur qui avait le nez dessus.

– Bien joué, Jerry, le félicita Margaret. Je me flatte de vous compter au nombre de mes amis. Pensez donc à nous rendre visite un de ces jours ! La maison est bien vide, ces temps-ci... Notre oncle est reparti pour les Indes une fois de plus. Mais définitivement, je crois, car ses affaires vont si mal qu'il a été obligé de vendre le manoir, que nous avons racheté. Le mois dernier, c'est Liza qui nous a quittées, si bien qu'il ne nous reste plus que cette brave Mrs Sellars, qui se plaint toujours autant de son arthrite. Mais à propos de Liza, avez-vous de ses nouvelles ?

– Oui, elle m'a écrit pour m'expliquer qu'elle ne reviendra pas tant que je serai aussi instable. (Il se frotta l'occiput, avec une moue expressive.) Je n'ai pas compris, et je ne sais pas si elle parlait de mes petits écarts ou de mon métier...

– Peut-être bien des deux !

– Oui, c'est possible.

– Elle n'aime plus la peinture ? s'étonna Louise.

– Non, je ne crois pas. Elle est venue un jour ici à l'improviste... alors que je travaillais avec un autre modèle. Elle était tellement en colère qu'elle a lacéré son propre portrait !

– Diable ! s'exclama Margaret. Vous n'avez vraiment pas de chance avec vos portraits féminins !.

Jerry se tourna vers Louise avec un sourire espiègle :

– Non, en effet ! C'est une véritable malédiction !

– Il ne faut pas désespérer ! le rassura Margaret avec son plus gracieux sourire. Si vous voulez faire une autre tentative, n'hésitez pas... (Elle prit sa sœur par la main et ajouta :) Nous sommes à votre disposition, Jerry...

Louise sourit. Elle se sentait forte en présence de sa sœur. En contemplant le tableau des « Deux lunes », elle se dit que Jerry était un grand artiste. En quelques coups de pinceau, il semblait avoir percé à jour leur véritable personnalité. Ces deux lunes, si étranges et si fascinantes ? C'étaient sa sœur et elle, bien sûr.

Et ce sourire mystérieux qu'on devinait sur leurs lèvres ?

C'était leur bonheur secret. Rien, jamais rien ne les avait séparées, même pendant les épreuves les plus difficiles. Depuis la mort de Christopher Stride, Louise avait compris une chose : Margaret l'enviait autant qu'elle l'enviait elle-même. Peut-être pour des raisons différentes, mais sans doute complémentaires. Margaret la jalousait parce que les garçons finissaient toujours par la préférer elle, Louise. C'était ainsi, comme une loi immuable, contre laquelle on ne pouvait rien faire. Ses prétendants venaient finalement à elle, sans qu'elle ait besoin de les encourager. Elle enviait Marge à cause de sa force de caractère et de sa vitalité. Elle avait besoin d'elle à ses côtés pour vivre, comme une plante a besoin d'air et de lumière. Séparément, elles étaient vulnérables, mais ensemble, elles formaient un bloc solide, contre lequel on ne venait pas à bout, même pas la justice !

Tandis qu'elles rentraient toutes les deux au manoir, et que Margaret chantonnait gaiement « La Belle au Bois dormant » de Tchaïkovski, son air préféré, Louise pensa aux jours heureux de leur enfance, dont elle avait gardé des souvenirs plus précis qu'elle n'avait bien voulu l'avouer. Sans effort, elle revit la tête écarlate de Margaret, affreusement jalouse, lorsque le petit Johnny lui avait signifié qu'il ne jouerait désormais plus avec elle mais seulement avec Louise.

« Cet affreux garnement s'est mis entre nous deux et va nous gâcher les vacances ! Nous devons faire quelque chose, Louise… Et s'il tombait de la balançoire ?… »

« Nous n'avons pas eu de chance, c'est raté ! Qu'allons-nous faire maintenant ? Mais bon sang, réfléchis un peu ! Tu manques vraiment d'imagination ! Heureusement que je suis là ! Tu as vu comme le puits est profond ? Eh bien, il va nous servir… Mais commence d'abord par potasser ce

bouquin sur les nœuds ; ça aussi, nous en aurons besoin… Mais si, c'est très facile, ma chérie ; il suffira de tirer fort sur la cordelette ! Non, personne ne verra rien, je serai là pour y veiller… »

Louise eut alors froid dans dos. Elle n'avait pas oublié le regard lourd de reproches du Dr Grand. Mais elle n'avait pas baissé les yeux. Elle sentait qu'il ne pouvait rien faire contre elle, parce que Marge le lui avait dit et répété.

« Oui, Richard nous a bel et bien divisées… Nous devons le renvoyer… Je n'ai pas du tout aimé ses allusions… Il doit savoir, c'est sûr, il ne peut pas nous avoir parlé de ça par hasard !… Et ça ne m'étonnerait même pas qu'un jour il essaye de nous faire chanter ! Oncle George n'avait que trop raison lorsqu'il nous a dit de nous méfier des hommes !… Nous devons faire quelque chose et vite, ma chérie… Mettre le tableau des « Deux lunes » dans son bureau ? Oui, c'est une bonne idée, mais il faudrait aussi envisager un autre moyen au cas où les choses n'iraient pas assez vite. Nous devons nous dépêcher, agir impérativement avant le retour de notre oncle. Car s'il nous surprenait avec ce type-là, il serait capable de nous jeter dehors ! »

« Tu trouves que ce plan est compliqué, ma chérie ? Peut-être, mais c'est sans doute le plus sûr moyen de ne pas se faire prendre ! Il faut qu'on finisse par penser que tu me détestes, car c'est seulement comme ça qu'on te croira vraiment à la fin, et que je serai alors lavée de tout soupçon ! Qui pourra seulement imaginer que nous sommes complices ? Laisse-moi faire, suis à la lettre ce que je t'ai dit, et tu verras que tout ira bien ! Oui, je te fais confiance, ma chérie, car tu sais comme moi que notre bonheur en dépend… »

Composition réalisée par FACOMPO (Lisieux)

IMPRIMÉ EN FRANCE PAR BRODARD ET TAUPIN
La Flèche (Sarthe).
Imp. : 37034 – Edit. : 74422 - 09/2006
ISBN : 2 - 7024 - 3284 - 0
Édition : 01